Secession

Katja Huber

UNTERM NUSSBAUM

Roman

KATJA HUBER

UNTERM NUSSBAUM

ROMAN

Erste Auflage

Lektorat: Alexander Weidel
Korrektorat: Kristina Wengorz
www.secession-verlag.com

Gestaltung und Satz:
Erik Spiekermann, Berlin
Herstellung:
Renate Stefan, Berlin
Druck und buchbinderische Verarbeitung:
Friedrich Pustet, Regensburg
Papier Innenteil: 100g Fly 05
Papier Vor- und Nachsatz: 115g Fly 05
Papier Überzug: f-color Natur von Schabert
Gesetzt aus Edit Serif & **FF Real**
Printed in Germany
ISBN 978-3-906910-42-0

Personen
14. und 15. August 2013

Barbara Berger, wird siebzig

Barbaras Kinder und deren Lebensgefährten:
Miriam, verheiratet mit Werner
Michael, verheiratet mit Laura
Ben, verheiratet mit Angelika
Katharina, ledig, in Paris

Barbaras Enkel und deren Lebensgefährten:
Mila, Tochter von Michael und Laura
Paul, Sohn von Ben und Angelika
Valentina, Tochter von Ben und Angelika
Natalie, Tochter von Katharina
Franziska, Lebensgefährtin von Paul

Barbaras Urenkel:
Leon und Laurin, Söhne von Paul und Franziska

Celine, Milas Kindermädchen

der Nachbar
Fadi, sein Sohn

1933 bis 1983

Anna Berger, Jüngste von vier Geschwistern,
hat drei Brüder
Judith Frei, später Neusüß, Annas beste Freundin
Benjamin Berger, Annas Sohn, Barbaras Cousin
und Freund
Barbara Berger, Annas Nichte, Benjamins Cousine
und Freundin
Franz Bucher, Annas erster Lebensgefährte
Karl König, Annas zweiter Lebensgefährte
Rainer Stadler, Landwirt und Landschaftsmaler
Jonas Neusüß, Judiths Mann
Anita, Benjamins zweite Freundin beziehungsweise
Liebhaberin
Monika, Benjamins Frau
Fadi, Sohn von Monika und Benjamin

1930: Anna
(Anna, 15)

Ach, Judith, wenn der Himmel, genau dieser Himmel, doch immer unser Zudeck sein könnte; und dieses Licht unser täglicher Morgengruß, dachte Anna.

Du,

Hut,

Jud,

schrieb sie dann. Sie saß im Gras, spürte Judiths Wade an ihrer, nutzte die Oberschenkel als Unterlage und schützte die halbe Leerseite, die sie übermütig aus ihrem Lieblingsbuch gerissen hatte und die ihr nun als Zettel diente, mit dem Handrücken vor den Blicken der Freundin.

An,

na,

schrieb Judith, dann skizzierte sie mit wenigen Strichen eine Blume.

Ansehen.

Nicken.

Zettel tauschen.

Lesen.

Grinsen.

»Ein Wort mehr, ich habe gewonnen.«

»Natürlich, dein Name gibt noch weniger Worte her als meiner. Dafür lese ich dich viel lieber rückwärts als mich, du, du schlichtes Mädchen im Alltagskleid.«

Anna nahm zwei Äpfel aus ihrem Korb, eine weiße Serviette und ein Messer. »Womit fangen wir an?«

»Das …«, ohne zu registrieren, wie Anna mehrmals sanft über die Skizze strich, als fürchtete sie, die Blume zum Welken zu bringen, wies Judith auf deren Zettel, »… war ja erst die Ouvertüre.« Dann ließ sie ihre Fingerkuppen über die sonnenwarme Haut der Freundin tanzen. »Zuerst das Ritual, dann der Apfel. Wir sind ja nicht im Garten Eden. Außerdem muss die Klinge sauber sein, sonst riskieren wir eine Blutvergiftung.« Judith nahm das Messer, blies über die Klinge, wischte sie an der noch blütenweißen Stoffserviette ab und hielt der Freundin die Innenseite ihres Arms entgegen. »Du zuerst!«

Anna schluckte, schüttelte den Kopf, weigerte sich, das Messer anzunehmen, krempelte den rechten Ärmel ihrer Bluse hoch. »Nein, du, erst du!«

Judith zuckte mit den Schultern.

Und wenn eine von uns verblutet? Der Gedanke war lächerlich, aber er ließ Anna nicht los, sie konnte kein Blut sehen, fühlte schon jetzt den Schmerz. Kein Mensch dieser Welt außer Judith dürfte ihr jemals mit dem Messer nahe kommen. Sie spürte den warmen, frischen Atem der Freundin, sah lange, dichte, geschwungene Wimpern, wusste, dass die Augen unter diesen Wimpern nach der bestmöglichen Stelle zum tiefen Schnitt spähten. Werden sie mich jemals kitzeln, diese Wimpern? Am Hals, im Nacken? Sie sah, wie sich Judiths Nasenflügel blähten, der Mund sich leicht öffnete, bevor – ein vorletzter Moment der Konzentration – die Zunge hervorspitzte, wieder verschwand.

Kalt spürte Anna die Klinge am Oberarm, dann einen Stich und ein Brennen, das sich in Sekundenschnelle ausbreitete, und »Aah« entfuhr ihr der Laut, den kein Mensch auf dieser Welt außer Judith ihr jemals würde entlocken können.

Sie schloss die Augen und ließ sich auf die Wiese zurückfallen.

»Aah? Du bist doch von allen guten Geistern verlassen!«, drang Judiths süße Stimme an ihr Ohr. »Ich bin jetzt dran, mach schon!«

Anna öffnete die Augen: Ein roter präziser Schnitt teilte ihren Oberarm in zwei Flächen, die eine weiß, die andere verzierte ein rotes Rinnsal.

»Anna, mach schon!«, drängte Judith und drückte der Freundin das Messer in die Hand.

Doch Anna zitterte nur, in ihrem Mund breitete sich ein Geschmack aus, der dem von Blut nahekam, und in ihren Ohren schwoll ein Rauschen an. Sie griff nach Judiths ausgestrecktem Arm, doch sie hatte nicht einmal die Kraft, das Handgelenk fest zu umschließen.

Judith entriss ihr das Messer, ehe es ihr aus der Hand fallen konnte. Ohne den besorgten Blick von Anna abzuwenden, ritzte sie sich in den Arm, an exakt der gleichen Stelle, ein Schnitt von exakt der gleichen Länge, und schon warf sie das blutige Messer unachtsam ins Moos.

Schon spürte Anna die Kräfte zurückkehren, schon näherten sich die beiden einander, wurde Schnitt auf Schnitt, Wunde auf Wunde, Arm auf Arm gepresst, nicht eine Sekunde, nicht zwei Sekunden, nein drei, vier, fünf schmerzhaft verschworene Sekunden, eine euphorische Ewigkeit.

Schon richtete Judith sich auf, griff erneut zum Messer, nahm die wenigen Schritte über waldiges Moos zur nächsten Birke, die, jung noch, aber rindenreich, nur auf die Begegnung mit den beiden Mädchen gewartet zu haben schien.

Schon ritzte Judith Rinde so rigoros wie zuvor Haut: »Das Häuten habe ich mir für den Baum aufgespart.«

Lachend kehrte sie mit zwei Rindenstreifen zurück und lachend bettete sie ihren Kopf auf den Bauch ihrer Freundin, die ihr ein Rindenpflaster verpasste, ehe Judith sie ebenfalls verarztete. Dann verstummten sie, sahen entlang der schwarz-weiß-grauen Stämme durch hellgrüne Blätter ins Blau des Nachmittages.

Judith vernahm ein Zwitschern in weiter Ferne: »Ein Zeisig!«

Anna vernahm ein Pochen ganz nah. Ein Herz!

Judith verabschiedete sich vom Himmel, ein wenig zu schnell vielleicht für Annas Gefühl, und widmete sich erneut den Schnitten, den Wunden, den Rinden: »Was für ein Irrsinn!«, erzählte sie dem Zeisig. »Ist dir klar, dass wir gerade ein germanisches Ritual vollzogen haben?«

»Wieso germanisch?«, Anna schob den Kopf ihrer Freundin zur Seite, um nach ihrem Lieblingsbuch zu greifen: »Seit wann sind die Mescalero-Apachen germanisch?«

»Das fragst du am besten deinen Karl May.« Judith sprang ohne Vorwarnung in die Hocke, ließ sich auf die liegende Anna fallen und presste ihr, nicht auf die Wunde, sondern auf die Stirn, keine Rinde, sondern einen Kuss. Einen Blutsschwesternkuss?

2013: Vorabend des Festes (Erwartung)

»Natürlich wollte ich. Aber ich kann den Termin nicht wahrnehmen.«

»Du sollst keinen Termin wahrnehmen, sondern deine Mutter vom Flughafen abholen.«

»Mach mir bitte kein schlechtes Gewissen. Es gibt öffentliche Verkehrsmittel, und die Kinder haben alle einen Führerschein. Drück einem von ihnen einen Autoschlüssel in die Hand, und sie werden sich streiten, wer einen Ausflug zum Flughafen machen darf.«

»Darum geht es doch nicht! Natürlich wird irgendjemand Zeit haben.«

»Nicht irgendjemand; das sind Menschen, die ihr nahestehen. Egal, wer sie abholt, sie wird sich freuen.«

Abholen wird, verbessert Miriam ihren Bruder Michael in Gedanken, oder eben nicht abholen wird. »Sie wird enttäuscht sein. Die Sache mit dem Familientreffen hat sie mir auch nicht wirklich abgekauft. Dass wir das Bedürfnis nach gemeinsamem Urlaub haben! Sie erwartet ihren ältesten Sohn am Flughafen. Und niemand anderen.«

»Dann wird es für sie eben eine vorzeitige Geburtstagsüberraschung geben: Natalie, Ben, Valentina ... Paul, wer auch immer.«

»Michael, ich kenne meine Familie.«

»Und die Psyche unserer Mutter kennt auch keiner besser als du.«

»Gut genug zumindest, um zu wissen, auf welche Art von Überraschungen sie verzichten kann. Und dass sie nicht unbedingt flexibler geworden ist im Alter.«

»Sagst du.«

»Sage ich.«

»Dann sehen wir uns morgen Abend am Ammersee, Miriam, mit Mutter und allen anderen. Ich muss hier weitermachen.«

»Es kann doch verdammt noch mal nicht so ein Problem sein, eure Großmutter vom Flughafen abzuholen.«

Miriam ärgert sich, dass sie Freiwillige rekrutieren muss, dass sie es ist, die dieses Gespräch führen muss, hier beim Abendessen unter dem großen Walnussbaum – eigentlich ganz so, wie sie es sich immer ausgemalt hat, eine lange Tafel mit weißer Tischdecke, um sie herum die ganze Großfamilie, endlich dort angekommen, wo ihre Mutter aufgewachsen ist.

»Irgendjemand wird sie schon abholen«, flüstert Werner, ihr Mann, und greift nach ihrer Hand, obwohl er weiß, dass sie beide Hände zum Gestikulieren braucht.

»Jeder, der hier sitzt, hat Urlaub, und es spricht nichts dagegen, einen Bruchteil dieses Urlaubs damit zu verbringen, die Frau, die einen geboren und großgezogen hat, vom Flughafen abzuholen«, verkündet sie nun so laut, dass es auch Paul am anderen Ende der Tafel hören kann.

Ihr Neffe Paul, dessen gesamtes Leben eine Entdeckungsreise zu sein scheint und der schon seit Minuten damit beschäftigt ist, die Abendsonne in seinem Fischmesser einzufangen und damit Lichtflecken auf die Gesichter seiner Cousins und Cousinen zu projizieren.

Natalie neben ihr kichert, doch das nimmt sie ihrer jüngsten Nichte nicht übel: Natalie ist gerade fünfzehn geworden – und seit drei Jahren kann sie nichts als kichern, jammern oder heulen, wie Miriam sich regelmäßig von ihrer Schwester in langen, genervten E-Mails aus Paris berichten lassen muss.

»Mich hat sie nicht geboren«, hört sie Natalie sagen.

Trotzdem weißt auch du nicht, wer dein Vater ist, denkt Miriam. Aus dem Augenwinkel sieht sie den Nachbarn, der sich mit einem großformatigen Buch im Schoß, versteckt hinter seiner Sonnenbrille, jenseits des Gartenzauns im Liegestuhl fläzt.

»Danke für die Vermittlung, wir machen uns morgen bekannt«, nickt und ruft sie ihm zu, dann wendet sie sich wieder an ihre Familie. »Irgendjemand muss sie abholen.«

Den Nachbarn könnte man eigentlich auch einladen ...

»Irgendjemand wird morgen seine Mutter, Großmutter oder Schwiegermutter vom Flughafen abholen.«

Doch wieso noch Fremde einladen, wenn schon die eigene Familie größte Probleme bereitet?

»Ich will das geklärt haben, bevor wir anfangen zu essen.«

Miriam entgeht nicht, wie der Nachbar im Schutz von Buch und Brille und im Rhythmus ihrer Forderungen mehrfach nickt, wie Paul mit seiner Schwester Valentina tuschelt.

Valentina, die mit fünfzehn noch mit Puppen gespielt hat – das wurde ihr zumindest kolportiert. Ein argloses Wesen, das mit Miriams Pflichtbewusstsein und Aktionismus nicht das Geringste anfangen kann. Doch das Lächeln, das Valentina ihr jetzt zuwirft, ist kein verständnisloses, auch kein vorwurfsvolles, kein überhebliches und auch kein genervtes. Es ist eher verschwörerisch, und bevor Miriam sich eingestehen kann, wie gut dieses Lächeln tut, zwinkert ihr auch noch Paul zu. So, wie man keinem Menschen zuzwinkert, den man nicht mag.

»Tante Miriam, wie wär's, wenn wir zur Abwechslung mal dich ausfragen? Immerhin bist du ihre Lieblingstochter. Dir müsste es Oma doch erzählt haben. Kann es sein, dass ... dieses Haus ... spricht?«

»Spricht?«, fragt Miriam.

Dann hätte es unserer Familie eine Menge voraus, würde sie gern erwidern, doch es tut zu gut, angelächelt zu werden, im Schein der Abendsonne, unter diesem gigantisch großen Nussbaum, und auch die Neugier in den Augen ihres Neffen, die Vorfreude in den Augen ihrer Nichte tun gut.

»Spricht? Wie kommt ihr denn darauf?«

»Spricht, flüstert, lebt. Irgendeinen Grund muss es doch geben, dass Oma dieses Wahnsinnshaus verkauft hat«, sagt Paul.

»Sie hat das Nachbarhaus verkauft. Dieses Haus hat ihr nie gehört«, antwortet Miriam, was ganz offensichtlich nicht die gefragte Information zum Thema ist.

»Ihr seid ja erst heute angekommen«, wendet sich Valentina nun an die Runde. »Die Einzigen, die hier schon eine Nacht verbracht haben, sind Tante Miriam, Onkel Werner und ich. Und es hat nicht nur geknarzt. Ein leises Klopfen war zu hören, und immer wieder so was wie Seufzen. War es in eurem Zimmer denn ruhig, Tante Miriam?«

»Natürlich nicht.« Jetzt ist es Miriam, die lächelt. Erst Richtung Paul und Valentina, dann ihrem Mann direkt ins Gesicht. »Falls es irgendwelche Geister in diesem Haus geben sollte, sind wir vor ihnen sicher. Zumindest solange Werner hier ist und sie mit seinem Schnarchen vertreibt.«

»Geister!«, ruft Angelika jetzt über die Länge des Tisches und zwinkert ihrem Mann Ben zu.

»Geister sind immun gegen Schnarchen, manche lassen sich sogar nur durch Schnarchen anlocken«, sagt der.

Miriam würde gerne gähnen und nach diesem heißen, drückenden Tag einfach nur die letzten Strahlen der Abendsonne genießen, würde gerne schweigend in den Walnussbaum schauen, die zu engen Sandalen ausziehen und die nackten Zehen in den moosigen Boden unterm Esstisch drücken. Würde. Konjunktiv.

»Paul, Valentina, wie wär's? Wenn ich mich nicht täusche, habt ihr eure Großmutter schon zwei Jahre nicht mehr gesehen.«

»Zweieinhalb sogar«, sagt Valentina alles andere als schuldbewusst.

Miriam ignoriert Werners Blick, seinen Lass-dich-bitte-nicht-auf-weitere-Diskussionen-ein-Blick. Sie sagt: »Das scheint hier ja Standard zu sein. Wenn ich nicht völlig danebenliege, hat Barbara noch nicht mal ihre Urenkel zu Gesicht bekommen.«

Leon und Laurin, vergegenwärtigt sie sich die Namen ihrer Neffen, nein Großneffen.

Und obwohl sie sich fest vorgenommen hat, keine Spitzen gegen Michael loszulassen – schon gar nicht in seiner Abwesenheit –, kann sie nicht anders fortfahren als: »Ganz zu schweigen von ihrer jüngsten Enkelin, die auch schon bald in den Kindergarten kommt.«

»Was, würde ich sagen«, sagt Ben, wobei er – so wie er es immer macht – jedes Wort betont, als wäre es das wichtigste im Satz, »nicht allein an ihrer Enkelin und ihren Urenkeln oder deren Eltern liegt, sondern vor allem an unserer Mutter selbst.«

»Oma ist Oma«, sagt Paul. »Wieso sollte sie sich stärker für ihre Urenkel interessieren als für ihre Enkel?«

»Ich habe Oma jedenfalls zweieinhalb Jahre nicht mehr gesehen, dafür mindestens zweimal die Woche mit ihr telefoniert«, murmelt Valentina augenscheinlich genervt.

Miriam ignoriert es. Der blitzartigen Erkenntnis, dass auch sie ihre jüngste Nichte Mila kurz nach deren Geburt, also schon vor über zwei Jahren, zum ersten und letzten Mal gesehen hat, folgt die Einsicht: nicht meine Schuld. Den scheuen Gedanken, mit einem Streich jegliche Verantwortung abzulegen, den lang ersehnten Urlaub genau jetzt zu beginnen und sich von nun an um nichts mehr, nicht mal um die Ankunft ihrer Mutter, zu kümmern, ignoriert sie nicht. Sie fasst und erwägt ihn, dann verwirft sie ihn, ein für alle Mal.

»Um zwanzig vor zwei landet der Flieger. Wenn ihr um zwölf losfahrt, reicht das locker. Ihr könnt also ausschlafen, frühstücken und sogar noch in den See springen.«

Paul hebt die Schultern, lässt sie fallen, schüttelt den Kopf: »Keine Chance! Das Fischerstechen morgen. Seit fünfundsiebzig Jahren jeden Sommer. Die Wahrscheinlichkeit, dass Oma es als Mädchen erlebt hat, ist ziemlich groß.« Er deutet mit dem Kinn auf das Smartphone neben seinem Teller. »Ich werde es filmen und danach in ihr Geburtstagsvideo einbauen.«

»Und wer kümmert sich um die Zwillinge?«, presst seine Freundin Franziska heraus.

Ausgerechnet sie, die als letzte Aufnahme in der Familie gefunden hat, hat die Idee, ihre neuen Verwandten als Babysitter missbrauchen zu können. Freudestrahlend hat sie Miriam verkündet, dass sie jetzt endgültig abgestillt habe und noch ganz berauscht sei von ihrer neuen Unabhängigkeit. Franziska, die (so hat Paul zu Zeiten erzählt, in denen Heiraten und Kinderkriegen für ihn noch zwei benachbarte, aber ferne Kontinente waren, die zu entdecken oder gar zu erobern nicht lohnte) ihrem Erwählten schon nach der ersten Verabredung per SMS eine Einladung zum legendären South by Southwest Festival in Austin, Texas geschickt hat, »unterzeichnet« mit: »die Mutter deiner zukünftigen Kinder«. Sie wird morgen mit Paul zum Fischerstechen gehen, alleine zum Baden oder einfach nur faul im Garten herumliegen. Ihre zwei schreienden Babys wird sie schon früh morgens an Natalie, Angelika oder wen auch immer abgegeben haben – und das bestimmt nicht, um die Großmutter ihres Freundes vom Flughafen abzuholen.

Miriam lässt sich ihre Enttäuschung nicht anmerken, sie will nicht seufzen, nicht weiter ihre Stimme erheben – und sie hat Hunger. Aber da ist ein Problem. Und dieses Problem muss gelöst werden.

»Valentina?«

»Zweieinhalb Jahre nicht gesehen, wie gesagt; deshalb wäre es mir auch ein wenig unheimlich, sie abzuholen, noch dazu allein.«

»Unheimlich?«, ruft Miriam.

Das mit der Stimme hat sie doch noch nicht unter Kontrolle, und »Inquisition!« sagt jemand anderes.

Natalie neben ihr flüstert: »Ich habe Hunger.«

Der Mensch jenseits des Zauns hinter seiner Sonnenbrille, der sein Buch inzwischen unter dem Liegestuhl verstaut hat und sich nur noch dem Geschehen im Nachbargarten widmet – das begreift Miriam nun –, dieser Mensch hat ihre Aufforderung, sich demnächst bekannt zu machen, offenbar als Einladung verstanden, das Spektakel unterm Nussbaum mit noch größerer Aufmerksamkeit zu verfolgen.

»Das ist keine Ausrede, Tante Miriam. Omi war in letzter Zeit wirklich seltsam am Telefon. So seltsam, dass ich keine Ahnung hatte, was ich überhaupt mit ihr reden sollte. Ich freu mich darauf, in den nächsten Tagen Zeit mit ihr zu verbringen, aber abholen will ich sie lieber nicht, schon gar nicht alleine.«

Jetzt würde Miriam doch gerne seufzen. Barbara, ihre Mutter, ist selbstbestimmt, sie ist selbstbewusst, sie ist eine Kämpferin, sie ist alles, aber seltsam ist sie sicher nicht. Und dennoch hat Valentina etwas ausgesprochen, was auch Miriam seit einiger Zeit beschäftigt. So bewegungsreduziert wie möglich lässt sie sich in ihrem Stuhl nach hinten sinken.

»Hilf mir!«, fordert sie ihren Mann auf, sieht seinen fragenden Blick. »Noch vor dem Essen!«, schiebt sie hinterher, und Werner erhebt sich.

»Ben?«, fragt Werner.

Aber der antwortet nicht. So lange, bis ausnahmslos alle Blicke auf ihn gerichtet sind und seine Frau Angelika »Auf keinen Fall!« sagt.

»Lass mich mal!«, unterbricht Ben sie und schluckt. »Ich wollte euch nicht gleich am ersten Tag beunruhigen, aber ich habe starke Beklemmungen in letzter Zeit. Vielleicht liegt es an einer leichten Herzrhythmusstörung, aber die Ärzte meinen, es sei psychosomatisch. Klaustrophobische Zustände, und das nicht nur in der U-Bahn.«

»Dann werden wir das eben morgen klären«, versucht Werner, einen vorläufigen Schlussstrich zu ziehen. Er klingt noch immer zu freundlich.

Denn Miriam glaubt nicht an Herzrhythmusstörungen, auch nicht an Klaustrophobie. Sie wirft einen flüchtigen Blick auf den Nachbarn in seinem Garten. Inzwischen hat er die Sonnenbrille im Haar, sich den Liegestuhl an den Zaun gezogen und beobachtet das Geschehen mit leicht geöffnetem Mund.

»Warum muss eure Großmutter eigentlich fliegen? Innerhalb von Deutschland ...«, feuert Franziska ungefragt über den Tisch, so laut, dass nun auch der Nachbar am Zaun die Chance hat, sich mit dieser Frage auseinanderzusetzen. »Hattest du nicht gesagt, dass sie die konsequenteste Globalisierungskritikerin der Familie ist?«

»Ganz so habe ich das nicht formuliert.« Pauls Blicke in die familiäre Runde wirken nahezu panisch, und jetzt ist der Moment gekommen, in dem Miriam ihrem Neffen gerne übers Maul fahren würde.

Allerdings wird ihm ohnehin nicht besonders viel Beachtung geschenkt, und auch Miriams Zurechtweisung würde kaum Beachtung finden, denn noch bevor ihre Frage verhallt ist, hat Franziska sich aufgerichtet, mit großer Geste einen Zettel aus der Handtasche gezogen und zum Plakat entfaltet.

»Ich würde eurer Großmutter gerne ein Gedicht schenken«, verkündet sie.

Und ausgerechnet Werner direkt neben Miriam nickt ermutigend und ist sich nicht zu blöd, »nur zu!« über den Tisch zu rufen.

»Okay, danke, Generalprobe!«, ruft Franziska, streicht sich mit beiden Händen das blonde lange Haar aus dem Gesicht, spitzt nervös den Mund. »Wehe, du lachst!«, dreht sie sich ruckartig zu Paul – was die Familie ihres Freundes von dem Spektakel wohl halten könnte, scheint ihr völlig egal zu sein – und spitzt erneut den Mund. »Für Barbara«, stößt sie hervor, kichert verlegen und legt dann mit wippendem Oberkörper und ohne ein einziges Mal auf ihr Plakat zu schauen los:

Eine Welt ist möglich, isn't it?
Für Barbara, bartlos, zeitlos, im Hier und Jetzt

Wenn die Bart tragenden Bartender in Barcelona
dieselben Brazils mixen wie die bartendernden Bartträger in
Berlin,
ist das doch Bingo, echt Bingo.
Wenn die Schwarz tragenden Schmalschultern von
Schwabing
dieselben Smoothies schlürfen wie die schmalschultrigen
Schwarzträger von San Francisco,
ist das doch nice, super nice.

Wenn die gelangweilten Girls von Geretsried
dieselben Träume haben wie die googelnden Geeks in Chicago
und die giggelnden Hens in Hannover,
ist das nicht nur gender-global fair und neutral, sondern genial.
Wenn die echt bewegten mageren Mädchen aus München
den erdbewegten hungernden Müttern aus Katatatastrophengebieten
Päckchen packen mit warmen Jacken
und ganz, ganz, ganz viel Liebe drin,
ist das nicht nur extra-empathisch, sondern höchst sozial,
und by the way: supersüß.
Wenn die jetsettenden VJs von Wien im West Village von New York
Vintage Gebäck von Grandma essen,
während die jetsettenden DJs von Dorfen im Theaterdistrikt von Moskau
Vintage Gebäck von Babuschka testen
und den VJs von Wien ins Westvillage von New York
die Message »yummie – wie bei Mami« texten
sind sie doch irgendwie connected,
oder nicht nur irgendwie,
sondern completely.
Wenn sich dann auch noch
die Bart tragenden Bartender liquid organisch mit den schmalschultrigen Schwarzträgern solidarisieren
und die googelnden Geeks globalisierungs-kritisch, aber nicht -gegnerisch die gelangweilten Girls inspirieren
und sich die Echtbewegten committed, dedicated und involved nicht nur für die Erdbewegten engagieren,
sondern auch für die Bewegtbild produzierenden Cookie-Konsumenten weltweit slash: worldwide und

eigentlich
natürlich
für alle und jeden
und sich dann auch noch
alle zusammen
auf der Grundlage ihrer Authentizität, Integrität und Solidarität
gemeinsame Ziele setzen
und vernetzen,
ist das Klima
schwuppdiwupp
bekämpft,
sind Armut und soziale Ungleichheit
ganz schnell
gerettet
und internationale Übereinkommen –
völlig completely und so was von
überkommen.
Das wär's dann doch eigentlich schon.
Oder habe ich irgendetwas übersehen?

»Wow!«, sagt Paul.

Und noch bevor sich Miriam Gedanken darüber machen kann, ob seine Reaktion echt ist oder ob er dieses Machwerk seiner acht Jahre älteren Angebeteten, Freundin, Kindsmutter und womöglich zukünftigen Ehefrau nicht schon zu anderen Anlässen zu Gehör bekommen hat, ruft Angelika: »Bravo!«

Werner – natürlich! – schenkt weder Paul noch Angelika Beachtung, starrt fasziniert auf Franziskas Mund, als wären einzig ihre für Miriams Geschmack zuverlässig zu stark geschminkten Lippen für den Wortschwall verantwortlich, und flüstert, gerade laut genug, dass Miriam es hören muss: »Was für ein Wortwitz!«

»Keine Ahnung, was das mit Barbara zu tun hat, aber ja, sehr hübsch. Und sehr effektvoll. Die Frage, ob unsere Mutter jemals in den Genuss dieses Jahrhundertwerks kommen wird, ist allerdings noch nicht geklärt. Der anwesende Teil unserer Familie ...«, Miriam zeichnet mit ausladender Geste den Kreis der Versammelten nach, »... ist ja zum Glück überschaubar groß: Angelika, Ben, Valentina, Paul, Franziska, die Zwillinge, Natalie, Werner. Tanzt nur! Produziert euch! Applaudiert euch gegenseitig! Und macht euch bloß keine Gedanken, wie Barbara hierherkommen könnte ...!«

»Miii-riii-aaaam!«, Ben lächelt, sichtlich um Ruhe und Gelassenheit bemüht. »Miriam, ich weiß, es ist nicht leicht, aber entspann dich!«

»Herzrhythmusstörungen! Wenn das keine billige Ausrede ist, bist du derjenige, der sich entspannen sollte!«

»Schhh«, macht Werner neben ihr – ja, das fällt ihr, umzingelt von Verständnislosen, dann doch auf –, so rücksichtsvoll und eingebunden in die Symphonie aus leichtem Blätterrauschen, Glockengeläut, das vom fernen Marienmünster herüberweht, vereinzeltem Vogelgezwitscher und lauten, aufdringlichen Menschenstimmen, dass es wirklich nur der Nussbaum und Miriam wahrnehmen können.

Gleichzeitig nimmt sie wahr, dass sein Lächeln – dieses Lächeln, das nur an den äußeren Augenwinkeln stattfindet, dieses Lächeln, das in neunundneunzig von hundert Fällen zur Versöhnung führt, das sie beruhigt, beschwichtigt und das auch nach fünfzehn Jahren Ehe in immerhin zwei von zehn Fällen immer noch zuverlässig mit einem gemeinsamen Ausflug ins Bett endet, dass dieses Lächeln, das sie in Hochphasen gegenüber ihren Freundinnen auch schon mal als »Werners Sean-Penn-Lächeln« bezeichnet –, dass dieses Lächeln auf Natalie am einen Ende des Tisches genauso wirkt wie auf ihre Schwägerin Angelika an ihrer Seite, wie auf Franziska am anderen Ende des Tisches. Was – das muss Miriam, nur Millimeter vom Lächler getrennt, nun um Fassung ringend feststellen – die sonst so zuverlässige Wirkung des Lächelns bei ihr wiederum in ihr genaues Gegenteil verkehrt.

»Spar dir deine Kommentare«, presst sie hervor, was sich in keine Symphonie einfügt, schon gar nicht in das sich mehr und mehr zum Tinnitus verdichtende, aggressive Grundrauschen in ihrem linken Ohr.

Werner greift nicht nach ihrer Hand. Er knipst sein Lächeln aus. Er zuckt mit den Schultern.

Auch Ben zuckt mit den Schultern, wesentlich offenkundiger. »Der Versuchsaufbau ist mir immer noch nicht klar. Wenn ich es richtig verstanden habe, hast du uns aus der Routine unserer Gewohnheiten geholt, hast du uns diesen Urlaub quasi verschrieben, damit wir gemeinsam den Geburtstag unserer Mutter feiern. Schöne Idee. Aber wer kann sich erinnern, wann wir das letzte Mal so zusammensaßen? Wann wir überhaupt mal so zusammensaßen? Wann wir uns – mit oder ohne Barbara – das letzte Mal ausgetauscht haben? Ich kann es nicht, und das liegt mit Sicherheit nicht an meinem Gedächtnis. An vieles erinnere ich mich nämlich sehr gut.«

»Langsam, langsam!«, unterbricht Angelika ihn. »Lass dir Zeit.«

Auch wenn sie dabei weniger subtil als Werner vorgeht, kein Sean-Penn-Lächeln parat hat und für alle sichtbar nach Bens Hand greift und diese mehrmals drückt, scheint sich ihr Mann von dieser eindeutigen Bevormundung kein bisschen reizen zu lassen.

Noch mehr Zeit? Noch mehr Betonungen?, denkt Miriam.

Ben atmet mehrmals tief ein und aus, um dann mit ruhiger Stimme fortzufahren: »Ich. Erinnere. Mich. An vieles und sehr gut. Daran, wie mir irgendwann mit zwölf, dreizehn Jahren bewusst wurde, dass ich mich wie ein Einzelkind fühle. Dass es mir niemals in den Sinn gekommen wäre, mich mit Problemen oder auch in besonders schönen Momenten an meine Geschwister zu wenden. Dass ich mich heute, mit fast sechsundvierzig Jahren, an keinen Streit mit euch erinnern kann, ist kein Beweis für Harmonie oder große Liebe. Das weiß jeder hier am Tisch. Ich würde es als Leere bezeichnen. Große Schwester, du hast uns gerufen, wir sind gekommen. Was spricht dagegen, genau jetzt damit anzufangen, diese Leere zu füllen? Globalisierungskritische Gedichte sind kein schlechter Anfang. Achtsamkeit wäre ein nächster Schritt.«

»Achtsamkeit«, wiederholen Natalie und Werner; Werner eindeutig sachlicher als Natalie, um deren Mundwinkel ein belustigter Zug spielt.

Noch bevor Miriam ihrem sich nun mit einem nahenden Migräneanfall verbündenden Gewissen die Frage stellen kann, ob es gerechtfertigt wäre, sich aus reiner Abwehrhaltung gegenüber Verständnislosen mit einer pubertierenden Fünfzehnjährigen zu solidarisieren, nimmt Werner einen komplett anderen Faden auf, leider gänzlich ohne Ironie.

»Deine gesundheitlichen Probleme scheinen zu einer neuen Sichtweise auf dich und deine Umwelt zu führen, Ben. Es ist völlig nachvollziehbar und – ohne mir ein Urteil erlauben zu wollen – für dich sicherlich der richtige Weg, einen Schnitt zu machen und alles, was bisher war, zu hinterfragen. Dass du dich mit deiner Familie auseinandersetzen musst, wenn eine therapeutische Wirkung einsetzen soll, ist ein Gemeinplatz. Nur: Auseinandersetzung fordert Achtsamkeit und vollen Einsatz und Energie. Und vor allem Zeit. Ich bin mir nicht sicher, ob alle, die hier angereist sind, die Energie und Zeit haben, sich auseinanderzusetzen.« Werner räuspert sich, sein sachlicher Ton, der bisher keinerlei Emotion verraten hat, wird beschwichtigend: »Ben, du magst mit deiner Analyse recht haben. Auch mir ist schon mehr als einmal bewusst geworden, dass ich die Familie der Frau, mit der ich seit fünfzehn Jahren verheiratet bin, kaum kenne. Aber überleg doch mal, überlegt doch alle mal: Auseinandersetzung. Wollt ihr das? Falls ja, solltet ihr euch im Klaren darüber sein, dass das eine lebenslängliche und auch lebensgefährliche Aufgabe ist, bei der die eine oder andere Bombe hochgehen wird. Falls ihr es wirklich tut, würde ich euch gerne ein paar Fragen mitgeben. Eigentlich nur eine Frage, genau genommen: Wer ist Miriams Vater? Wer Michaels? Wer Katharinas? Wer ist Natalies Großvater und wer der von Paul und Valentina? Mir stehen diese Fragen nicht zu, deshalb fällt es mir auch so leicht, sie auszusprechen.«

»Moment, Moment! Wir sind ja nicht komplett vaterlos«, sagt Ben. »Und verheimlicht hat sie uns unsere Väter auch nicht; manche sind sogar ab und zu aufgetaucht.«

Mein Vater ist schon so lange tot, dass es längst nicht mehr von Interesse ist, wer er war, würde Miriam nun gerne den Satz zitieren, der sie bisher ganz gut durch ihre Ehe getragen hat, wenn sie nicht mit Verwunderung hätte feststellen müssen, in welch kurzer Zeit Werners Ton von sachlich über beschwichtigend zu hoch alarmiert gewechselt hat.

»Hmmm«, summen oder brummen Franziskas Lippen, die nun selbst im versöhnlichen Licht der letzten Sonnenstrahlen nicht mehr stark geschminkt, sondern blutleer aussehen, und während sie ihr Plakat Kante auf Kante wieder zu Postkartengröße faltet, schwillt die Symphonie aus Blätterrauschen und Blätterfalten, aus nicht enden wollendem Abendläuten der Marienmünster-Glocken, aus Gesagtem und Ungesagtem ins Unerträgliche an, um von einem einzigen kurzen »Okay« beendet zu werden.

»Okay«, Natalie hat das gesagt, und die Blicke aller haben sich auf sie gerichtet, als hätte sie »Denn höret, was wir sehen sollen, wenn wir hier erscheinen« gesagt. »Tante Miriam bleibt morgen zu Hause und schläft aus. Dann frühstückt sie, und wenn sie Lust hat, springt sie noch in den See. Wir anderen holen Oma Barbara vom Flughafen ab. Und davor können wir uns ja noch eine Überraschung ausdenken.«

Miriam schließt die Augen, kurz nur, doch lange genug, um diesen Augenblick für sich als einen historischen zu markieren, sich fest vorzunehmen, morgen, sobald die Familie Richtung Flughafen aufgebrochen ist, Katharina in Paris anzurufen und ihr zu sagen, dass sie mit Natalie eine großartige Tochter habe, um deren seelische und geistige Unterstützung sich Miriam ab jetzt persönlich kümmern werde, wenn auch aus der Ferne, denn Jobs für überforderte alleinerziehende Mütter ohne Vision gäbe es ja bedauerlicherweise nur in Paris.

»Quak«, macht da plötzlich eine Ente – kein richtiges Quaken, eher ein Schreien –, so laut, dass sich alle Blicke schlagartig in ihre Richtung drehen. Ein neutraler Beobachter, der Nachbar etwa oder ein anderer Zaungast, könnte die Stille, die nun folgt, durchaus als himmlischen Frieden bezeichnen.

Da, wo gerade noch eine Ente gequakt hat, steht ein kleines Mädchen und lächelt. Das Mädchen trägt ein hellblaues Kleid, weiße Kniestrümpfe und rote Sandalen, hat blonde Zöpfe und gerötete Wangen.

»Ich bin eine Ente«, sagt sie, und schon taucht hinter ihr eine junge Frau auf.

Die junge Frau trägt ein hellblaues Kleid, hat blonde Zöpfe und gerötete Wangen. Laura, denkt Miriam, als nun auch Michael auftaucht. Noch schlanker und irgendwie auch noch jünger als sonst sieht sie aus, denkt sie. Und blonder?

»Celine hat Mila gerade die Entensprache beigebracht«, sagt Michael. »Guten Abend zusammen«, ruft er in die Runde, während Mila nach der Hand der jungen Frau greift. »Unser Kindermädchen Celine – meine Familie. Laura ist im Auto eingeschlafen.«

»Quak!«, schreit Mila. »Ich bin eine Ente.« Flügelschlagend nähert sie sich der Gesellschaft unterm Baum.

Unterliegt Miriam nicht einer Sinnestäuschung, macht Celine einen leichten Knicks, bevor auch sie sich in Bewegung setzt, schwebend und lächelnd.

»Wir haben's doch früher geschafft, was sagst du dazu?«, ruft Michael seiner ältesten Schwester zu.

»Wieso hast du mich nicht geweckt?«, ruft Laura, die nun neben Michael auftaucht und mit ebenso silbrigem wie gnädigem Blick ein gegähntes »Guten Abend« Richtung Nussbaum verliert.

Noch schlanker und irgendwie noch jünger, registriert Miriam, während sich Laura durchs verstrubbelte blonde Haar fährt. Das ist nicht sein Ernst, geht es Miriam durch den Kopf, während sie gleichermaßen fasziniert von Laura zu Celine, von Celine zu Laura blickt. Wozu braucht Michael ein Laura-Double? Wozu wählt Laura ausgerechnet ein Double ihrer selbst als Kindermädchen aus? Und welche Auswirkungen mag das auf das Kind haben?

»Quak«, macht ebendiese erneut, woraufhin Franziska sie auf den Arm nimmt, Paul Celine die Hand schüttelt,

Laura einen Kuss auf die schlafgerötete Wange drückt und Werner allen anwesenden Zauberwesen aufmunternd zuwinkt.

»Mila«, ruft Natalie, »bringst du mir die Entensprache bei?«

»Die Renken!«, ertönt eine Grabesstimme aus dem Haus. »Komplett auseinandergefallen, allesamt.«

»Was ist ein Haufen zerfallene Renken gegen eine Familie, die, wenn's drauf ankommt, funktioniert«, flüstert Miriam ihrem Mann zu und nimmt dankbar seine Hand.

»Ich weiß nicht«, flüstert Werner zurück.

1933: Anna
(Anna, 18)

Drei kurz, drei lang. Judith konnte sich Zeit lassen. Anna konnte warten. Auch heute hing ihr Blick an der Mesusa am Türrahmen. Wie oft schon hatte sie Herrn Frei dieses kleine Stück Metall, wie oft schon hatte sie ihn seine Frau und seine eigene Tochter küssen sehen? Anna starrte auf den stolzen Löwen auf der Mesusa und versuchte einmal mehr, sich an einen Kuss zu erinnern, den sie aber niemals bekommen hatte. Vom Vater nicht, nicht von der Mutter, nein, auch nicht von den Brüdern. Doch wenn ihr vor nicht allzu langer Zeit noch die Stirn gebrannt und die Wange geschmerzt hatte von der Erkenntnis, dass sie selbst als Kind nie geküsst worden war, machten sich jetzt andere Gefühle in ihr breit.

Erleichterung.

Vorfreude?

Zweifel?

War es nur sie, die Ungeküsste, die die elterliche und brüderliche Kälte und Starre nun endlich als das sah, was sie war: verlässlich und unveränderlich? War es nur sie, die sich nach mehr sehnte als nach Zufallsberührungen und schwesterlichen Küssen?

War es wirklich nur sie? Judith und Anna spielten Fangen und Verstecken und viele andere Spiele, die ohne Zufallsberührungen nicht auskamen. Schon als sie sich angefreundet hatten, mit fünfzehn, waren sie zu alt dafür gewesen. Inzwischen waren sie achtzehn, und noch immer schien Judith jede Gelegenheit zu nutzen, sie zu berühren. Bei den Lesenachmittagen im Birkenhain, beim Baden im Krebsenbach, beim Spaziergang auf der Schwedeninsel. Selbst wenn sie hinter ihrer Staffelei stand, um die achtundvierzigste Variante von *Anna auf den weiten Wiesen vor Bischofsried* anzufertigen, selbst wenn sie Anna dabei Bewegungsverbot erteilte, konnte Judith von einem Augenblick auf den anderen alle damenhaften Vorsätze fahren lassen und zum Spiel rufen.

»Anna, willst du nicht hereinkommen?«

Anna spürte die Röte über ihr Gesicht huschen: von den Wangen übers Nasenbein bis hoch zum Haaransatz. »Natürlich komme ich gerne herein.«

Närrin! Wie lange schon hatte sie mit leicht geöffnetem Mund vor Herrn Frei gestanden, Pianoklänge im Ohr, Flügel im Herzen, an ihm vorbei in eine Zukunft mit seiner Tochter blickend, die weder Judiths noch Annas Eltern jemals akzeptieren würden?

Für die Freis stand außer Frage, dass ihrer Tochter eine Karriere als Konzertpianistin bevorstand. Sie war talentiert, fleißig, selbstbewusst, überzeugt davon, die Aufnahmeprüfung an der Staatlichen Akademie der Tonkunst in München zu bestehen.

»Judith übt noch. Du kannst dich aber gerne zu ihr ins Zimmer setzen, solange du sie nicht vom Spielen abhältst.«

Spielen. Auch Anna wollte spielen. Allerdings nicht Klavier. Auch kein anderes Instrument, das war nicht nötig, das entsprach nicht ihrem Wesen, das hätte zu nichts geführt, da hatten die Eltern recht.

Sie wollte spielen, und sie wollte gespielt werden. Ohne einen Laut von sich zu geben, ließ sich Anna auf dem Diwan hinter Judith nieder und beobachtete, wie sie die Tastatur streichelte. Neid. Das war es: Sie empfand Neid. Neid auf ein Klavier. Sie wollte das Instrument sein, Judiths Instrument.

2013: Vorabend des Festes (Abend, tiefe Nacht)

Sie haben die auseinandergefallenen Renken mehr gefleddert als gegessen – keiner von ihnen ist an einem See aufgewachsen –, aber Miriam war es egal, wie es ihr auch egal war, dass das warme, verschwörerische Lächeln im Laufe des Abends immer weniger wurde, dass dafür der »Inquisition« noch Begriffe wie »Leichenschmaus« und »Tyrannei« hinzugefügt wurden.

Auch in einer ihr völlig fremden Küche das Geschirr von zwölf Personen alleine zu spülen, macht ihr nichts aus, und drei Gläser Weißwein während des Abendessens waren genug, sie zu überzeugen, dass sie es gerne tut, als Liebesdienst für eine Familie, die zwar wie alle halbwegs glücklichen Familien ihre Macken hat, im Zweifelsfall aber funktioniert. Nach zwei weiteren Gläsern während des Abwaschs beglückwünscht sie sich dazu, für einen überschaubaren Zeitraum bewusst das Heft aus der Hand gegeben zu haben: Auch wenn das Begrüßungsritual am Flughafen mit fragwürdiger Tanzeinlage ihrer jüngsten Nichte und dem Kanon *Der Hahn ist tot* in ihrem perfekt durchdachten Drehbuch für Barbaras Siebzigsten nicht vorgesehen war, genießt sie es, dem Chor im Garten durchs weit geöffnete Küchenfenster zu lauschen. Auch wenn sie nicht mehr einordnen kann, ob die Tränen, die ihr beim Klang der hellen, der tiefen, der klaren und weniger klaren Stimmen in die Augen treten, ein Ausdruck aufrichtiger Dankbarkeit gegenüber ihrer Familie sind oder von der überwältigenden Erkenntnis ihrer eigenen inneren Kraft rühren: Sie, Miriam, hat es ein paar Monate vor ihrem voraussichtlich unspektakulären bis ernüchternden fünfzigsten Geburtstag, fertiggebracht, ihrer Mutter einen der vermutlich schönsten Geburtstage ihres

Lebens zu organisieren, was diese zweifelsfrei wieder ins seelische Gleichgewicht bringen wird, aus dem sie in letzter Zeit ein wenig geraten zu sein scheint.

Sie hat gerade das letzte Fischmesser poliert, in der Besteckschublade verstaut und eine weitere Flasche Weißwein entkorkt, als ihr auffällt, dass der Gesang im Garten verstummt ist.

Schon taucht der Kopf ihrer Schwägerin Angelika im Rahmen des Küchenfensters auf: »Was für ein Kanon! Eure Mutter wird überwältigt sein.«

Miriam will ihrer Schwägerin ein Lächeln schenken. Ein plötzliches Spannen um die Mundwinkel und ein Stich in der linken Schläfe lassen es missglücken. Also beeilt sie sich, einen gereckten Daumen Richtung Küchenfenster zu halten, ist von dieser Geste allerdings selbst so überrascht, dass ihr die Gesichtszüge nun komplett entgleiten.

»Ich bin froh, dass uns Natalie die Leviten gelesen hat«, hört Miriam.

Das Lächeln, das sie jetzt probiert, kommt schon leichter zustande, aber völlig will es ihr auch jetzt noch nicht gelingen.

»Und du hast uns ja auch die Meinung gesagt«, schiebt Angelika schnell hinterher. Ihr Blick fällt auf die Flasche in Miriams Hand. »Ich wollte etwas mit dir besprechen.«

»Aber wirklich nur ein Glas. Ich muss mir noch genau überlegen, was ich morgen alles erledigen muss, während ihr Mutter abholt. Und mach dir mal keine Sorgen wegen deiner Kinder.«

»Sorgen?«

Entschuldigend zuckt Miriam mit den Schultern und reicht ihrer Schwägerin ein Weinglas durchs Küchenfenster: »Ich dachte, dir wäre es vielleicht unangenehm, dass sowohl Paul als auch Valentina sich vorhin so offensichtlich gedrückt haben.«

Angelika ignoriert Miriams erhobenes Glas und nimmt einen viel zu großen Schluck von dem für sie offensichtlich viel zu guten Weißwein.

»Über die Reaktion meiner Kinder mache ich mir keine Sorgen. Tatsächlich hat sich Paul – und er hat jede Menge andere Dinge zu tun –, er hat sich tagelang überlegt, wie Franziska und er die frühe Anreise und das Fischerstechen schaffen, noch rechtzeitig mit dem Video fertig werden und sich gleichzeitig um die Zwillinge kümmern können. Und Valentina hat recht. Barbara war in letzter Zeit nicht gerade einfach. Meine Bedenken gehen in eine ganz andere Richtung.«

Angelika ist auf dem besten Weg, sich in Rage zu reden und sich dabei auch noch hervorragend in Szene zu setzen: Ein Großteil des Chors, der sich gerade erst aufgelöst hat, gruppiert sich nun um sie. Miriam nimmt kritische und fragende Blicke wahr, auch zwei, drei amüsierte: *Der Hahn ist tot.* Was nicht heißt, dass man heute Abend nicht noch anderen Ärger haben kann.

»Gibt es ein Problem?«, fragt Werner, ruhig wie immer. Doch so sehr sich Miriam auch bemüht, den freundlichen, ja freundschaftlichen Unterton seiner Stimme wahrzunehmen – der Vorwurf, der in ihm mitklingt, gilt ihr, nicht Angelika.

»Nicht, dass ich wüsste«, sagt sie und versucht, Angelikas Verwunderung zu ignorieren. »Falls du aber wirklich der Meinung sein solltest, es gäbe eins, sollten wir es vielleicht nicht auf offener Bühne, sondern unter vier Augen besprechen.«

»Meinetwegen«, seufzt Angelika. »Ich komme rein. Aber, bitte, beruhige dich. Du bist die Chefin, und niemand will und wird dir diesen Posten streitig machen, jedenfalls nicht, bis deine Mutter kommt.«

Vier Uhr morgens. In einer Stunde werden die Zwillinge zu schreien anfangen. So wie jeden Tag, pünktlich um fünf und völlig synchron, wie Paul beim Gute-Nacht-Sagen stolz verkündet hat. Miriam lauscht Werners regelmäßigen Atemzügen und versucht, sich zu erinnern, wann sie das letzte Mal eine Nacht durchgeschlafen hat. Sie fragt sich, ob sie jemals wieder durchschlafen wird, vor allem aber konzentriert sie sich darauf, ihre Panik in Schach zu halten. Sie hat Sodbrennen, und sie verflucht den Wein, Angelika, sich selbst.

Am Anfang ihres Gesprächs in der Küche waren die Rollen noch klar verteilt: Ihre Schwägerin brachte ihre Bedenken vor, Miriam lachte. Bis ihr allmählich klar wurde, dass es Angelika tatsächlich um Barbaras Wohl ging und dass in den Ausführungen ihrer sonst so irrationalen Schwägerin eine nicht zu ignorierende Logik lag.

Angelika hat ihr eine Frage gestellt, die sie sich selbst hätte stellen müssen, noch vor allem anderen, zu Beginn ihrer Planungen. Nur ist ihr diese Frage in den letzten Wochen nicht eine Sekunde in den Sinn gekommen: »Wenn sie auch nur das geringste Bedürfnis verspürt hätte, wäre eure Mutter dann nicht schon viel früher aus eigenen Stücken wieder einmal in ihr Elternhaus gekommen?«

»Erst mal nur so viel: Ihr Elternhaus ist das Nachbarhaus«, hat Miriam geantwortet. »In diesem Haus hier haben ihre Onkel und Tanten gelebt.«

Der Kern der Frage traf Miriam erst später wie ein Blitz. Sie war einfach zu berauscht gewesen von der Idee, ihrer Mutter die Möglichkeit zu bieten, einen Urlaub am Ort ihrer Kindheit zu verbringen.

Erst vor einigen Wochen hat sie den Besitzer von Barbaras Elternhaus ausfindig gemacht, doch dem anfänglichen Rausch folgte eine kurze Phase der Ernüchterung: Am Telefon erklärte er ihr sehr freundlich, dass er sein Haus auch im Sommer bewohnen werde, außerdem Besuch von seinem Sohn erwarte und somit sein Haus nicht an eine Großfamilie vermieten könne.

»Verstehe«, sagte Miriam, und in diesem Moment kam ihr ihre Idee naiv vor und ihr Versuch, sie in die Tat umzusetzen, lächerlich.

»Dann … dann muss ich mir wohl etwas anderes einfallen lassen, zum siebzigsten Geburtstag meiner Mutter«, sagte sie, und Scham mischte sich in die Enttäuschung, sowie das Gefühl, sich rechtfertigen zu müssen, selbst vor einem Menschen, dem sie zuvor nie begegnet war. »Sie müssen wissen, meine Mutter hat wahrscheinlich ihre gesamte Kindheit und Jugend in Ihrem Haus verbracht, und ich dachte …«

Noch bevor ihre kläglichen Ausführungen ein Ende fanden, wurde sie von einem tiefen Räuspern unterbrochen. »Warum fragen Sie nicht meine Nachbarn, die Halders? Die haben ein großes Haus und fahren immer wieder in Urlaub.«

Er gab ihr die Telefonnummer der Halders, und schon während des ersten Telefonats wichen Enttäuschung und Scham wieder purer Euphorie. Die Spiegelbildlichkeit zweier sich völlig fremder Familien galt Miriam als gutes Omen: Auch die Halders waren eine Großfamilie. Sie allerdings mussten keinen Urlaub abwarten, um einmal im Laufe von fünfundzwanzig Jahren zusammenzufinden. Seit drei Jahrzehnten lebten sie unter einem Dach, drei Generationen mittlerweile. Sie nutzten den Urlaub regelmäßig, um sich gemeinsam zu erholen. Und just in dem Moment, in dem die weltoffenen Eltern ihre Kinder um Rat fragen wollten, ob sie es dieses Jahr nicht auch einmal mit »BB and R«, »RB and B«, »R and B« – oder wie auch immer diese neumodische Vermietungsform noch hieß – versuchen oder doch wieder nur im *Ammerseekurier* inserieren sollten, um am Ende doch wieder keinen Kurzzeitmieter zu finden und den Haustürschlüssel wie eh und je dem Nachbarn zu geben, damit dieser sich um die Blumen, das Lüften, ein einigermaßen gutes Gefühl kümmerte, hatte Miriam auf dem guten alten Festnetz angerufen und mit dem Familienvater ein klassisches Telefonat geführt, das mit einem mündlichen Vertrag endete: drei Wochen Familienurlaub am Ammerseewestufer, Lüften und Blumengießen inklusive. Voilà, dachte Miriam damals. Und, voilà, präsentierte sie auch Werner, ihren Geschwistern, Schwagern und Schwägerinnen hintereinander die »im Prinzip ganz einfache Geschichte«.

An »voilà« kann Miriam jetzt, um halb fünf Uhr morgens, allerdings nicht mehr denken. Sie denkt an: »rien ne vas plus«, an: »Rette sich, wer kann!«

Denn natürlich hat Angelika recht: Barbara hat, nachdem sie neunzehnjährig ihr Elternhaus verlassen hatte, keinerlei Anstalten gemacht, jemals wieder zurückzukehren. Sie hat Jahre in München gelebt, hat während ihrer Zeit in Hamburg, Bremen und Köln, sogar während der vier Jahre Südafrika, immer wieder Urlaub in Bayern gemacht, hat in und an den unterschiedlichsten Gewässern Deutschlands ihren Enkeln Segelkurse spendiert, doch ihr Elternhaus, vielmehr die beiden Häuser ihrer Familie, spielten niemals eine Rolle. Und das kann nur bedeuten (das hat Angelikas Frage Miriam schlagartig ins Bewusstsein gerufen), dass Barbara sie ganz bewusst gemieden hat. Und nun lockt Miriam ihre Mutter nach fünf Jahrzehnten erfolgreicher Meidung in den Hinterhalt einer Geburtstagsüberraschung.

Und trotz des Wissens darum strebt sie keine Schadensbegrenzung an, sondern tut alles, um das Chaos zu garantieren: Anstatt Angelika für den Hinweis zu danken, anstatt zuzugeben, dass sie sich diesen entscheidenden Gedanken nicht gemacht hat, und gemeinsam mit ihrer Schwägerin zu überlegen, wie es nun weitergehen könnte, behauptete sie schlicht und einfach, sie hätte alles bedacht und Barbara gegenüber genügend Andeutungen gemacht. Eine glatte Lüge, aber eine notwendige. Würde sie ihren Fehler, ihr Versäumnis zugeben, nur einen Tag vor Barbaras Geburtstag, dann geriete alles ins Wanken. Dabei ist es das längst.

Das Bett wankt.

Miriams Puls rast.

Von einer der vier Toiletten im Haus – wie eine neurotische Maklerin mit Koprophobie hat sie ihrer Familie immer wieder diese vier Toiletten angepriesen, anstatt sich ein einziges Mal Gedanken über Barbaras Ängste zu machen – ertönen Spülgeräusche.

Aus dem Nebenzimmer ertönt eine zweistimmige Säuglingssirene.

Nur Werner wankt, zetert und zaudert nicht. Er liegt da, atmet, ist.

2013: Barbara

Barbara zieht die Stecker aus den Steckdosen, verlässt das Wohnzimmer, prüft, während sie die Küche durchquert, zum dritten Mal an diesem Morgen den Feuchtigkeitsgrad der am Fenster aufgereihten Orchideen, schließt die Küchentür hinter sich, mustert sich im Flurspiegel, greift beherzt nach ihren zwei Koffern und tritt endlich den Weg Richtung Treppenhaus an. Den Weg Richtung Straße. Den Weg Richtung Reise.

Das Türöffnen ist eine Qual, der praktische leichte Rollkoffer, den sie so umsichtig gepackt hat, wirkt nun wie randvoll gefüllt mit Wackersteinen. Drei Stockwerke mit dem Aufzug: eine Jahrhundertreise. Es sind Höllenqualen, die sie aussteht, reale Höllenqualen in einem realen Leben.

Zu ihrem Sechzigsten war sie ans Tote Meer gereist, nicht zuletzt um dem nichts ahnenden Max seinen kindischen Alterswunsch zu erfüllen. Schon vor der Reise war ihr klar gewesen, dass sie ihm spätestens nach seiner ersten Zeitungslektüre im Salzwasser den Laufpass geben würde, und doch war sie leicht beschwingt ins Flugzeug gestiegen.

Die Brasilienreise zum Fünfundsechzigsten hatten Simon und sie sich gegenseitig geschenkt, quasi als gemeinsames Abschiedsgeschenk. Natürlich war es ihr immer leichter gefallen, eine Beziehung zu beenden, wenn ihr Partner am selben Punkt angelangt war wie sie. Unbeschwert wäre wohl der Ausdruck, auf den sie sich einigen könnten, würden Simon und sie, noch heute freundschaftlich verbunden, die Reise mit einem Wort charakterisieren müssen.

Die Reise zum Siebzigsten: Die Jubilarin bei bester Gesundheit, kein Israelisch-Palästinensischer Konflikt, keine überfällige Beziehung, keine Überwindung von Zeit- und Klimazonen. Wenn man überhaupt von Reise sprechen kann, bei einem Kurzstreckenflug vom Westen in den Süden Deutschlands. Und doch: Höllenqualen.

Obwohl der Taxifahrer sie schon am Aufzug erwartet, ihr beide Koffer, Handtasche und Geschenktüten abgenommen und alles im Kofferraum verstaut hat, bevor sie die Autotür hinter sich zuziehen und es sich auf der Rückbank bequem machen kann, fühlt sie sich fast zu erschöpft, um das Ziel zu nennen.

»Zum Flughafen, bitte. Wenn Sie wollen, können Sie mich aber auch am Friedhof oder an der nächsten Autobahnraststätte absetzen.«

»Verstehe«, sagt der Taxifahrer.

In Wirklichkeit versteht er nicht so recht, sieht Barbara im Rückspiegel. Ihr Bemühen, sein Lächeln zu erwidern, missglückt. Sie versteht ja selbst nicht, was sie da brabbelt, und das in Anwesenheit eines Menschen, von dem sie nichts weiß, außer dass er ein verlässlicher Taxifahrer und ein hervorragender Zuhörer ist.

»Wenn ich an Ihr Gepäck denke, meine Güte – da haben Sie aber eine ganze Menge Geschenke für Ihre Familie dabei.«

»Richtig.«

»Dabei sind wahrscheinlich Sie diejenige, die gefeiert wird.«

»Schon wieder richtig«, stimmt Barbara dem Taxifahrer nun schon mit einem überzeugenderen Lächeln zu.

Dabei ist es weiß Gott nicht seine Aufgabe, ihr Verhalten auch nur irgendwie zu deuten. Sie wird morgen siebzig Jahre alt, und es genügt schon, dass sie sich ständig vor ihren Kindern rechtfertigen muss. Sie denkt daran, wie sie die letzten drei Tage durch ausgewählte Geschäfte gezogen ist, um die richtigen Mitbringsel zu erstehen. Und dass es ihr keinerlei Freude bereitet hat.

»Haben Sie Kinder?«, fragt Barbara den Rückspiegel.

»Viele.«

»Enkelkinder?«

»Viele.«

»Urenkel?«

»Einen, aber es ist nur eine Frage der Zeit, bis es viele sind.«

Eine Frage der Zeit. Keine Frage der Zeit. Manchmal vergeht die Zeit, und es ändert sich nichts.

»Wissen Sie was? Ich lasse meine Tüten hier. Und Sie bringen sie Ihren Enkeln und Ihrem Urenkel.« – Ein Zweifel.

»Auf keinen Fall!«

»Erzählen Sie Ihnen einfach, ein Fahrgast, der nach Amerika ausgewandert ist, habe die Tüten vergessen, und Sie konnten ihn nicht mehr ausfindig machen.« – Eine Ahnung?

»Aber ...«

»Und den Flieger nehme ich übrigens auch nicht. Nehmen Sie die nächste Ausfahrt, ich habe beschlossen, mit dem Zug zu fahren!« – Eine Ahnung, ganz leise.

»Wieso denn plötzlich das?«

»Es gibt zu viele Geschichten, zu viele Romane, die mit einem Abflug anfangen oder mit einer Ankunft am Flughafen.«

»Befinden wir uns denn in einem Roman?«

»Manchmal wünschte ich genau das.«

»Ich jedenfalls befinde mich in einem Taxi. Und es ist noch ein Kilometer bis zur nächsten Ausfahrt. Wohin wollen Sie denn nun?«

Eine Ahnung, dass sie es ihrer nichts ahnenden Tochter nicht verzeihen können wird, zum Siebzigsten ausgerechnet zu dieser Reise gezwungen worden zu sein: Es war ihr ureigener Wille gewesen, die nächste Lebensdekade ohne

Mann anzutreten, und es hatte sich auch wirklich gut ergeben, dass ihre bisher letzte Beziehung einfach so ausgelaufen war, ohne Paukenschlag, ohne Auslandsreise, ohne Symbolik.

Den Impuls, sich zu sammeln, sich zu besinnen und sich das eine oder andere Gewesene zu vergegenwärtigen, hatte auch sie gehabt, dafür hätte ihre Familie nicht erst mit Paukenschlägen und Flugreisen kommen müssen.

Barbara war zum ersten Mal in ihrem Leben siebzig. Sie war nicht zum ersten und auch nicht erst zum siebzehnten Mal Single, aber sie war es heute sehr bestimmt. Und doch war sie fremdbestimmt.

Die Frage, ob es richtig gewesen war, Anlässe und Orte zu wählen, um einen Lebensabschnitt zu beenden, hatte sie weder ihrem treuesten Liebhaber Max noch Jahrzehnte zuvor Moritz gestellt, weder Michaels noch Katharinas Vater; und selbst in den Fällen, in denen ihre Männer sich bereitwillig trennten oder besser gesagt trennen ließen – ob nun bei Simon oder Jahre zuvor bei Sebastian –, hatte sich die Frage nicht gestellt.

Und nun hatte ausgerechnet ihre Familie ihren Siebzigsten genutzt, um sie zum Feiern zu zwingen, hatte den Anlass gewählt, die Form und den Ort.

Zum Geburtstag an den Ort zitiert zu werden, an dem sie einst und das eine, einzige und einzig bedeutende Mal verlassen worden war – das war in jeder Hinsicht indiskutabel. Und somit auch nicht zu diskutieren. Mit niemandem, auch nicht mit Miriam. Vor allem nicht mit Miriam, die von alldem nichts ahnte.

Es sind Höllenqualen, an einem Tag, der ihr sicherlich leichter gefallen wäre, hätte sie in den frühen Morgenstunden nicht auch noch von Tante Anna geträumt.

»Fahren Sie mich einfach zum Hauptbahnhof.«

Der Taxifahrer hat geschwiegen während der Fahrt zum Hauptbahnhof; Barbara hat geschwiegen.

Jetzt stehen beide, getrennt durch zwei Rollkoffer, am Heck des Autos, und obwohl sein unglücklicher Blick starr auf die Tüten im Kofferraum gerichtet ist, ist Barbara klar: Seine eigentliche Sorge gilt ihrem Geisteszustand.

»Sie wollen die Geschenke wirklich nicht mitnehmen?«

»Habe ich mich nicht klar genug ausgedrückt?«

»Werden Sie denn nicht erwartet, am Flughafen?«

»Werde ich.«

Als gerade mal sechs Jahre altes Mädchen hatte sie natürlich nur gespürt, dass so gut wie gar nichts stimmte in dem Haus, in dem sie aufwuchs, mit ihren überwiegend stummen Verwandten. Sie war dankbar, dass sich gleich im Nachbarhaus ein sprechender Cousin und seine beredte Mutter befanden. Wann immer sie konnte, flüchtete sie sich zu Benjamin oder Tante Anna. Wenn sie mit dem einen lange genug gespielt hatte, ließ sie sich von der anderen verwöhnen. Wenn ihr die eine lange genug Indianer-Geschichten erzählt hatte, ging sie zum anderen, um mit ihm im Wald Cowboys zu jagen.

»Ist das nicht ... verantwortungslos? Ihre Familie wird sich Sorgen machen.«

Die Nichte half ihrer Tante beim Holzhacken, trank Zuckerbier mit ihr, ließ sich in die Geheimnisse eines gelungenen Faschingsumzugs einweihen, und auch wenn sie das Versprechen, kein Kind in die Welt, diesen riesengroßen Schweinekoben, zu setzen, nicht verstand, ließ sie es sich ein ums andere Mal von ihrer Tante abringen.

»Sobald ich im Zug sitze, gebe ich meiner Familie Bescheid, dass sie mich nicht am Flughafen, sondern erst heute Abend am Münchner Hauptbahnhof abholen müssen.«

»Aber die haben bestimmt schon alles geplant.«

»Exakt. Sie wollen mich überraschen. Meine Älteste liebt Überraschungen, geplante. Wieso sollte ich sie nicht auch mal überraschen, ungeplant?«

Auch wenn die persönliche Erfahrung schon einige Jahre zurückliegt: Züge zwischen deutschen Großstädten verkehren im Stundentakt, meint Barbara sich zu erinnern. So recht kann sie sich deshalb auch nicht die Euphorie erklären, die sie erfasst, als sie unter der Infotafel im Kölner Hauptbahnhof steht. Sie kauft sich ein Ticket nach München, mit Umsteigen in Mannheim und ohne Reservierung, steigt in den Zug, findet sofort einen freien Fensterplatz, verstaut ihre Koffer ohne fremde Hilfe, und die Euphorie hält an.

Warum sie, als der Zug bereits eine halbe Stunde nach Abfahrt unvermittelt zwischen Bonn und Koblenz anhält, und der Lautsprecher einen »außerplanmäßigen Stopp wegen Oberleitungsschaden« verkündet, von einem regelrechten Glücksgefühl erfasst wird, ist ihr schleierhaft.

»Ich habe zweieinhalb Tage halb gelähmt zwischen Bügel- und Ankleidezimmer verbracht, nur um zwei Koffer zu packen. Erst ein Traum von meiner Tante und ein Oberleitungsschaden der Deutschen Bahn haben mich von meiner Starre befreit«, könnte sie Miriam per Handy mitteilen, aber was würde ihrer Tochter diese Erkenntnis bringen?

Seit Barbara sich erinnern konnte, war Tante Anna immer da. Am Anfang noch ein bisschen für den seltsamen Onkel Karl, aber vor allem und immer: für Barbara. Sie war als zu junge Frau, gerade mal dreißig, ergraut, vielmehr weiß geworden, wenige Monate nach Kriegsende. Sie hatte sich in enorm kurzer Zeit einen Buckel zugelegt.

Eine tiefe Stimme reißt sie aus ihren Gedanken, die sie wohl mit Kopfschütteln begleitet hat: »Ich habe bereits gesessen, leider neben einer Dauertelefoniererin, ich musste fliehen.«

Vor Barbara steht eine Greisin und deutet mit zittriger Hand auf den Sitzplatz gegenüber.

»Doch, doch, frei«, sagt Barbara.

»Oberleitungsschaden also«, murmelt die Dame.

»Oberleitungsschaden«, grummelt Barbara bestätigend und muss lächeln. Die Dame, die da umständlich am praktischen Tischchen im Großraumwagen des ICE Platz nimmt, gebraucht Vokabeln wie »Dauertelefoniererin« und »Oberleitungsschaden« mit erstaunlich großer Selbstverständlichkeit, obwohl sie vermutlich schon persönlich die Einweihung der Eisenbahnstrecke Nürnberg–Fürth miterlebt hat.

2013: Morgen vor dem Fest (Vorfreude)

»Selber schuld, hättest einfach früher aufstehen sollen«, erzählt Miriam dem Spatzen, der, die Landebahn der langen Tafel ignorierend, direkt neben ihrem Frühstücksteller gelandet ist und nun selbstbewusst seine Krumen fordert, aber nicht bekommt. Miriam hat ihre Sandalen ausgezogen. Sie bohrt die nackten Zehen in den moosigen Boden, sie trinkt schwarzen Kaffee, sie inhaliert die Luft, deren Walnussaroma um einiges intensiver ist als am Vorabend.

»Alles klar, Schwester?«

Schon aus der Ferne registriert Miriam die Aufschrift *Daddy Cool*. Ob er sich die Tasse wohl bewusst ausgesucht oder den Schriftzug gar nicht bemerkt hat?

»Ich habe mir was von deinem Kaffee genommen. Sehr guter Kaffee.«

»Setz dich zu mir, Bruder!«, Miriam klopft auf die Sitzfläche neben sich.

Beide fangen gleichzeitig an zu lachen, und Miriam fragt sich, ob es auch Michael gerade erst wieder eingefallen ist: Es gab eine Phase in ihrem Leben, in der sie sich ausnahmslos mit »Bruder« und »Schwester« angesprochen haben. Angefangen hat diese Phase, Miriam kann sich genau erinnern, wenige Tage nachdem Katharina zur Welt gekommen ist. Ben war da zwei, Michael vier und sie selbst sechs Jahre alt. Sie hatte bereits zwei Brüder – und Michael nun auch zwei Schwestern. Trotzdem haben sie sich diese Titel verliehen, wie um sich gegenseitig und auch sich selbst zu vergewissern, dass Miriam vor allem Michaels Schwester und Michael vor allem Miriams Bruder war. Wann und warum diese Phase wieder aufhörte, daran erinnert sich Miriam nicht.

»Schön hier«, sagt Michael, dann grinst er. »Vor allem, wenn meine drei Frauen noch schlafen.«

Meine drei Frauen. Miriam, die aus mehreren Gründen protestieren müsste, seufzt, lehnt sich an ihn.

»Schön, dass du's doch gestern schon geschafft hast.«

»Der frühe Vogel ...«, beginnt Michael. »Der frühe Vogel ...«, setzt er von Neuem an. Miriam ist verwundert, nein erschrocken, wie resigniert er dabei klingt. »Selbst der frühe Vogel hat wenig Chancen, all das nachzuholen, was er verpasst hat. Du hattest natürlich recht, es wurde höchste Zeit, dass wir alle mal wieder zusammenkommen. Unser Problem ist nur, dass man kaum von einem ›wieder‹ sprechen kann. Aber anscheinend«, er räuspert sich, schluckt, »wird sich das ja nun ändern.«

»Guten Morgen.«

»I-düüü-lle!«

Barfuß und – das leuchtet einem schon aus mehreren Metern Entfernung entgegen – perfekt pedikürt, in Hängekleidchen, verschlafen und mit Strubbelhaar, tritt nun Laura über die Haustürschwelle. Wer würde sich wundern, wenn Peter Jackson hinterm Nussbaum hervorspränge, um sie mit einem Schmetterlingsnetz zu erhaschen? Wenn Wolfgang Joop sein Versteck im Schuppen aufgäbe?

Trotzdem: Miriam kann beim Auftritt der Elfe eine Spur Enttäuschung in Michaels Blick aufflackern sehen.

»Schon wach?«, es sollte fröhlich klingen, doch schon wieder räuspert er sich.

»Mila noch nicht.« Laura nimmt einen großen Schluck.

»Leon und Laurin auch noch nicht«, unterbricht nun Franziska, die Kaffeetasse vorm bereits perfekt geschminkten Dichterinnenmund, »dabei fangen sie doch sonst ...«

»... pünktlich und synchron um fünf Uhr zu schreien an«, vollendet Miriam Franziskas Satz. »Das muss die Landluft sein. Guten Morgen, Franziska.«

Sie hört »Super Kaffee« und »Ja, echt!« und liest *Ich bin nicht perfekt, aber verdammt nah dran* und *Lächle, du kannst sie nicht alle töten*, als plötzlich Werner neben ihr steht, die Tasse in seiner Hand schlicht und weiß und im Gesicht sein authentischstes Sean-Penn-Lächeln. Heute Morgen gilt es eindeutig nur ihr.

Keine zwanzig Minuten später sitzen sie mit Ausnahme der immer noch schlafenden Kinder um den Tisch versammelt. Noch hat keiner sich die Mühe gemacht, sich richtig anzuziehen, noch ist keiner auf die Idee gekommen, Frühstück zu machen, und Miriam, die ihrem Drang, aufzuspringen und Wasser aufzusetzen, widerstehen konnte, wurde mit zwei Tassen Kaffee belohnt, von Ben, der sich jetzt, nur wenige Sekunden nach Franziska und Michael, eine Zigarette anzündet.

Für den Bruchteil einer Sekunde ist Miriam versucht, ihre Gedanken zum Thema Gesundheit und Rücksichtnahme zu äußern. Doch zu stark ist die Erleichterung, ja vielleicht sogar der Stolz: Allesamt geboren im zwanzigsten Jahrhundert haben sie es ohne größere Peinlichkeiten oder Verluste ins einundzwanzigste Jahrhundert geschafft und sich mit diesem auch ganz gut arrangiert. Die Kinder heißen Mila, Laurin und Leon, und genau so werden sie vermutlich auch erzogen, aber nein, komplett Lifestyle domestiziert ist ihre Familie noch nicht: Kaffee und Zigaretten zum Frühstück, ohne Entschuldigung, ohne Rechtfertigung, ohne Ironie. Miriam lächelt in die Runde, die Unruhe im Morgengrauen ist ein Gespenst, das sich besonders erfolgreich durch Familienzusammenhalt verjagen lässt.

Sie lächelt, inhaliert Walnussaroma, spürt Moos, und noch während sie sich überlegt, ob nicht vielleicht doch Zeit bleibt, die Einladung anzunehmen, die sich mit Werners Lächeln verbindet, baut sich in kaum zu ertragender Höchstgeschwindigkeit eine warme Woge der Dankbarkeit in ihr auf. Jetzt ist sie es, die sich räuspert. Es bleibt beim Räuspern.

»Meine Zukunftssicherung lief zumindest nicht über meinen zweieinhalb Jahrzehnte älteren Chef«, verkündet Franziskas roter Mund mit Blick auf die morsche Holzschaukel, die – gerade noch schaukelte sie melancholisch im Wind – wie von Geisterhand aufgehalten, plötzlich bewegungslos verharrt; eine einfache alte Landschaukel, leicht vernachlässigt, aber hoffnungsfroh. Man hat ihr Kinder versprochen, und keine Stadtschaukel dieser Welt hat sie vom ungeschriebenen Urbangesetz in Kenntnis gesetzt: Nachwuchs gibt es heutzutage nur noch in Kombination mit ambitionierten, engagierten und höchst anstrengenden Eltern.

»Meine Güte, Mila ist zweieinhalb, Laura und ich sind ein ganz normales Paar – oder zumindest nicht weniger normal als andere Paare. Ich dachte, das Kapitel wäre endgültig vom Tisch«, Michaels Blick sucht Miriams, doch die kann nur mit den Schultern zucken.

Bei einem ihrer seltenen Telefongespräche vor knapp drei Jahren hat ihr Bruder schon einmal den Beweis geführt, dass Mila, seine damals noch zukünftige Tochter, nicht während eines bestehenden Abhängigkeitsverhältnisses gezeugt worden war, sondern erst, nachdem dieses beendet worden war. Das Telefongespräch hat Miriam bis heute nicht vergessen. Wie auch? Es hat sie ja erst darauf gestoßen, dass zwischen dem Ende von Lauras Praktikum bei Michaels ebenso fragwürdigem wie erfolgreichem Start-up und dem Anfang einer vermeintlich völlig normalen Beziehung mit ihrem Ex-Chef nur wenige Wochen, wenn nicht Tage, vermutlich sogar nur Stunden lagen.

»Vom Tisch oder nicht – ich kann selbst denken und sprechen; und das konnte ich vor zweieinhalb Jahren auch schon.« Laura streicht sich energisch durchs Strubbelhaar.

Franziska versucht allein durch Mimik ein »Wer weiß?« auszudrücken.

Beide zusammen – das muss selbst Miriam mit fast mütterlichem Mitgefühl feststellen – bieten einen niedlichen bis verletzlichen Anblick.

»Klar. Mir war von Anfang an klar, wie fortschrittlich eure Beziehung ist und wer davon profitiert. Besser kann man's ja gar nicht erwischen. Wir zahlen unser Kindermädchen von Michaels Gehalt. Du hast den Vater deiner Kinder zum Kindermädchen gemacht. Und dass das Familienvermögen, *sein* Familienvermögen, das möglich macht, war dir sicherlich klar, bevor du ihn erwählt hast.«

»Laura, lass dich doch nicht provozieren. Alles ist okay.«

Noch während Miriam diese Worte formuliert, fragt sie sich, ob sie damit nun eigentlich Michael, Laura oder sogar Franziska zur Seite springt und ob es nicht vielleicht doch besser wäre, sich zurückzuhalten.

»Genau, alles okay. Sehr okay sogar. Liebe Familie meines geliebten Mannes, vielen Dank für die Einladung zu dieser fröhlichen Feier. Vielleicht sollten wir erst ein paar Dinge klären«, Laura setzt die Tasse ab.

Unweigerlich fällt Miriams Blick auf *nicht alle töten*, und sie fragt sich, wie um alles in der Welt sie den Übergang von Lächeln zu Grinsen verpasst haben konnte.

»Schaut uns an, zwei bildhübsche, nichtsnutzige Schwiegertöchter. Die eine studiert Journalismus, weil irgendwas muss man ja machen mit Anfang zwanzig – und wenn man noch dazu ein Kind hat, erst recht. Die andere versucht sich als Jungschriftstellerin oder Debütschriftstellerin, denn irgendwas muss man ja machen mit Mitte dreißig – selbst wenn man ein Kind hat. Mir zumindest ist bewusst, dass das nur möglich ist, weil eure Familie die Kohle hat, ja, ja, ja. Dafür hat Michael, der notorische Sonnyboy und Junggeselle, mit über fünfundvierzig doch noch Frau und Kind bekommen. Dafür widmen wir uns liebevoll dem Nachwuchs, ohne den weder eine glückliche noch eine unglückliche Familie auskommt – und wir stellen keine Fragen, zumindest noch nicht. Wenn das kein Deal ist.«

Deal. Werner schaut, und Ben und Angelika schauen. Michael schaut, und mit einem ebenso entschuldigenden wie erleichterten Schulterzucken – sie gehört nicht zu dieser Familie – schaut auch Celine. Valentina und Ben schauen, die Angesprochenen schauen und schweigen.

Franziska spricht: »Erstens versuche ich mich nicht als Wie-du-es-auch-immer-nennen-magst. Jeder, der interessiert ist, hätte längst mitbekommen können, dass ich regelmäßig an Lesungen teilnehme und auch schon Texte und Gedichte veröffentlicht habe, aber das nur am Rande. Und zu unseren Rollen: Wir können Rollenbilder reproduzieren, negieren oder parodieren. Wir können aus ihnen ausbrechen, sie vertuschen oder verzeitgeisten …«

Franziskas Wangen zieren nun tiefrote Hektikflecken, und, ohne es selbst zu bemerken – davon ist Miriam überzeugt –, nickt sie zu jedem Verb, das sie herauspresst, rhythmisch mit dem Kopf.

»Und was ist das gerade für eine Rolle? Oder ist das schon wieder Poetry Slam?«, flüstert Valentina ihrem Bruder Paul zu.

Doch der winkt nur verärgert ab. Oder eingeschüchtert?

Franziska lässt sich nicht beirren: »... arrangieren oder sabotieren. Ich behaupte mal, dass Au-pair und Masterstudium nicht die schlechtesten Mittel sind, um das klassische Rollenbild ein wenig zu pimpen.«

»Kindermädchen«, korrigiert Celine.

»Oh!«, sagt Laura.

Und fasziniert, wenn nicht sogar bewundernd muss Miriam feststellen, dass sie nicht erkennen kann, ob ihr hämisches Grinsen wirklich ein hämisches ist oder ob sich nicht vielleicht doch ein feines Lächeln dahinter verbirgt.

»Wieso sollte ich versuchen, ein Rollenbild zu pimpen oder zu vertuschen? Ich bekenne: Mein Mann bringt die Kohle, ich kümmere mich ums Kind, gemeinsam mit dem Kindermädchen natürlich, und gebe mir große Mühe, mir nebenbei noch anwendungsorientierte Aspekte der Kommunikationstheorie und aktuelle Perspektiven der Kommunikationspolitik draufzuschaufeln. Wofür, weiß ich nicht. Ob es mich wirklich interessiert, weiß ich nicht. Aber auf eins kannst du meinen und deinen Arsch verwetten: Ich bin so vielseitig, dass einem schwindlig werden kann. Das ist auch der Grund, warum mir immer so schnell langweilig wird.«

Faszination, das könnte Miriam eindeutig antworten, wenn ihr jemand – selbstverständlich jemand, der nicht zur Familie gehörte – die Frage stellen würde, was das Spektakel der Elfen unterm Nussbaum am frühstückslosen Frühstückstisch in ihr auslöst. Deshalb kann sie heute auch völlig entspannt, neidlos und eifersuchtsfrei feststellen, dass auch Werner fasziniert ist, sehr fasziniert.

Zum vierzehnten Hochzeitstag hat Miriam ihm im vergangenen Sommer – wohl wissend, dass das Jahr ihres fünfzehnten im Zeichen von Barbaras Jubiläum stehen würde

– Karten für das Einzelfinale der Damen bei den US Open geschenkt, Flugticket und Hotel inklusive.

Sie muss sich Laura und Franziska nicht erst in Tennismontur vorstellen, um zu spüren, dass hier ein hoch konzentrierter geradezu sportlicher Wettkampf vor sich geht, dem sich niemand im Publikum zu entziehen vermag. Natalie scheint ebenso gebannt zu sein wie Valentina, Paul so angespannt wie Michael. Der konzentrierteste Zuschauer aber – sollte sich ein Schmetterball ins Publikum verirren, hätte er von allen männlichen Zuschauern wohl auch am wenigsten zu befürchten – ist und bleibt Werner. Selbst oder gerade weil ihm wohl schon klar ist, dass bei diesem Wettkampf keineswegs die älteste Spielerin über eine der bedeutend jüngeren siegen wird. Serena würde den Kürzeren ziehen, Wiktoryja – würde sie es darauf anlegen – auf jeden Fall als strahlende Siegerin hervorgehen, ohne große Anstrengung.

»Und was machst du mit deiner Vielseitigkeit?«, es ist Franziska anzusehen, wie sehr sie sich um Fassung bemüht, vergeblich.

»Zum Beispiel Müttern wie dir Erziehungstipps geben. Frag mal Michael. Spätestens seit ich zweiundzwanzig bin, kann mich nichts mehr so schnell aus der Ruhe bringen. Was man von den Dreißig-plus- und Vierzig-plus-Müttern – und da wird sich München nicht so sehr von Berlin unterscheiden – nicht gerade behaupten kann.«

»Laura, was soll das?«, fragt Michael und zieht unmittelbar alle Blicke auf sich: Ach, von ihm kommt jetzt doch noch was?

»Sollten wir nicht lieber mal …?«, fragt Paul so leise, dass Miriam nicht zweifelsfrei ausmachen kann, ob er zum Frühstück oder zum Rückzug auffordert.

Laura und Franziska bemerken weder die Einwände ihrer Partner noch die Blicke.

»Und wozu dann ein Au-pair-Mädchen?«

»Kindermädchen«, korrigiert Celine.

»Gu-ten Moooor-gen!«, als hätte sie auf ihren Aufritt gewartet, tritt oder vielmehr watschelt Mila enten- und elfengleich ins Geschehen. »Hab mir Frühstück gemacht, Mama«, spricht das kleine Ding, in der Hand ein ordentlich mit Butter bestrichenes und mit Wurst belegtes Brot: »Gehe jetzt Enten suchen.«

Sie positioniert sich zwischen Laura und Celine, drückt ihnen links und rechts einen Kuss auf die Wange, bedenkt dann Michael und macht sich schließlich auf den Weg in den Garten. Die größtenteils verzauberte Tischgesellschaft beobachtet, wie sie selbstvergessen grüne Walnüsse begutachtet, Stöckchen aufhebt, versucht, eine Biene und einen Schmetterling zu streicheln.

Je mehr Miriam sich auf Mila konzentriert, desto stärker wird ihr Verlangen, diese Szene in Schwarz-Weiß zu sehen – und das liegt nicht nur an dem altmodischen Hemdchen, das Mila über die nackten Beine hängt. Miriam vertieft sich in Milas Gang, sieht die blonden Locken, die ihr auf die Schultern fallen, und denkt: Barbara. So muss ihre Mutter ausgesehen haben, als sie hier vor siebzig, vor achtundsechzig Jahren durch den Garten strich.

»Lieblingsente, wenn du vorhast, irgendwo hochzuklettern, sei vorsichtig!«, ruft Laura und bereitet der großen Verzauberung ein Ende.

»Und wozu dann ein Au-pair-Mädchen?«, auch bei diesem zweiten Anlauf ist Franziskas Frage keine rhetorische. Sie fragt, um eine Antwort zu erhalten. Sie scheint bereit für die Kapitulation zu sein.

Schlagartig ändert sich auch Lauras Ton: »Ganz ehrlich, Mila und das bisschen Uni? Hier kann man wirklich nicht von Doppelbelastung sprechen. Mila ist eh in der Kita, und um mich ambitioniert ins Studium zu stürzen, fehlt mir die Idee, was ich damit anfangen könnte. Wenn Mila wirklich ein Kindermädchen bräuchte, wäre Celine die Richtige. Aber zu achtzig Prozent kümmert sie sich um mich.«

»So isses, ganz genau, Laura bringt es aufn Punkt.«

Jetzt sind es zwei Erkenntnisse auf einmal, die Miriam ohne Vorwarnung ereilen: Celine ist gar keine Französin. Und ja, hier wird gerade eine dieser neuen Fähigkeiten präsentiert, durch die sich Jugend heute auszeichnet: die Fähigkeit, auf hohem Niveau übers eigene Unreflektiertsein zu reflektieren. Miriam kann sich nicht vorstellen, dass jemand vom Kaliber einer Laura oder einer Celine in langwierigen Therapiesitzungen zur Einsicht über eigene Verhaltensmuster gebracht werden muss – das hat diese Jugend der Generation ihrer Eltern mit Sicherheit voraus. Miriam denkt an die Worte ihrer eigenen Therapeutin und muss lächeln: »Die jungen Damen legen sich heute bereits mit der Diagnose auf die Couch und beauftragen ihre Therapeuten lediglich mit der Lösung des Problems, und zwar hopp!«

»Celine ist auf den Tag so alt wie ich«, Laura.

»Wir studieren zusammen. Soll heißen: Uns beiden ist erst mal nichts Besseres eingefallen, als Journalismus zu studieren«, Celine.

»Nur hat sich Celine von niemandem schwängern lassen«, Laura.

»Hat sie sich in einem früheren Leben leider schon. Damals war sie nicht klug genug, sich von Männern fernzuhalten oder sich zumindest gezielt einen auszusuchen«, Celine, anerkennend Michael zunickend. »Auf jeden Fall findet auch sie es angenehmer, nicht zu arbeiten, um Geld zu verdienen.«

»Also assistieren wir uns gegenseitig. In der Uni, zwischen lauter langweiligen Studenten unseres Alters«, Laura.

»Und auf dem Spielplatz, zwischen Horden von zehn bis zwanzig Jahre älteren Hysterikerinnen und ihren Kindern, die selbstverständlich für all das Elend nichts können«, Celine.

»All das Elend?«, flüstert Franziska, ehrlich interessiert, fast kleinlaut.

»All das Elend. Püriertes Obst in Alu-Plastik-Packung vom Biomarkt. Lena. Lina. Leon. Laurin. Lorenz. Milo. Martha. Merle. Mila. Maja. Max. Komm schon, rette mich, Celine!«

»All das Elend. Elternmagazine, die nicht mehr *ELTERN* heißen, sondern *Eltern family, Nido, kizz, MOM, mum.*«

»All das Elend. ›Möchtest du, könnten wir, sollen wir‹ – Fragen statt Ansagen. ›Wollen wir jetzt nach Hause gehen?‹ – ›Will Merle noch ein Eis?‹ – ›Kann die Mama jetzt das Spielzeug aufräumen?‹ – ›Soll der Papa dich ins Bett bringen oder die Mama?‹«

»Grundverkehrt ist es nicht, dass ihr Journalismus studiert«, sagt Werner just in dem Moment, da Miriam der Gedanke kommt, dass die Entertainerinnen des Morgens auch nicht gerade schlecht darin sind, die Unreflektiertheit der anderen zu reflektieren – und schon geht die Show weiter.

Celine: »Elend aller Elende. Sonntagsväter, siehe auch: Bart tragende Bartender von Morgen. Einmal in der Woche, zumindest für zwei, drei Stunden darf Mutti ausruhen, und Vati den Vollbart auslüften. Darauf verzichten wir!«

Laura: »Ja, darauf können wir echt verzichten. Wenn Mila sonntags unbedingt auf den Spielplatz will, gehe ich alleine mit ihr. Auch wenn ich mir bis heute nicht sicher bin, ob, beziehungsweise ziemlich sicher bin, dass Celine und Michael miteinander ins Bett gehen. Auch ohne mich.«

»Laura!«, zischt Michael.

»Laura!«, seufzt Celine.

Michael bricht in nervöses Kichern aus, das sich schnell mit dem hysterischen Gelächter von Laura und Celine vermischt.

»Wie gesagt …«, flüstert Laura völlig außer Atem und mit geröteten Wangen, und dabei steigen ihr Tränen in die Augen. Sie ist jetzt – allerdings unter völlig anderen Voraussetzungen und aus komplett anderen Gründen – mindestens genauso bei sich wie ihre durch den Garten wandernde Tochter. Nur das Publikum existiert für sie nicht mehr: »Ich habe nichts dagegen. Michael und ich gehören einfach zusammen, daran wird sich nichts ändern. Du und ich auch. Wieso solltest du dann nicht auch mit Michael …?«

Ben nickt – soweit Miriam es einordnen kann – vor allem, um zum Ausdruck zu bringen, dass er in der Lage ist, den Sachverhalt nachzuvollziehen.

Werner nickt – es fällt Miriam nicht schwer, dieses Nicken einzuordnen –, um das Gesagte gutzuheißen.

Franziska und Paul tauschen Blicke.

Als Ben seine Schwester vor einer guten Stunde mit frisch gebrühtem Kaffee überraschte, hat sie sich fest vorgenommen, sich den restlichen Tag in Demut zu üben, nichts und niemanden zu bewerten. Nun muss sie doch seufzen: So sieht sie also in der Praxis aus, diese Vaterschaft, die Michael einst, im selben Telefongespräch, in dem er alle Abhängigkeitsverhältnisse – zumindest während der Zeugung – abgestritten hatte, als »spät, aber dafür umso intensiver und beglückender« prognostiziert hatte.

Ja, sie wirken glücklich, alle drei. Und ausgeglichen. Das wird sich ändern, vielleicht bald, mit Sicherheit irgendwann. Irgendwann wird mindestens einer oder eine von ihnen ernsthaft verletzt sein. Beim Wundenlecken wird niemand assistieren. Und der Heilungsprozess wird schmerzhaft sein. Dabei wünscht Miriam ausgerechnet ihrem Bruder, den sie tags zuvor noch zur Hölle gewünscht hat, nichts weniger als Glück, ihretwegen gerne auch mit einer Tochter, die als seine Enkelin durchgehen könnte, und mit zwei Frauen, die seine Töchter sein könnten, noch dazu Zwillingstöchter. Sie beißt sich auf die Lippen. Natürlich nur, wenn die beiden Frauen selbst das wünschen beziehungsweise steuern, befiehlt sie sich zu denken. Wenn sogar schon Barbara Tomaten nicht eingekocht, sondern mit ihnen geworfen hat …

»Guten Morgen«, ertönt da eine Stimme.

Unvoreingenommen, stellt Miriam fest und beschließt, dass das Wirrwarr des Morgens mit dieser Stimme beendet ist.

Sie gehört einem sehr blonden Mann in Bens Alter. An der Hand hält er eine vergnügt vor sich hin singende Mila.

»Ich war auf der Suche nach meinem Vater«, sagt der fremde Mann, und als er ein Dutzend fragende Blicke erntet: »Und da habe ich ihre Tochter, ihre Enkelin gefunden.« Er zeigt auf den Nachbargarten und will Mila entlassen.

Doch die gibt den Griff nicht frei und zieht den Mann Richtung Familientafel.

»Fadi hat gesagt, dass es hier Walnüsse gibt.«

»Jetzt noch nicht, erst im Herbst«, lacht der Mann.

Der Nachbarssohn. Ähnlich sieht er seinem Vater nicht gerade, und wie ein Fadi schaut er schon gar nicht aus.

»Fabi von Fabian?«, fragt Angelika, und Miriam spürt, wie ihr die Schamesröte ins Gesicht steigt.

»Fa-di von Fadi«, lacht der Nachbarssohn. »Als Kind, besonders nachdem wir von München hierhergezogen sind, habe ich mir immer gewünscht, meine Eltern hätten mir einen anderen Namen gegeben. Heute wünsche ich mir nur noch, dass die Menschen etwas selbstverständlicher mit ihm umgehen.«

Celine ist auch keine Französin, denkt Miriam, und während ihr zum zweiten Mal innerhalb einer Minute die Schamesröte ins Gesicht steigt, gratuliert sie sich dazu, nicht laut gedacht zu haben.

»Ich wünsche Ihnen auf jeden Fall ein rauschendes Fest. Mein Vater hat mir erzählt, warum Sie hier sind«, sagt Fadi, gibt Mila einen Klaps auf die Schulter und verabschiedet sich Richtung Gartentürchen. »Mal sehen, wo er ist.«

»Jetzt lasst uns mal Frühstück machen«, sagt Miriam. »Wir haben viel vor heute.«

1933: Anna
(Anna, 18)

»Das ist kein Schießgewehr, Anna. Eine Mandoline ist ein Musikinstrument. Und Musik soll unser Leben bereichern, nicht zerstören. Du kannst sie also gern ein bisschen weniger aggressiv in den Händen halten.«

Anna schwitzte. Am liebsten hätte sie das Instrument weggeworfen, wäre zum Bach an der Kapelle gelaufen, hätte Beine, Arme und den Kopf ins kalte Wasser getaucht – ganz allein, ohne Judith. Es war heiß, und ob sie diese »Konkubine« nun wie ein Schießgewehr hielt oder wie eine Axt, Judith war diejenige, die um sich schlug, schon den ganzen Vormittag.

Annas Plan, erst ein Morgenbad im Ammersee zu nehmen und dann die nistenden Wasservögel auf der Schwedeninsel zu beobachten, hatte Judith ohne Begründung verworfen, stattdessen hatte sie Anna schon mit grimmigem Gesichtsausdruck auf der Terrasse erwartet.

»Heute male ich dich wie ich dich noch nie gemalt habe«, hatte sie ihrer Freundin prophezeit, und es hatte geklungen wie eine Drohung. Anstatt leichten Fußes zum See zu hüpfen, hatten die beiden, bepackt mit Staffelei, Malzeug, Picknickkorb und »Mandaline«, den Weg über Hänge und Wiesen nach Bischofsried angetreten.

»Kannst du mit diesem Ding spielen?«, hatte Anna gefragt.

»Auf diesem Ding«, hatte Judith geantwortet. »Nein, kann ich nicht.«

»Es ist sehr heiß«, hatte Anna gesagt.

»Stell dich nicht an. Hitze ist das geringste Übel«, hatte Judith gesagt.

Dann waren die beiden weiter Richtung Waldrand gestapft, schweigend und schwitzend. Judith die bunten Blumenwiesen des Stadler-Bauern, Anna die Kühe auf der Weide, den Feldhasen am Weidezaun, den Bussard kurz vorm Sturzflug entgegen ihrer Gewohnheit keines Blickes würdigend.

»Vielleicht sollten wir ganz auf sie verzichten …«, probierte Anna es kleinlaut, »… ich kann weder auf noch mit ihr spielen, und das wird man mir ansehen.«

»Nur, wenn ich will, dass man es dir ansieht.« Lächelnd visierte Judith abwechselnd ihren am langen Arm in Richtung Anna gestreckten Pinsel, Annas Gesicht und die Leinwand. »Selbstverständlich will ich das nicht. Sie soll dir Halt geben.«

»Wofür denn Halt?«

»Es wird ein Akt. Ich werde dich nackt porträtieren. Als mir heute Nacht die Idee kam, dachte ich, das würde gut harmonieren: dein Körper und ihrer. Wenn du willst, kannst du dich an ihr festhalten.«

»Nackt?« Mit einem Mal war es sehr kalt, Anna hatte nicht mehr das Bedürfnis, ins Wasser einzutauchen. Trotzdem zog sie sich die Bluse über den Kopf. »Nackt!«, knöpfte mechanisch die Hose auf, streifte die Schuhe von den Füßen, legte die Socken ab, das Unterhemd. »Und wenn uns jemand sieht?«

»Hier kommt niemand vorbei, es ist viel zu heiß.« Judith ließ den Pinsel sinken, musterte Anna. Sie öffnete den Mund, schloss ihn und lächelte.

Anna schloss die Augen, schon war ihr wieder heiß, trotzdem hatte sie Gänsehaut.

»Ich werde dich zum ersten Mal nackt malen, aber auch zum ersten Mal so, wie allein ich dich sehe«, hörte sie und wagte nicht, die Augen zu öffnen. »Und nicht nur dich«, hörte sie. »Ab heute werde ich alles genau so malen, wie ich es sehe. Alles und alle.«

Hatte da gerade Wärme in Judiths Stimme gelegen? Wenn ja, war sie schon wieder verschwunden. Anna presste die Lider zusammen.

»Jeder sollte machen und denken, wie er will, was er will. Jeder!«, hörte sie Judith rufen und öffnete die Augen.

Judith schmiss den Pinsel zu Boden und gab der Staffelei einen sanften Tritt.

»Tut mir leid, ich kann dich nicht malen. Ich kann überhaupt nicht malen heute.«

Es war heiß an diesem Augusttag im Jahr drei nach ihrem germanischen Winnetou-Ritual. Drei Jahre lang hatte Judith Anna Tag für Tag, Woche für Woche, Monat für Monat mit Klavierklängen in ihren Bann gezogen, hatte ihr gezeigt, wovon sie selbst verzaubert war, und mit ihr in langen Lesestunden unterm Walnussbaum im Frei'schen Garten, an der kleinen Brücke über den Krebsenbach oder unter Birken auf Moos gebettet die Gesellschaft von Hans Castorp und Pribislav Hippe, Fräulein Engelhart und Madame Chauchat geteilt.

Und nun teilte sie ihrer Freundin mit: »Ich werde keine Tastatur mehr berühren in diesem Leben.«

Die Akademie der Tonkunst war für Judith gestorben oder vielmehr, wie sie sich ausdrückte, »getötet worden«: Thomas Mann hatte im Februar einen Vortrag in München gehalten, und ein Großteil der Akademieprofessoren hatten sich am Protest gegen ihn beteiligt. Doch erst jetzt hatten Judith und ihre Eltern davon erfahren. Mann hatte sich von Frau und Tochter überreden lassen, ins Exil zu gehen, Judiths Eltern wollten ihre Tochter davon überzeugen, dass es besser wäre, sich bis auf Weiteres von der »Richard-Wagner-Stadt«

fernzuhalten. Zumindest, bis sich die politische Lage etwas entspannt haben würde.

»Aber wird sie sich entspannen oder nur von Tag zu Tag schlimmer werden?«, fragte Judith, als Anna gerade bewusst wurde, dass sie noch immer nackt war, kein bisschen entspannt und ohne den Schutz der Mandoline, die, vom Weltgeschehen unbehelligt im Gras liegend, genauso unbeachtet aussah, wie Anna sich fühlte.

Ich weiß es nicht, dachte Anna, und während sie sich, den Blick auf den Boden gerichtet, die Kleider überstreifte, wurde ihr klar, dass Judith keine Antwort von ihr erwartete.

1950: Benjamin

Benjamin war Winnie Two, elf Jahre alt und am Waldrand auf Cowboyjagd. Mit Iltschi, dem alten und lahmen Steckenpferd, mit dem Stamm der Chicorées und mit Nscho-Tschi, die ihn als seine kleine Cousine Barbara am Vorabend noch ebenso tapfer wie erfolglos gegenüber seiner im Abenteuer nicht vorgesehen Mutter Anna verteidigt hatte. Sie hatte ihrer Nichte untersagt, ihrem Sohn verboten, in den Wald zu gehen und seinen Tomahawk konfisziert. Trotzdem hatten sie schon sieben Cowboys erlegt: drei Giftpfeile mitten ins Herz, zwei Steinschleudertreffer an die Schläfe, zwei Genickbrüche am Grund einer kleinen, aber verhängnisvollen Schlucht.

Mit gespanntem Bogen stand Benjamin vor Vane Wane, dem gemeinsten und gefährlichsten aller Bleichgesichter, als er einen Schuss hörte. Vane Wane blieb verschont, und ohne sich zu beratschlagen, rannten Cousin und Cousine in die Richtung, aus der der Schuss gekommen war.

Als sie die Ruine am Waldrand hinter sich gelassen hatten, ins Dickicht eingetaucht waren und über den Krebsenbach springen wollten, sahen sie ihn: Sein starrer Blick fand sie durch halb geöffnete Augen. Ein Dalmatiner. Mit den Hinterbeinen lag er im Wasser, durch das sich rote Schlieren zogen. Er war ganz still und schaute sie an. Ein altes Tier, ein sehr altes Tier, wie am ausgeblichenem Fell um die Schnauze zu erkennen war und an seinem getrübten Blick, in den sich nun in den letzten Augenblicken seines Lebens zum Schmerz und zum Erstaunen noch einmal eine lange nicht mehr gekannte Wachheit legte.

Als Benjamin sich neben ihn setzte und den warmen weichen Kopf in seinen Schoß bettete, begann der Hund zu wimmern, ganz leise. Benjamin versuchte, die Wunde mit seinem Halstuch abzudecken, aber der Blutfluss ließ sich nicht aufhalten. Alles, was sie für ihn tun konnten, war, bei ihm zu sitzen und sein Wimmern in sich aufzunehmen. Es dauerte nicht lange, nicht länger als das Rauchen einer Friedens- und Heilpfeife aus Waldliane oder Judenstrick, die schon stärkere Indianer zum Kotzen gebracht hatte und auch Hunde nicht gesund machen konnte. Während Benjamin mit der einen Hand den Kopf des Hundes streichelte, mit der anderen Barbaras Oberarm drückte, wünschte er sich nichts mehr, als dass das Tier endlich sterben würde. Als das Wimmern schließlich verstummte, erschrak er trotzdem. Streichelte und streichelte, als ob er ihm seine Bewegung schenken könnte. Vane Wane blieb für den Rest des Tages verschont.

Irgendwann standen Cousin und Cousine gleichzeitig auf, Benjamin drückte wortlos Barbaras Hand, die sie in seine geschoben hatte, und wortlos gingen sie nach Hause. Vermutlich wollte keiner von beiden reden, vermutlich hätten sie bis zum Abend geschwiegen. Doch am Zaun unterm Flieder stand Anna.

»Habt ihr die Gartenschere verschlampt?«, fragte sie vorwurfsvoll und schien doch erfreut, die beiden zu sehen.

»Mutter, wir haben heute einen Dalmatiner gefunden, einen …«, brach es aus Benjamin heraus.

»Einen Dalmatiner? Bei uns im Dorf? Hier gibt es keine Dalmatiner!«, bellte Anna.

»Als wir ihn gefunden haben, hat er noch gelebt, wir haben versucht, ihn zu retten«, warf Barbara ein.

»Indianergeschichten! Alles Einbildung!«, sagte Anna schon versöhnlicher. »Wenn du mir die Gartenschere bringst, Barbara, zeige ich dir, wie man Flieder schneidet.«

Sie klatschte in die Hände, wohl, um Barbara aufzumuntern, vielleicht auch, um ihren Sohn zu verscheuchen, während Onkel Karl, keinen Katzensprung entfernt, den grünen Hut auf dem Kopf, die Schrotflinte geschultert, seltsam beschwingt den Rückweg von seiner wöchentlichen Pirsch antrat.

Was hatte Benjamin auch anderes erwartet? Trotzdem gelang es ihm auch diesmal nicht, seine Schultern nicht hochzuziehen. Er drehte sich wortlos um, natürlich konnte und wollte er es Barbara nicht übelnehmen, dass seine Mutter wieder einmal nur für ihre Nichte Verständnis aufbrachte. Trotzdem entzog er sich der kleinen warmen Hand, die nach ihm greifen wollte, dem bewundernden Blick, der gleichzeitig voller Mitgefühl war, beschloss, seine Großmutter zu suchen.

»Vielleicht haben wir auch nur ein Gespenst gesehen, Tante Anna«, hörte er Barbara sagen.

»Wahrscheinlich«, lachte Tante Anna.

1950: Barbara

Wenn Barbara über ein halbes Jahrhundert später auf die Idee kommen sollte, ihren Enkeln von ihrer Kindheit zu erzählen, würde sie vielleicht von dem Dalmatiner erzählen, vielleicht würde sie mehr erzählen als: »Tante Anna war meine Lieblingstante.« Vielleicht würde sie Sätze sagen wie: »Tante Anna hatte einen Sohn. Von einem Mann, der nicht aus dem Krieg zurückgekehrt war.«

Wenn Barbara irgendwann damit beginnen würde, ihren Enkelkindern von ihrer Kindheit zu erzählen, würde sie noch ganz andere Dinge zu erzählen haben.

Barbara würde ihren Enkeln zum Beispiel die große und lange Geschichte vom Nicht-Erzählen erzählen können. In dieser Geschichte wäre Tante Anna eine Frau, die mit ihrer Nichte spricht, wann immer die es will, für und mit ihrem Sohn aber keine Worte findet.

»Er trug den Namen Benjamin, doch sie nannte ihn mit Vorliebe ›den Sohn‹. Sie hatte einen Mann, der versuchte, ihrem Sohn ein Vater zu sein, wie sie versuchte, ihm eine Mutter zu sein.«

In der Geschichte würde ihre Großmutter eine Frau gewesen sein, die ihren Enkel bedingungslos unterstützte, ihre Enkelin aber kaum wahrnahm. Es würde eine Geschichte sein, in der ihr Vater weder mit seiner Tochter sprach noch mit seinem Neffen, auch nicht mit seiner Frau.

Eine Geschichte, in der sich eine Mutter und eine Tochter wenig zu sagen hatten.

Eine Geschichte, in der ein kleines Mädchen große Angst vor dem stummen Vater hatte und froh war, wenn er erst am späten Vormittag aus seinem Zimmer geschoben wurde und schon am frühen Abend neben dem Ofen einnickte.

Während Barbara diese Geschichte erzählen würde, würde sie sich, ihre Kinder und vielleicht sogar ihre Enkel fragen können, ob das eine Familie ausmachte: Dass man die einen lieber hatte, die anderen weniger lieb und trotzdem zusammenblieb. Sie würde sich auch fragen können, ob nicht ganz andere Dinge eine Familie ausmachten.

Doch Barbara würde diese Geschichte nicht erzählen, nicht als kleines Mädchen, nicht als Teenager und auch nicht ein halbes Jahrhundert später. An den Dalmatiner dachte sie nicht weiter.

Dann schreckt sie aus dem Minutenschlaf hoch, wischt sich verstohlen und noch mit geschlossenen Augen den Sabber vom Kinn und sieht durch zusammengekniffene Lider, dass die Alte ihr noch immer gegenübersitzt und sie unverhohlen beobachtet.

»Wir werden unser Ziel eben etwas später erreichen«, lässt die Greisin verlauten, sobald Barbara die Augen aufgeschlagen hat.

Barbara fragt sich, was sie mit »unser Ziel« wohl meint, nickt trotzdem und richtet ihren Blick aus dem Fenster auf die Kuhherden, an deren schwarz-weißes Fell sie sich auch nach Jahrzehnten in Nordrhein-Westfalen noch nicht gewöhnt hat. Der Prototyp einer Kuh ist für sie noch immer weiß-braun – bayerisches Fleckvieh mit ungestutzten Hörnern und Glocke am Hals. Aber was sind schon Prototypen?

Sie müsste nicht erst das Adressbuch ihres Smartphones durchgehen, um sich jedes einzelne ihrer Kinder und Enkelkinder in Sekundenschnelle zu vergegenwärtigen. Seltsamerweise vermischt sich das Bild von Miriam für Millisekunden mit dem Porträt eines ihr unbekannten verabschiedeten Generals, das sie am Vortag noch in der Zeitung betrachtet und das sie irgendwie fasziniert hatte: nicht völlig unsympathisch, aber eindeutig zu fordernd und bestimmend. Dabei liebt sie ihre Tochter. Und sie selbst war es, die Miriam beigebracht hat, zu fordern und zu bestimmen.

Barbara schüttelt den Kopf und steckt das Handy in die Handtasche. Soll doch die Deutsche Bahn erst mal den Oberleitungsschaden beheben. Vorerst wird sie niemanden darüber informieren, dass es geringfügige Abweichungen im Schlachtplan ihrer Familie gibt.

»Auch wenn er früh kam, ich habe nicht immer einen Buckel gehabt«, ertönt die Stimme der Greisin.

»Ich erinnere mich«, flüstert Barbara, ohne den Blick zu heben, und so leise, dass sie sich nicht mal selbst sicher ist zu verstehen, was sie eben gesagt hat. »Immer wieder unglaublich, wie viele Kühe es im Rheinland noch gibt.«

»Löwen wären mir lieber«, sagt die Alte.

1953: Benjamin

Eine Mutter? Hat man nur eine, auch wenn sie nicht für einen da ist.

Seine war, wenn er sie brauchte – zumindest seit Benjamin sich erinnern konnte –, nicht für ihn da.

Seine Großmutter im Nachbarhaus war – seit er sich erinnern konnte und zumindest für ihn – immer da. Er schleppte sie auf den Friedhof, um ihr junge Fledermäuse zu zeigen. Im Alter von neun Jahren brachte er ihr bei, Pfannkuchen zu backen und dabei ohne schlechtes Gewissen dicke deutsche Wirtschaftswundereier zu verwenden. Noch früher brachte er ihr romantisch klingende Lautgedichte nahe, die er von den Amerikanern aufgeschnappt hatte und die, wie er und Barbara erst später herausfinden würden, vor allem Umschreibungen ausgefallener Sexualpraktiken waren.

Die Großmutter hatte bereits dreimal kapituliert: als ihre drei Söhne in den Krieg gezogen waren, als die beiden Ältesten innerhalb einer Woche gefallen waren und als der Jüngste als Invalide zurückgekehrt war. Jetzt, zu Friedenszeiten, ließ sie sich alles gefallen, sie schien sogar Spaß an den Marotten ihres Enkels zu haben. Vielleicht war sie auch einfach nur dankbar, dass er lebte und darüber hinaus auch noch lebenslustig war.

Als seine Tante, Barbaras Mutter, in viel zu jungen Jahren anfing, wunderlich zu werden, weil ihr Mann im Gegensatz zu seinen zwei Brüdern zwar zurückgekehrt war, aber zurückgeschickt wurde als kompakt geschnürtes Nachkriegspaket – ganz ohne Stempel, den Stempel am Unterarm hatten andere verpasst bekommen, wovon natürlich keiner in der Familie jemals reden würde –, als sein Onkel, Barbaras Vater, zurückgekehrt war, mit farblosem Strichmund, mit versengten Ohren und ohne Arme und

Beine, und als weit gereistes Paket nun nur noch von Bett zu Tisch, von Tisch zur Toilette, von der Toilette ins Bett befördert werden musste, in das Bett, in dem er in seinem einzigen Fronturlaub eine Tochter gezeugt hatte, ohne zu ahnen, dass er mit ihr niemals auch nur ein Wort wechseln würde, als dieser Mann endgültig zurückgekehrt war, hatte Anna die Hände über dem Kopf zusammengeschlagen und allen zu verstehen gegeben: Es bleibt uns nichts übrig, als uns auch mit diesem Schicksal abzufinden.

Es ist nicht immer das Du-und-ich-Zusammen, wenn die Mutter von »uns« oder »wir« spricht – das gehört zu den ersten unausgesprochenen Regeln, die ein Kind lernt, spätestens, wenn es sich zum ersten Mal eigenständig aufs Töpfchen setzt.

Ich bin nicht gemeint, ich bin am allerwenigsten gemeint, wenn die Mutter von »uns« spricht, wenn sie »wir« sagt – das ist eine Erkenntnis, die kein Kind, egal wie alt, haben sollte. Benjamin blieb diese Erkenntnis nicht erspart.

1953: Barbara

Am 16. Februar 1953, ein halbes Jahr vor Barbaras zehntem Geburtstag, hatten sich die Tante und Barbara im Fernsehen die erste Liveübertragung des Rosenmontagszugs in Köln angesehen – »zwischen den Trümmern dieser Stadt, die sie aber mit ihrem Humor, ihrer Lebensfreude und ihrer Arbeit wieder aufbauen wird«, wusste der Reporter. Und von da an wusste auch die Tante zur Faschingszeit und an jedem anderen Tag des Jahres: Um den Lauf der Dinge aufzuhalten, sollte man hexen können, richtig hexen können. Jeden Rosenmontag setzten sie und Barbara sich nun mit einem Faschingskrapfen vor den Kölner Karneval. Dann zog die Tante los, ein halbes Jahr vor Barbaras elftem, zwölftem, dreizehntem und vierzehntem Geburtstag noch mit der Nichte im Schlepptau, ein halbes Jahr vor dem fünfzehnten gingen Barbara und die dreiundvierzigjährige Tante nach gemeinsamem Fernsehnachmittag und Krapfen erstmals getrennte Wege.

Barbara wollte kein Clown mehr sein. Als sie wenige Tage zuvor mit Benjamin Schnee geräumt hatte, hatte er ohne Vorwarnung ihre halb erfrorenen Hände in seine genommen.

Sie wollte kein Krokodil mehr sein. Er hatte ihre Hände gerieben und warm gehaucht.

Sie wollte keine Piratin mehr sein. Er hatte ihr seine Handschuhe übergestreift, hatte für eine Sekunde ihren Kopf in seine warmen, trockenen Hände genommen und den seinen geschüttelt.

Sie wollte keine feine Dame mehr sein.

»Barbara Berger, was ist passiert?«, hatte ihr Cousin gefragt. »Du bist kein kleines Mädchen mehr.«

Dann hatte er ihr die Schneeschaufel überlassen und war im Haus verschwunden.

Barbara winkte Tante Anna zu, die den Reisigbesen in der einen, den Hexenhut in der anderen Hand durchs Gartentor verschwand.

Sie wollte keine Prinzessin mehr sein, zumindest keine Faschingsprinzessin. Sie klopfte sich den Puderzucker vom Rock und leckte sich die Lippen, die noch nach Aprikose schmeckten. Sie war mit Benjamin verabredet. Als sie den Weg zum Krebsenbach entlangschlitterte – keuchend, sie war schon viel zu spät dran –, fiel ihr wieder ein: Hier war sie einst Winnie Twos Gefährtin gewesen. Sie musste lachen. Sie wollte keine Squaw mehr sein, zumindest nicht die Squaw, die treu ergeben ist.

»Da bist du ja endlich«, begrüßte Benjamin sie. Auch er war kein Winnie Two mehr, im Gesicht ein fast abschätziges Grinsen, zwischen den Lippen eine Zigarette, keine Friedenspfeife.

»Du rauchst?«

Sie hatten nicht mehr miteinander gespielt, in den letzten Jahren kaum miteinander gesprochen. Gesehen hatte sie ihn trotzdem täglich, wenn sie Tante Anna besuchte, im Nachbargarten, auf dem Schulhof. Oft mit Jungs, die älter waren als er, und Mädchen, die um einiges älter waren als sie. Rauchen hatte sie keinen gesehen.

»Und du kommst zu spät. Hat dich die Alte wieder in ihren Fängen gehabt?«

Barbara hörte »Alte« und wünschte, sie hätte es nicht gehört. Tante Anna mochte älter als die Mütter und Tanten ihrer Freundinnen und Schulkameraden sein, aber sie benahm sich jünger. Sie war lustig und wild, sie war anders als all die anderen Mütter – und ihre eigene.

»Hat sie dich wieder mit Anekdoten und Krapfen gefüttert?«

Barbaras Aufregung schwand, sie hatte sich auf Benjamin gefreut.

»Barbara, schau nicht so. Du kannst ja nichts dafür.«

Er versuchte zu lächeln, was ihm misslang. Dann versuchte er, Ringe zu blasen, was ihm gelang.

2013: Vormittag vor dem Fest (Ankunft?)

»Am besten wir formieren uns im Halbkreis«, ruft Miriam, die im letzten Moment beschlossen hat, doch zum Flughafen mitzufahren.

»Wir haben das alles geprobt, entspann dich!« Natalie packt ihre Tante an der Schulter und drückt ihr wieder den riesigen Rosenstrauß in die Hand, den Miriam kurz vor der Abfahrt aus dem Nichts gezaubert hat. »Bleib hier stehen. Von hier hast du den besten Blick auf den Ausgang. Und auf uns.«

Miriam versucht, ihrer Nichte zuzulächeln, noch einmal die Zuversicht des frühen Morgens einzufangen, doch der Vogel war davongeflogen. Zum sechzigsten Mal innerhalb einer Minute registriert sie das Blinken hinter der *Gelandet*-Anzeige, so wie sie vorher schon das Blinken hinter *Verspätung* registriert hat. Sie beobachtet, wie sich ihre Familie scheinbar unkoordiniert, aber doch nach einem festen Schema aufstellt, wie Natalie und Franziska einander bei der Hand nehmen und sich zunicken.

Die Schiebetür öffnet sich und gibt die ersten Passagiere des Köln-München-Flugs frei.

Miriam zieht die Mundwinkel nach oben. So sehr sie auch danach sucht, im großen Repertoire der Gesichtsausdrücke findet sich kein einziger, den sie aufsetzen kann, um sich für das Treffen mit ihrer Mutter auch nur halbwegs gewappnet zu fühlen.

1934: Anna
(Anna, 19)

»Dann zeige ich dir jetzt etwas, was dich bestimmt mehr interessiert.«

Keine zwanzig Minuten waren sie über St. Johann spaziert, bevor Judith unruhig wurde. Anna hatte fest vorgehabt, der Freundin die Gräber all ihrer Verwandten zu zeigen, und das waren einige. Auch wenn sie selbst nur noch wenige dieser inzwischen unter viel Stein und verhältnismäßig wenig Blumen Liegenden kennengelernt hatte, hatte die Vorstellung, ihre Freundin in die Welt »ihrer Toten« einzuweihen, für Anna zu Beginn ihres Spaziergangs etwas Romantisches gehabt. Nachdem Judith allerdings bereits nach Annas Großtante mütterlicherseits (Bäuerin) und dem Urgroßvater väterlicherseits (Zimmermann), deren unspektakulären Biografien (Geburt, kurze Kindheit und Jugend, viele Kinder, Arbeit bis ins hohe Alter) und noch unspektakuläreren Todesursachen (natürlich) ein Gähnen und unruhige Blicke nicht mehr hatte unterdrücken können, fragte sich Anna nun, wie die Vorstellung von Romantik überhaupt in ihr hatte aufkommen können.

»Wir müssen vorsichtig sein. Wenn sie zu Hause sind, kommen wir lieber ein anderes Mal wieder.«

Kaum hatten sie den Friedhof verlassen, betraten sie auch schon ein weitläufiges Grundstück voller Obstbäume, auf dem sich zwei Gebäude befanden: ein Wohnhaus und ein fast ebenso großes Gartenhaus, das, so freute sich Anna, Judith bald verkünden zu können, bis vor Kurzem einem echten Maler und Zeichner als Atelier gedient hatte. Falls Judith neugierig war, gab sie sich Mühe, es zu verbergen. Ihr Blick verriet, wie so oft, einzig Belustigung.

»Wir müssen unauffällig am Wohnhaus vorbei …«, flüsterte Anna. »Im Gartenhaus ist sicher niemand, dafür aber das, was ich dir zeigen will.«

Als sie, das Wohnhaus nicht mehr in Sicht, ihre Gesichter an die schmutzigen Scheiben des Atelierhauses drückten, entkam Anna ein Glucksen. »Schau nur, Bulldoggen! Bevor er seine Frau und Tochter verlassen hat und abgehauen ist, hat der Maler, der hier gewohnt hat, unvorstellbar viele von ihnen gemalt.«

»Gezeichnet!«, korrigierte Judith, ohne den Blick von den Bildern im Inneren des Ateliers zu wenden. »Vor allem gezeichnet. Und meistens waren es Möpse.«

Der Seufzer, der Anna entfuhr, mochte mit Enttäuschung zu tun haben, gleichzeitig war es aber auch ein Seufzer der Erleichterung: Alles ging seinen gewohnten Gang. Natürlich wusste Judith, dass hier ein Maler – vielmehr ein Zeichner – gewohnt hatte, vermutlich kannte sie noch mehr Bilder oder Zeichnungen von ihm als die, die jetzt durchs verschmutzte Atelierfenster zu sehen waren, wahrscheinlich gab es sogar einen Namen für den Stil, in dem der Maler Möpse zeichnete, die wie Bulldoggen aussahen, und ganz sicher würde Judith ihr jetzt mal wieder etwas über die Kunst erzählen.

»Er hat sie nicht ›verlassen‹, er musste gehen. Schon letzten Frühling. Und wenn wir vor etwas Angst haben müssen, dann nicht davor, von seiner Frau und Tochter entdeckt zu werden. Die beiden sind ganz anderen Besuch gewöhnt. Nachdem er nach Prag geflohen ist, hat die SA die Häuser durchsucht, ihren Schmuck mitgenommen und ein Großteil der Bilder.«

Anna erschauderte: »Vor wem …?« Sie blickte sich um.

»Wenn du Angst haben willst oder musst«, fuhr Judith fort, »dann davor, auf dem Grundstück eines geflohenen

Juden, seiner Frau und seiner halbjüdischen Tochter gesehen zu werden, und das auch noch in Begleitung einer Jüdin, mit der du befreundet bist. Also hüte dich.«

»Und warum bist du dann mit hierher ...?«

»Ich bin dir einfach nur gefolgt«, lächelte Judith. »Wie ich dir überallhin folgen würde. Er hat seiner Frau übrigens vorgeschlagen, dass sie sich scheiden lässt. Sobald sie wieder Arierin ist, kann sie das Haus für sich beanspruchen. Sie hat abgelehnt. Es kann also nicht mehr lange dauern, bis sie enteignet werden.«

»Aber woher weißt du ...?«

»Er war es, der mir den ersten Zeichenunterricht gegeben hat, da war ich gerade mal fünf. Unsere Eltern sind befreundet. Mein Vater hat sogar schon mit ihm in Prag telefoniert. Und mit ihr treffen sich meine Eltern noch immer, allerdings nur heimlich. Dabei sind wir doch alle Juden ...« Jetzt war es Judith, der ein Glucksen entkam, allerdings kein glückliches: »Ich kann dir nicht mal vorschlagen, dich von mir scheiden zu lassen. Wenn dir unsere Freundschaft zu gefährlich wird, musst du dich von mir trennen. Ganz einfach.«

»Niemals!«

Im Gesicht der Freundin sah Anna Verwunderung über die unmittelbare Reaktion, aber auch Freude, und schlagartig war auch bei ihr alles auf einmal da: die Angst, dass Judith und ihrer Familie etwas zustoßen würde, wenn sie es nicht wie der Maler oder Zeichner machten, wenn sie es nicht machten wie Thomas Mann und seine Familie und andere, von denen Judith immer wieder erzählte. Aber auch die Angst, dass sie, um sich zu schützen, tatsächlich Deutschland verlassen würden. Und das Glücksgefühl: Sie würde Judith nicht verlassen. Was immer auch geschehen mochte – sie würde sich nicht von ihr trennen, sondern zu ihr halten, bedingungslos.

»Dann lass ihn uns mal lieber verlassen, diesen gefährlichen und traurigen Ort«, sang Judith fast und nahm Anna bei der Hand: »Gott – oder wem auch immer – sei Dank gibt es auch noch erquickliche Orte. Wenn du mich lässt, zeige jetzt ich dir etwas.«

Anna war katholisch, wie auch ihre Eltern und ihre Großeltern katholisch waren, ihre Urgroßeltern und Ururgroßeltern, und falls irgendjemand vor ihnen nicht katholisch gewesen war, so war das – dem katholischen Gott sei Dank – schon so lange her, dass es keinerlei Zeugnis mehr davon gab. Anna war also katholisch, und auch wenn Kirche für sie eine völlig andere Bedeutung hatte als für ihre Eltern, hatte sie die Klosterkirche mindestens so oft betreten wie sie: Anna verehrte die heilige Mechthild. Nicht, weil sie heilig war, sondern weil sie Heilkräfte hatte, Menschen helfen konnte und, wenn sie wollte, auch den Tieren. Die adlige Mechthild brauchte ihre Eltern nicht, und vor allem brauchte sie keinen Mann, um ihre Eltern zu verlassen. Mit fünf Jahren war sie ins Kloster gegangen. Anna war nicht adlig, sie war schon neunzehn, besaß keine Heilkräfte, und ihre Eltern würde sie wohl auch nicht so bald verlassen, auch wenn sie sich dies noch so sehr wünschte. Also holte sie sich regelmäßig Beistand in der Klosterkirche: am Stein, der Mechthild als Kopfkissen gedient hatte und der Normalsterbliche von Kopfschmerzen heilen sollte, am Reliquienschrein – auch wenn sie sich beim Anblick des Langfreskos *Aufnahme der fünfjährigen Mechthildis ins Kloster* regelmäßig fragte, ob es sinnvoll war, das Skelett einer derart bescheidenen Frau in Brokat zu hüllen und mit Gold zu schmücken.

»Komm schon!«, lockte Judith im Inneren der Kirche. Bevor Anna darüber nachdenken konnte, ob sie der Freundin ihr Mechthild-Geheimnis offenbaren konnte, verschlug es ihr den Atem: Direkt unter ihrem geliebten Deckenfresko blieb Judith stehen. Sie schickte einen gottesfürchtigen Blick in den Himmel – oder einen, den Judith selbst wohl als gottesfürchtig bezeichnet hätte –, zeigte dann allerdings auf den linken Chorpfeiler, vor dem die ewig gleiche Maria mit Kind wie eh und je erstrahlte: weiß, golden und rein.

»Maria und Jesus?« Anna konnte es kaum glauben. Da sich auf dem Gesicht der Freundin nun aber tatsächlich die angekündigte Erquickung auszubreiten schien, gab sie sich Mühe, ihre Enttäuschung zu verbergen.

»Maria als Himmelskönigin, mit Krone, Zepter und Weltkugel«, sagte Judith.

Auch wenn sie es ihnen nicht befahl, begannen Annas Schultern zu zucken.

»Und mit Jesus«, sagte Judith.

»Und mit Jesus«, wiederholte Anna, ganz gelehrige Schülerin. Der Sinn des Gesagten wollte sich ihr auch nach weiteren Sekunden nicht erschließen.

»Verstehst du denn nicht?«, kam Judith ihr endlich, ganz geduldige Lehrerin, zu Hilfe. »Sie regiert, sie hält das Schicksal der Welt in ihren Händen, sie hat ein Kind – und das alles ohne Mann.«

Fast alle Menschen, die Anna kannte, so wurde ihr klar, während sie darauf wartete, dass ihr die Verlegenheitsröte ins Gesicht schoss, hätten Judiths Grinsen unter dem Himmel der Klosterkirche als ein teuflisches bezeichnet.

»Ohne Mann! So weit sind wir natürlich nicht, noch nicht«, schloss Judith wenig aufgeregt.

Da war sie, die Röte, und Judiths Grinsen – das wurde Anna unterm Himmel und in geistiger Anwesenheit ihrer Schutzpatronin Mechthild klar – war eine Verschwörung, ein Versprechen, ein Pakt. Ein himmlischer oder ein teuflischer, das war ihr einerlei.

1959: Benjamin und Barbara

Großmutter war noch keine Stunde unter der Erde, der Leichenschmaus beim Regenwirt hatte noch nicht begonnen, und während Onkel Karl noch zu überlegen schien, antwortete Anna auch schon: »Nein.«

»Müssen wir hier eigentlich noch bleiben?«, hatte Benjamin gefragt, und seine Mutter, die gerade mit versteinerter Miene ihre Mutter zu Grabe getragen hatte, hatte es auch jetzt nicht für nötig gehalten, Benjamin in die Augen zu schauen.

»Geht nur schon nach Hause. Das wird hier noch ewig dauern.«

Tante Anna, nun ganz elternlos, hatte am Grab fast erleichtert gewirkt, während ihr Sohn in Tränen ausgebrochen war und wenig später auch Barbara zu weinen angefangen hatte: Benjamin hatte seine geliebte Großmutter verloren. Kein Wunder, dass Anna, die gefasste Gastgeberin des feierlichen Leichenschmauses, ihre rotäugigen schluchzenden Verwandten so schnell wie möglich loswerden wollte.

Sie schwiegen auf dem Heimweg: Barbara fiel auf, dass sie im Gleichschritt gingen. Sie setzte zu einer Bemerkung an, die lustig sein sollte, sagte dann aber lieber nichts. Benjamin zog ein Zigarettenpäckchen aus der Tasche.

»Gib mir auch eine!«, sagte Barbara, in der Hoffnung von niemandem und gleichzeitig von aller Welt gesehen zu werden.

Schon paffte sie die vollkommensten Ringe, schon durchstach Benjamin sie mit seiner Zigarette, schon brachen die beiden in Gelächter aus, begannen, sich an den Ärmeln zu zupfen, zu schubsen, zu jagen.

»Komm!«, zog Benjamin sie weiter, als Barbara das Gartentor zum Elternhaus öffnen und sich verabschieden wollte. »Komm schon!«, drängte er sie, als sie Tante Annas und Onkel Karls Haus betraten und Barbara sich die Mühe machen wollte, ihre Schnürstiefel zu öffnen. Er schob sie die Treppe hinauf, den dunklen, fensterlosen Flur entlang in sein Zimmer. Schloss die Tür, verschloss sie.

Außer Atem und völlig bewegungslos blieb Barbara in der Mitte des Zimmers stehen. Sie setzte zu einer Bemerkung an, blieb aber stumm. Benjamin musterte sie, sie sah an ihm vorbei. Dem fliehenden Blick stellte sich ein Radio in den Weg.

»Musik?«, fragte Benjamin, und schon hatte er das Gerät angeschaltet.

Das Räuspern erschien Barbara unnatürlich, fast unendlich lang. So lang, dass sie Zeit hatte, darüber nachzudenken, wie es wäre, wenn nun die Beerdigung ihrer Großmutter oder die verbotene Vereinigung von Cousin und Cousine verkündet würde. Stattdessen sprach die Radiostimme von Weltfrieden und Freundschaft, von Annäherung der mächtigsten Weltnationen während einer Haushaltsgeräteausstellung in Moskau. Barbara atmete auf. Erleichtert, enttäuscht: Ein Beerdigungstag war einfach nicht der Tag, an dem Tabus gebrochen werden.

»Komm schon her!«, sagte Benjamin.

»Hab ich aber nicht«, entfährt es Barbara, und die Alte, die kurz eingenickt sein muss, zuckt zusammen.

»Was denn?«, stellt sie trotzdem in Sekundenschnelle die richtige Frage.

»Ach, eher generell gesprochen.« Ein klein wenig wundert Barbara sich selbst. Sind dieser Ort, diese Zeit und diese sehr konkrete Situation, in der sie sich befindet, tatsächlich ideal, um ihr eigenes Leben zu hinterfragen? »Es gibt Dinge, die ich hätte tun können, aber nicht getan habe«, will sie sich weiter erklären.

Aber da winkt die Alte auch schon ab. »Hätte, hätte, hätte! Alles klar!«, sagt sie, und damit scheint sich dieses Gedankenexperiment für sie erledigt zu haben.

Barbara hatte ihre Mutter nie gebeten, Tante Anna im Nachbarhaus besuchen zu dürfen, sie hatte es ihr Tag für Tag mitgeteilt – ohne wirklich zu hoffen, dass ihre Mutter wahrnahm, was sie da redete, vorhatte oder tat, geschweige denn, dass sie auf sie reagieren würde. Ihre Mutter, die Barbara meist als nichts anderes mehr hatte wahrnehmen können als die Mensch gewordene Verlängerung des metallenen Rollstuhls, den sie immer erschöpft, manchmal seufzend, selten nach vorne gebeugt, ins vermutlich taube Ohr ihres Mannes flüsternd, vor sich hergeschoben hatte. Dieser Mutter, die immer weniger Notiz davon zu nehmen schien, was ihre Tochter tat und was nicht, oftmals nicht mal mehr davon, wer ihre Tochter war oder nicht oder ob sie überhaupt war, hatte Barbara nun weiterhin täglich mitgeteilt, sie würde Tante Anna besuchen, auch wenn alles, was Barbara nun Tag für Tag mit ihrem Cousin angestellt hatte und er mit ihr, streng geheim gewesen war.

Hätte Barbara sich in ihrem späteren Leben – nicht unbedingt ihren Kindern oder Enkelkindern, aber vielleicht irgendjemand anderem – so geöffnet, dass es ihr möglich gewesen wäre, über dieses Geheimnis zu sprechen, hätte sie vermutlich zugeben können, welche Sicherheit, welche Lust, welch Vergnügen ihr die tägliche Erneuerung dieses Geheimnisses geboten hatte. Aber auch, welchen Trost die Vorstellung, dass es immer noch die Möglichkeit gab, ihrer Mutter das Geheimnis zu verraten und endlich, endlich, endlich doch noch eine Reaktion zu erhalten – bemerkt und bestraft zu werden.

Der Oberleitungsschaden ist bereits nach einer knappen Stunde behoben. »Reisende, die in Mainz ihren Anschlusszug erreichen wollen, sollten sich fragen …«, ertönt eine leise Stimme sobald der Zug anfährt.

Als Barbara ihr Gegenüber ansieht, macht diese nur eine abwehrende Handbewegung und sagt mit noch tieferer Stimme als beim ersten Wortwechsel: »Ich frage mich bestimmt nichts.«

Mit genau einer Stunde Verspätung fährt der Zug in den Mainzer Hauptbahnhof ein. Die Alte erhebt sich.

»Sie auch?«, fragt Barbara. Erst jetzt fällt ihr auf, dass ihre neue Bekanntschaft außer einem gigantischen Buckel keinerlei Gepäck bei sich hat.

»Natürlich. Wir haben dasselbe Ziel«, erwidert die Alte.

Barbara muss lächeln. Noch bei ihrer Abreise vor wenigen Stunden hat sie sich uralt gefühlt, ihre neue Begleitung aber muss über hundert sein. Im Gestrüpp ihrer weißgrauen Haare lassen sich Spinnweben erahnen, oder sind es einzelne Haarreste, die da noch zwischen wuchernden Spinnweben überlebt haben? Das Gesicht der Alten ist verwittert, ihr Blick ist klar.

Barbara bemüht sich, aufmunternd zu klingen. »Dann sollten wir uns zuallererst informieren, wann wir einen Anschlusszug bekommen. Die sechs Minuten Umsteigezeit sind eindeutig vorbei. Und ob ich dann wiederum in Mannheim einen Anschlusszug erreichen und Kinder und Kindeskinder jemals wiedersehen werde – was meinen Sie?«

Als sie den leeren Bahnsteig betreten, wird Barbara klar, dass sie die einzigen Reisenden sind, die in Mainz aussteigen. Nein, nicht die einzigen: Die erstaunlich rüstige Alte packt gerade Barbaras größeren Rollkoffer am Griff, als Barbara am Ende des Waggons ein Vierer-Grüppchen auf den Bahnsteig springen sieht, ohne Gepäck, dafür in Uniform.

»Das ist doch der Zugbegleiter«, flüstert Barbara.

»In Gesellschaft des stellvertretenden Zugbegleiters, des Fahrdienstleiters und der Dame vom Bordbistro«, ergänzt die Alte.

»Vielleicht können die uns ...«, setzt Barbara an.

»Bestimmt nicht!«, unterbricht die Alte sie, und während Barbara noch versucht, mit Rufen auf sich aufmerksam zu machen, packen sich die vier an den Händen, hüpfen mit Anlauf ins Gleisbett des angrenzenden Bahnsteigs und machen sich auf und davon.

»Und jetzt?«

»Schauen wir, ob sich außer uns noch eine Menschenseele hier aufhält.«

Barbara hatte sich gerade überwinden können, sein Bett zu verlassen, als er nach ihrem linken Handgelenk griff, um sie zurückzuziehen.

»Hör auf!«, befahl sie, auch wenn sie damit alle Spielregeln brach, die sie sich im Laufe der Liaison erarbeitet hatte. »Wir haben einen Entschluss gefasst, und wir ziehen ihn durch.«

»Paaaa-thooos!«, Benjamin schien den Regelbruch für eine weitere Variante des unendlichen Spiels zu halten und packte sie so fest, dass sie gar nicht anders konnte, als sich zurückfallen zu lassen.

Also näherte sie sich ein letztes Mal in diesem Bett mit gesenktem Blick, leicht geöffnetem Mund und in Zeitlupe, ein letztes Mal in diesem Haus seinem Schoß, um sich ein letztes Mal in diesem Dießen, kurz vor dem Ziel ein letztes Mal, im Schutz der Heimlichkeit mit der Zunge über die Lippen zu fahren, abrupt abzubiegen und ihren Cousin in den Oberschenkel zu beißen. Kontrolliert genug, ihm keine ernsthaften Schmerzen zuzufügen, fest und schmerzhaft genug, um allem Körperlichen für den restlichen Tag ein jähes Ende zu bereiten.

»Bist du bescheuert?« Benjamin rieb sich den Oberschenkel.

»Natürlich.« Beim Blick auf das spärliche Gut, das sie bereits in Benjamins Zimmer deponiert hatten, konnte man nur albern werden: »Wie sechsjährige Ausreißer! Fehlen nur noch Taschenmesser und Proviant.«

Und ja: Die wenigen Dinge, die Cousin und Cousine zusammengetragen hatten, ein paar Kleidungsstücke, zwei, drei Bücher, ein Säckchen Walnüsse, sahen nach zweitägigem Abenteuer von Nscho-Tschi und Winnie Two aus, nicht nach einem neuen Leben in der Studentenstadt Köln. Das einzige »Gut«, das aus der Reihe fiel, war eher sperrig als spärlich. Ein etwa zwei Meter auf dreißig Zentimeter großes Bild, auf dem außer einem kleinen rostroten Regenschirm, einem etwas größeren goldenen Hund und einem alles überragenden neptunischen Siebenzack keine Gegenstände zu sehen waren, dafür umso mehr Grau, Grau-Blau und Schwarz in Form von Linien. So lange Benjamin sich erinnern konnte, hatte es an ein und derselben Wand gehangen, im Zimmer, das einst Onkel Karl gehörte hatte und das nun Benjamins war. Der Titel *Klarer Himmel, leichtes Licht* war auf die untere Rahmenleiste geschrieben, außerdem die Initialen J. F. und R. S. und die Jahreszahl 1936. Trotz seiner Düsternis ging eine fast magische Strahlkraft von ihm aus. Keiner ihrer Verwandten schien zu wissen, wer sich hinter J. F. und R. S. verbarg, was das Bild nur noch mysteriöser machte. In den letzten Jahren war es, düster auf Benjamins Bett herableuchtend, zum Paten ihres Geheimnisses geworden.

»Von mir aus: Geh Koffer suchen und packen. Hoffentlich findest du auch noch einen Sarg. Oder wie gedenkst du, unser *Leichtes Licht* transportfähig zu verstauen?«

1963: Benjamin

Staubig war er und zugemüllt, der Dachboden, auch wenn Barbara Benjamin schon mehrmals darauf hingewiesen hatte, dass man das auch anders sehen könne: ein Speicher voller Erinnerungen. Kein Wunder, dass er bis oben hin vollgestopft und so schwer zugänglich war, im Haus einer Familie, die mit Geschichten über die Vergangenheit geizte.

Die Koffer standen in derselben Ecke, in der sie vermutlich schon vor zwanzig, sicher vor zehn Jahren und die drei Jahre seit Karls Tod gestanden hatten, unbeachtet selbst von den jüngsten und abenteuerlustigsten Dachbodenbesuchern des letzten Jahrzehnts.

Wie eh und je standen sie vor den leinenumwickelten, mit Paketschnur verschnürten Quadraten und Rechtecken, welche nach Größe geordnet hintereinander an der Wand lehnten und die Benjamin und Barbara aufgrund der vier- bis achtfachen Knoten bis heute nicht zu öffnen gewagt hatten.

Bis heute, dachte Benjamin. Heute, zum Abschied ... Nein!, korrigierte er sich. Sich durch vierfache Knoten ausgesprochenen Verboten zu widersetzen, das schmeckte ein bisschen nach Grabräuberei. Er musste grinsen. Grabräuberei! Barbara hatte recht. Ihre Abreise gestaltete sich mehr und mehr wie ein Abenteuerroman.

Er musterte die akkurat aneinandergereihten soliden Koffer, schon enterte eine Grabinschrift seine Gedanken: Hier ruht weiterhin ungestört Karl. Nicht seine Strenge schützte ihn vor Neugier, sondern sein langweiliges Wesen.

Vielleicht sind ja nicht alle randvoll mit Krempel. Benjamin beschloss, nach dem Zufallsprinzip vorzugehen. Schon der erste Koffer, den er öffnete, barg eine Überraschung: keine vergilbten Fotos, keine Kriegsdevotionalien, keinen Tand. Eine Haselnusspfeife, eine Blockflöte, eine

Kindertrommel, Benjamins altes billiges Glockenspiel. Sofort hatte er wieder Karls gequälten Gesichtsausdruck vor Augen: Selbst als er längst schwerhörig gewesen war, war der Onkel extrem geräuschempfindlich gewesen. Ein Zettel, der – so wurde Benjamin schon beim Entfalten klar – ausgerechnet von ihm selbst stammte.

Mitnehmen? Nein, Scheiße, gar nicht erst anfangen mit Erinnerungsstücken, hierlassen!

Lesen?

Aus den Memoiren eines Sechseinhalbjährigen

Als der Benjamin sechseinhalb Jahre alt war, da war der Krieg schon eine Weile vorbei. Was bedeutete, dass nun bald die Brüder, die Väter und Onkel zurückkommen sollten, was den Benjamin erst mal nicht so interessierte, denn sein Vater, Karl, der war ja schon da, der war ja schon vor drei Jahren zurückgekommen. Und als ob das nicht Aufregung genug wäre, war fast gleichzeitig mit der Rückkehr von Karl im Nachbarhaus auch noch das grässlich schreiende und heulende Baby aus dem Bauch der Tante gekrochen, und zwar unten raus, zwischen den Beinen, was der Benjamin, der sich eigentlich nur mal wieder vor seiner launischen Mutter ins Haus der lieben Großmutter geflüchtet hatte, durchs Schlüsselloch genauestens beobachten hatte können. Aber diese Aufregung war ja längst vorbei.

Natürlich hatte der Vater durch seine Rückkehr auch einiges Unheil angestiftet, zum Beispiel den Benjamin aus dem Bett der Mutter verjagt (was noch zu verifizieren wäre; der Verdacht, dass die Mutter auch vor der Rückkehr von Karl mit ihrem einzigen Sohn wenig bis nichts anfangen konnte, bleibt bis heute bestehen).

Natürlich hatte das Baby durch seinen Ausbruch aus der Tante auch einiges Unbehagen erzeugt, allein schon indem es sich von Anfang an geweigert hatte, wieder zurückzuschlüpfen in den Tantenbauch, und natürlich auch, weil es seit der ersten Sekunde seines Daseins von Benjamins Mutter Anna genau die Streicheleinheiten bekam, von denen Benjamin bisher vergeblich geträumt hatte.
Und trotzdem: Sechseinhalb war kein ganz schlechtes Alter: An den Vater hatte er sich längst gewöhnt, ganz selten hatte der sogar, anders als die Mutter, ein gewisses Mitgefühl aufgebracht, das Baby war inzwischen eine Barbara, zwei Jahre alt und nicht mehr ganz so langweilig.
Kriegsende, das war für Benjamin also vor allem erst mal Schulanfang (was gut war) und eine »vielleicht unangenehme jedoch notwendige Berichtigung«, wie Benjamin den Vater zur Mutter hatte sagen hören, am letzten Abend, als Karl noch Vater war. Schon am nächsten Morgen fand diese Berichtigung statt.
Benjamin erfuhr, verstand nicht richtig, wollte vielleicht auch nicht so genau wissen oder interessierte sich nicht dafür: Einmal, ungefragt und vor allem unersehnt, war sein Vater zurückgekehrt und hatte dem Leben eines Dreijährigen eine nicht dramatische, aber auch nicht unerhebliche Wendung gegeben. Was sollte Benjamin nun, drei Jahre später, mit der Offenbarung anfangen, dass sein richtiger Vater ein anderer und längst tot war oder, wie es im geflüsterten Überbringerjargon seiner Familie hieß, fürs Vaterland »gefallen«?

Benjamin falte den Zettel und legte ihn in den Koffer zurück.

Wie entschlossen er vor drei Jahren gewesen war, seine Memoiren niederzuschreiben und vor allem fortzusetzen! Vermutlich war es ein Fehler gewesen, seiner Cousine und Muse gleich die ersten Aufzeichnungen, unbearbeitet und noch am Tag ihres Entstehens, vorzulesen. Allerdings war sie der Grund gewesen, überhaupt erst zum Stift zu greifen.

»Keine dramatische Wendung?«, hatte Barbara ungläubig gefragt. »Aber es muss doch etwas mit dir gemacht haben, als du erfahren hast, dass du – zum Teil zumindest – ein anderer bist, als du dachtest.«

»Ich war, wie du dem Titel vielleicht entnehmen konntest, sechseinhalb, also keine sechzehn wie meine frühreife Cousine heute. Nichts hat es mit mir gemacht. Ich habe zur Kenntnis genommen, was alle anderen eh schon wussten, das war's«, hatte er Barbara zwischen zwei Barbara-Berührungen unterm Fliederbusch keuchend mitgeteilt, nur wenige Tage nach dem Tod der Großmutter, der in den Memoiren, wenn er sie denn fortgesetzt hätte, weniger lakonisch ausgefallen wäre.

Das wurde ihm jetzt, umzingelt von Koffern und beim Anblick von tanzendem Lichterstaub, klar. Was ihm aber bis heute nicht klar gewesen war: Dass Karl die »Memoiren« seines Stiefsohns aufgehoben hatte. Konfisziert, verbesserte Benjamin sich. Besonders als er noch ein Junge gewesen war, hatte sich sein Stiefvater als sein Erziehungsberechtigter gesehen und immer wieder Bilder, Fundstücke, Spielsachen eingezogen, die er für nicht gelungen, überflüssig oder charakterschädigend gehalten hatte.

Mit der flachen Hand schlug Benjamin auf den Koffer, brachte den Lichterstaub noch wilder zum Tanzen, hustete.

Ich schnappe mir zwei beliebige Koffer und leere ihren Inhalt ungesehen in die Mülltonne.

Ich schnappe mir die Koffer, leere das Zeug hier oben in eine Ecke und haue nach unten ab.

Ich leere den Inhalt ungesehen auf den Boden, aber was, wenn da noch die ein oder andere Überraschung …? Zum Beispiel …

Vergilbte Fotos, einige wenige, ein ganzer Stapel vergilbter Dokumente unterschiedlichen Formats, zusammengehalten nur von einem porösen schmutzigweißen Leinenband, seitlich angeheftet mittels Büroklammer ein mit silberfarbenen Majuskeln beschrifteter Bogen Tonpapier: POLITISCHE VERGANGENHEIT.

Zuoberst ein länglicher Bogen Papier, viel Kleingedrucktes, noch mehr Kleinstgedrucktes, mit Füllfederhalter ausgefüllte Tabellen. Ein Ingenieurzeugnis? Onkel Karls Handschrift. Wieso sollte Karl König sich selbst ein Zeugnis ausstellen? Das Papier war dünn, brüchig. Beim Entfalten wuchsen die Risse an den Faltkanten, und nachdem Benjamin mit nur einem einzigen Blick erfassen konnte, dass die Tabellen eine *Membership* in allen möglichen *Organizations* belegen, für den Ausfüllenden diese im Idealfall jedoch widerlegen sollten, dass da eine Mitgliedschaft in NSDAP, *Allgemeine SS* und *Waffen-SS* bestätigt wurde, faltete er den Bogen so schnell wie nur möglich wieder zusammen. Um nach einem Briefbogen zu greifen.

Karl König.
z. Zt. Marktgemeinde Dießen
Dießen, 1. Januar 1947

An die Spruchkammer
München I

Betrifft: Antrag auf Einreihung in die Gruppe der Entlasteten.
Fragebogen 42850 (München 17.05.1946)

Unter Hinweis auf die beiliegende Darstellung meiner politischen Vergangenheit und die Zeugnisse erkläre ich,
dass ich nur dem Namen nach Nationalsozialist war (seit 1928 NSDAP),
dass ich nicht aus Überzeugung oder Opportunitätsgründen, vielmehr unter moralischem Druck zur NSDAP angemeldet und später ohne Zutun in andere nationalsozialistische Organisationen überführt wurde,
dass ich insbesondere mich niemals in Wort oder Tat aktiv für die Ziele der NSDAP oder anderer nationalsozialistischer Organisationen eingesetzt habe, mir auch keiner unehrenhaften Handlung bewusst bin, mir insbesondere keine Vorteile durch meine Mitgliedschaft verschafft habe,
dass ich auch da, wo es mir hätte schaden können, für Ordnung, Sauberkeit und Recht eingetreten bin.
Ich bitte daher um Einreihung in die Gruppe der Entlasteten gemäß Artikel 13 des Gesetzes zur Befreiung von Nationalsozialismus und Militarismus

(Karl König)

Karl König. Nazi. Erziehungsberechtigter. Lügner.

Unter Druck in der NSDAP angemeldet.

Ohne Zutun in andere nationalsozialistische Institutionen überführt.

Ohne Zutun in der Waffen-SS?

Ganz ohne Zutun, ganz ohne tätig zu werden.

Karl König.

Nazifiziert, entnazifiziert.

Engagiert. Amnestiert. Amnesiert.

Besohnt, entsohnt.

Geboren, gelebt, gestorben im Dienste von Ordnung, Sauberkeit und Recht.

Zeit, das Haus der unerlaubten Erinnerungen für immer zu verlassen.

Mit niemandem als Barbara.

Mit nichts und niemandem als dem *Klaren Himmel* und Barbara.

Mit nichts und niemandem als dem *Klaren Himmel* und Barbara und … vielleicht noch … einem Ölbild, diesem einem Ölbild, das er nun wirklich nicht erwartet hatte, im Kofferkabinett der verbotenen Erinnerungen.

Ausgerechnet von diesem keine zwanzig auf fünfzehn Zentimeter in einem billigen Holzrahmen steckenden Porträt blickte ihm nun eine schöne, traurige Frau entgegen.

Benjamin erwiderte den Blick und rang nach Atem. Von *Klarer Himmel, leichtes Licht* mochte eine gewisse magische Kraft ausgehen, dieses Bild war pure Zauberei. *Klarer Himmel* war ein Ölbild, dieses Bild auch, ansonsten hatten sie nichts gemein. Und doch, spürte Benjamin, während er das Gesicht der schönen Frau musterte, bestand da eine Verbindung, musste bestehen. Er musste rüber zu Barbara, sofort, nein, nicht zu Barbara. Egal, wo sie sich gerade aufhielt, sie wollte alleine sein, sich ihrem Abschiedsschmerz widmen, ihren

Frieden mit ihrer baldigen Flucht machen. Benjamins Blick fiel auf die Initialen in der linken unteren Ecke. *J. N.*, entzifferte er enttäuscht.

Er strich über den Holzrahmen, er wiegte das Bild, das nichts wog, in den Händen, er drehte es um: An der Leiste des oberen Rahmens war ein unverschlossener Briefumschlag befestigt. Getackert, stellte Benjamin fest, während er den Brief aus dem engen Umschlag fingerte.

Zu lang, dachte er, wenn ich so weitermache, sitze ich hier noch in drei Jahren. Als er den Brief zurück in den Umschlag stecken wollte, sperrte er sich, zerriss. Benjamin wollte den Brief zerknüllen, aber der war zu dick und zu klein gefaltet um nachzugeben.

»Scheißbrief!«, schrie Benjamin, schlug auf den Koffer ein, schluckte Staub, hustete, wie unglaublich lächerlich ist das alles!

Er entfaltete den Brief, zog ein Blatt hervor und las:

Erst als Deine »Mutter« die Treppe hochgerannt kam, erwachte ich aus meiner Starre. Sie warf mir eine Wollstrumpfhose, einen Wollrock, einen dicken Janker und sogar einen Mantel auf die Bettdecke, Kleidungsstücke die ich noch nie zuvor gesehen hatte. »Wie gut sie vorbereitet ist«, dachte ich noch. Und: »Wozu all die Wollsachen, der Frühling hat doch längst angefangen?« Dann nahm sie mir das Kissen aus meinem Rücken und entriss mir das Baby, Dich, mein Kind. »Zieh dich an, schnell!«, flüsterte sie, als wir unten die Männer in den Flur treten hörten. Sie umarmte und küsste mich, das erste Mal seit vier Jahren, zum letzten Mal für immer, und nur einen Moment später, als die Männer uns befahlen, innerhalb von fünf Minuten nicht mehr als zwei Koffer zu packen, und als einer von ihnen Dir mit seinen groben Händen den Kopf tätschelte und deiner »Mutter«

auf gröbste Weise dazu gratulierte, dass sie offensichtlich doch nicht unfruchtbar war, bekam ich eine Ahnung davon, dass Anna gerade dabei war, zumindest Dich zu retten. Sie hat Dich gerettet. Und auch wenn mich die letzten Jahre gelehrt haben, dass es nicht möglich ist, an das Gute im Menschen zu glauben, bleibt mir doch eine Hoffnung, nach diesem Krieg und nach der Freundschaft mit Deiner »Mutter«: Dass und für wen sie Dich gerettet hat, mag nicht unbedingt für das Gute im Menschen sprechen, doch zu Dir, ihrem »Sohn« wird, ja kann sie gar nicht anders als gut sein. Auch ich bin gerettet worden, allerdings nur, weil es Menschen gab, die mich für eine nützliche Jüdin gehalten hatten. Das bin ich wohl: Ich kann malen.

Benjamin ließ den Zettel sinken. Die Staubkörnchen, nach wie vor bestrahlt vom durch die Dachluke hereinfallenden Sonnenlicht, tanzten munter vor sich hin.

»Scheiße«, flüsterte er ihnen zu und blickte sich verwundert auf dem Dachboden um, als gälte es, das Wesen ausfindig zu machen, das ihm vor wenigen Sekunden aus dem Hinterhalt einen zentnerschweren Prügel über den Kopf gezogen hatte, um ihn für die nächsten Stunden zu betäuben. Ausfindig zu machen, nicht um Rache zu üben, sondern um zu verstehen: sicherlich nicht gleich, vermutlich nicht morgen oder übermorgen, vielleicht in einigen Jahren, hoffentlich irgendwann. Benjamin wand den Kopf hin und her, die Staubkörnchen tanzten unbeirrt weiter. Die glucksenden Laute, die nun aus seinem Mund traten, waren mit Lachern nicht vergleichbar, auch mit Seufzern nicht. Vor wenigen Minuten hatte er noch seine »Memoiren« in den Händen gehalten. Er stand auf, versetzte dem geöffneten Koffer einen Tritt, stolperte, das Bild in der einen, den Brief in der anderen Hand, zur Bodenluke.

Barbara. Mit zittrigen Knien stieg er die Leiter hinunter. Nein, nein, nein, nicht Barbara, nicht Anna, nicht jetzt: Wahrscheinlich tranken die beiden gerade – wie immer ohne ihn – Zuckerbier miteinander, übten im Garten den Käuzchenruf, veranstalteten ein Schneckenrennen.

Keine weitere Sekunde würde er Anna schonen. In diesem Wohnhaus, das schon zu lange Scheißhaus war. In diesem großen Haus, das ganze vier Klos besaß, in dem aber nur noch ein Sohn mit einer Mutter wohnte, die für diesen Sohn keine Worte fand. Auch würde er Anna keine Gelegenheit geben zu reden. Was würde sie ihm schon sagen, erklären, erwidern können? Er würde die Scheiße kübelweise über sie schütten und dann würde er verschwinden, für immer.

Wann hattest du vor, mir alles zu sagen?

Hattest du es überhaupt vor?

Es waren dann doch Fragen – oder vielmehr tausend Variationen einer einzigen Frage, die sich in Benjamin angestaut hatten, als er um elf Uhr nachts die Treppe zu ihrem Zimmer hinaufhastete. Wenige Stunden waren seit seiner Entdeckung vergangen, und schon war die Scheiße in ihn eingedrungen, hatte sich bis in die letzte Pore ausgebreitet, war flinker und stärker gewesen als das Bier und der Schnaps, mit denen er das Entsetzen, die Scheiße, die Erkenntnis und die Trauer, die Scheißtrauer, wegzuspülen gehofft hatte, die Scheißtrauer und die Angst.

Die Hand schon auf der Klinke hielt er inne. Wann hatte er zum letzten Mal das Zimmer seiner Mutter betreten? Er konnte sich nicht erwehren, schon wieder kamen ihm die lächerlichen »Memoiren« in den Sinn. Mit zwanzig schreibt man keine Memoiren. Auch mit vierundzwanzig blickt man nicht auf sein Leben zurück. Aber was, wenn man sich schon mit sechs, mit zwölf, mit zwanzig oder vierundzwanzig nicht mehr daran erinnern kann, jemals von seiner Mutter in den Arm genommen worden zu sein?

Leise drückte Benjamin die Türklinke, unbemerkt betrat er das Zimmer. Schon im Nachthemd, klein, dünn und bucklig, stand Anna auf Zehenspitzen vor dem geöffneten Schrank und mühte sich, ihr Schnürkorsett an einen Haken zu hängen, der vor zwei Jahren, vor einem Jahr noch, die richtige Höhe gehabt haben mochte.

»Wieso konntest du mich nicht lieben, nicht einen einzigen Tag?« – falsche Frage, dumme Frage, nicht vorgesehene Frage, und jetzt, ausgerechnet jetzt, kamen die Tränen.

Anna zuckte zusammen. »Benjamin!«, das Bellen eines scharfen Hundes. »Was fällt dir ein!« Sie ließ das Schnürkorsett mit einer Geste im Schrank verschwinden. »Mitten in der Nacht in mein Zimmer zu kommen!« Schon hatte sie sich in einen Morgenmantel gehüllt und trat ihm mit festem Schritt entgegen. »Ohne Anzuklopfen und ohne Rücksicht auf ...«

»Wann hättest du es mir gesagt?«

»Wann was?«, erwiderte Anna streng, erst dann fiel ihr Blick auf das Bild in Benjamins Händen. Unmittelbar schreckte sie zurück, tat ein, zwei, drei Schritte, ließ sich auf ihrem Bett nieder.

»Woher hast du das?«, die Strenge in ihrer Stimme unverändert.

»Hattest du vor, mir irgendwann die Wahrheit zu erzählen?«

»Benjamin ...«, keine Tränen, keine Ausbrüche, kein Zusammenbruch. Die verlässliche Kühle, die ihn nun dreiundzwanzig Jahre begleitet hatte und keinen Tag länger mehr begleiten würde. »Glaub mir«, fuhr sie fort und ihr wächserner Blick richtete sich dabei aus dem Fenster in die dunkle Nacht.

»Glauben? Dir?«

»Glaub mir …«, ließ sie sich nicht beirren, die Stimme so kühl wie der Blick wächsern, »… ich wollte dich schonen, verschonen.«

»Lüg mich nicht an!«, schrie Benjamin. »Hör auf damit!«

»Es war zu deinem Besten«, fuhr sie unbeirrt fort: »Glaubst du, es ist mir leichtgefallen, mit dieser Lüge zu leben? Nur für dich habe ich geschwiegen. Niemand außer meinen Eltern wusste davon, kein einziger Mensch …«

Jetzt endlich hielt sie doch inne, drehte sich ruckartig zu Benjamin, kein Wachs mehr in ihrem Blick, keine Starre, die Vorstellung war beendet. Annas Rolle auch.

Benjamin musste lachen.

»Woher …?«, fragte sie.

Benjamin musste lachen. Etwas an ihrem Plan war nicht aufgegangen.

»Wie kommst du überhaupt …?«, fragte sie, und je mehr die Panik der Erkenntnis in ihrem Blick wuchs, desto stärker bahnte sich sein Lachen einen Weg.

Endlich: Die Frau vor ihm sah erschrocken aus, unglücklich, verzweifelt. Sie hatte ein Verbrechen begangen, sie war nicht arm, sie war kein Opfer, sie war böse, abgrundtief.

»Das kann nicht sein!«, schrie Anna nun fast.

Sie hatte sein Leben mit ihrer Lebenslüge zerstört und war überzeugt davon gewesen, dass sie ihn gerettet hatte. Sie war böse und sich des Bösen nicht bewusst, überzeugt davon, dass niemand ihr Geheimnis kannte.

»Benjamin?«, nun fast flehend. »Sag mir, was du weißt! Woher du es weißt!« Ihre Stimme überschlug sich.

Benjamins auch: »Ich? Ich? Ich soll dir sagen, was passiert ist?«

»Du lügst!«, schrie Anna. »Du lügst! Du weißt überhaupt nichts!«

Benjamin wollte lachen, musste husten, rang nach Atem, sah, wie Anna ihn entgeistert ansah, entsetzt.

»Sei still!«, brach es aus ihm heraus. »Sei still, du Lügnerin! Sei still, du kranke, alte Hexe!«, schrie Benjamin, und Anna auf ihrem Bett, noch kleiner, noch buckliger, noch dünner, verstummte.

Benjamin rang nach Atem, »du Mörderin«, wischte sich den Speichel vom Mund.

Sie schwiegen. Anna auf ihrem Bett zitterte. Gleich ist sie verschwunden.

Als er sich ihr näherte, zuckte sie zusammen, hielt sich Arme und Hände schützend vors Gesicht.

»Wie kommst du darauf, dass ich dich auch nur berühren könnte?« Seine Stimme war nun ganz ruhig. Er legte das Bild auf ihre Bettdecke und ging langsam rückwärts zur Tür. »Kein einziger Mensch also?«, sagte er. »Karl wusste alles. Und sogar dein Held, der Bucher Franz wusste es. Ist das nicht irrsinnig? Meine zwei vermeintlichen Väter, sie wussten es – und ich wusste nichts!«

»Nein«, flüsterte Anna, das Bild lag nun in ihren Schoß gebettet. »Nein«, flüsterte sie, ihr Oberkörper schaukelte vor und zurück, sachte, sachte, ganz sachte: »Nein, nein, nein.«

»Du kennst diesen Brief nicht?« Nichts konnte Benjamins Klarheit trüben. »Hatte Karl ihn etwa konfisziert? Das muss er von dir gelernt haben oder vom Bucher Franz. Wahrscheinlich habt ihr alle voneinander gelernt. Und zusammengehalten.«

»Nein«, flüsterte Anna.

»Du erwartest hoffentlich nicht, dass wir uns verabschieden?«, sagte Benjamin. »Du erwartest hoffentlich auch nicht, dass ich deine Lüge aufdecke, das musst du schon selbst tun!«

»Nein«, flüsterte Anna.

1963: Barbara
(Anna, 48)

Auch am Rosenmontag 1963 verkleidete sich die Tante wie an allen Rosenmontagen zuvor als Hexe. Sie musste nur ihren Buckel vom orthopädischen Schnürkorsett befreien und ihr schneeweißes Haar mit Zuckerwasser und Asche zum Stehen bringen. Barbara, voll schlechten Gewissens und sich immer wieder fragend, ob sie die Tante nicht doch in Benjamins und ihren Plan einweihen sollte, suchte die Piratenutensilien zusammen, die sie auch vor sechs, vor acht, vor zehn Jahren zusammengesucht hatte.

Doch dieser Rosenmontag war anders, grundsätzlich anders, nicht nur für Barbara, deren Krapfen schon vergiftet war vom heimlichen Abschiedsschmerz. Auch die Tante benahm sich anders, wie ein niemals ganz domestiziertes Haustier, das nun, keine vierundzwanzig Stunden vor dem alle Lebensgrundlagen erschütternden Erdbeben, vom nahenden Unheil zumindest etwas spürte: Tante Anna bestand darauf, sich im Fernsehen den Mainzer Rosenmontagszug anzusehen, nicht den Kölner.

»Warum ausgerechnet Köln? Der Karneval hat uns noch nie wirklich geschert! *Mainz bleibt Mainz, wie es singt und lacht*«, skandierte sie mit dem pudrigen Krapfen wild in der Luft herumfuchtelnd und beschwor ihre Nichte, endlich auf die richtige Fastnacht umzuschalten.

Die drückte artig das Knöpfchen, verspürte es fast schon als Lebensnotwendigkeit, ihre Tante auch diesmal, wieder und zum letzten Mal, in den Fasching zu begleiten, in ihren gemeinsamen Fasching vor der Tür.

Aber natürlich. Tante Anna ließ sich auf keinerlei Diskussion ein.

Sie ging allein und als Hexe, kam als Hexe zurück und blieb Hexe.

Der Arzt, der nur wenige Minuten nach Barbaras Anruf erschienen war, um die Tante noch im Hexenkostüm anzutreffen, nannte es Schlaganfall. Wie sollte er auch wissen, dass ein böser Zauberer, den Cousin, Mutter, Großmutter, Tante seit der Rückkehr des stummen Kriegspaketes – jeder auf seine Weise und mit unterschiedlichsten Ritualen – aus dem Haus verbannt hatten, gerade dabei war, zurückzukehren und einen seiner gemeinsten Tricks anzuwenden.

Durch nichts anderes ließ sich erklären, wieso die Tante auf einmal spuckte und bellte. Nicht mehr lachte. Nicht für Barbara. Nicht für sich. Wieso die Vögel, die in ihrem Herzen gewohnt hatten, die sie jeden Tag um die Welt hatte fliegen lassen, auf einmal in ihren Kopf eingesperrt waren. Dort alles zerstörten.

Barbara verstand: Die Möglichkeit, die Tante, die ihr Leben lang stark und wild und Lieblingstante gewesen war, nun zu verlassen, da sie schwach und hilflos war, war keine Möglichkeit. Also erschien sie wie vereinbart um elf Uhr nachts, wie vereinbart ohne Koffer – die Koffer waren Benjamins Part –, unterm Walnussbaum, um Benjamin, wie nicht vereinbart, die schrecklichen Neuigkeiten zu überbringen und ihm klarzumachen, dass jetzt auch für ihn die Zeit gekommen war, zu seiner Mutter zu halten. Benjamin erschien nicht. Nicht nachts um elf und nicht am nächsten Tag, als die Vögel in Tante Annas Herzen – vielleicht waren es auch Dämonen, die gemeinsame Sache mit dem Zauberer machten und genau wie dieser jahrelang in Verbannung gelebt hatten, nicht aber besiegt waren – noch vor dem Zwölfuhrläuten entschieden, das folgende Spektakel in einer neuen Sprache aufzuführen.

Innerhalb von wenigen Sekunden hatte sich die Familie am Bett des babylonischen Wunders eingefunden. Der Arzt sprach von Schlaganfall, kniff die Augen zusammen und fügte »Zerfall des Sprachzentrums« hinzu.

Dabei war nur der Zauberer schuld daran, dass die Tante plötzlich Hexensprache sprach. Sie sprach: »hals klo nig wert sau bde lars.« Wobei sie vielmehr ratterte.

Alle anderen schwiegen. Außer Barbara, die weinte. Über das, was sie nicht verstand. Und wartete. Auf den, den sie nun auch nicht mehr verstand.

»Hüte dich vor meinem Sohn! Alles, was er dir geben kann, wird dein Leben schwerer machen«, sagte die Tante in der Nacht zum Aschermittwoch.

Der Arzt sprach von einer vorübergehenden Regeneration, Barbara weinte noch immer. Diesmal, weil sie verstand und trotzdem nicht begriff. Der böse Zauberer dachte sich böse Geschichten aus, die gute Tante und fragwürdige Mutter erzählte sie in Rätseln. Wie sie, ausgerechnet sie, ausgerechnet von einem Mann verhext worden war. Dass sie sich schuldig gemacht hatte. Geschichten von der Günz-Kaltzeit, der Mindel-Kaltzeit, der großen Eiszeit, vom zweiten großen Krieg und einem großen Lager direkt an der Würm. Lauter kleine große Behauptungen aus dem Reich der Vogelfänger-, der Fangvogel-, der Zauberkrankheit.

»Sommer, nicht Eiszeit, Krebsenbach, nicht Würm«, soufflierte ihr Barbara, streichelte ihr die Hand und erzählte ihr vom Indianerlager, das Winnie Two und Nscho-Tschi einst in den Jagdgründen der Chicorées errichtet hatten.

Doch die Tante schüttelte nur den Kopf, bestand auf dem, was mancher nicht verstand und was mancher, wie Barbara erst später ahnen würde, nicht verstehen wollte.

»Zu spät, eindeutig zu spät!«, soufflierte Benjamin, am Aschermittwoch aus dem Nichts zurückgekehrt, seiner Mutter. Er legte keinen Trost in seine Stimme, nahm nicht ihre Hand, streichelte sie nicht.

Barbara weinte wieder, und obwohl Benjamin auch sie nicht tröstete, nicht mal ansah, bevor er wieder in die Nacht verschwand, hoffte sie. Beschloss mit knapp zwanzig Jahren, das Haus nicht mehr zu verlassen, um Tag und Nacht am Bett der Wahnsinnigen zu wachen. Um die Vögel wieder zum Fliegen, die Tante wieder zum Lachen zu bringen. Stieß Beteuerungen und Drohungen aus. Wenn sie wiederkommt – denn das hier war nicht die Tante, wie sie da vogelgefangen Lügen verbreitete –, werde ich, werden Benjamin und ich voneinander ablassen ... großes Nscho-Tschi-Ehrenwort!

Kam sie aber nicht.

Stattdessen kam am Donnerstag der Arzt: kniff die Augen zusammen.

Kam am Freitag der Pfarrer: murmelte etwas von einem sündigen Haupt.

Kam am Samstag eine Autofahrt: durch eine endlose Kastanienallee zum Krankenhaus.

Kam am Sonntag ein Anruf: »Sie hat uns verlassen«, teilte eine zu tiefe Stimme mit.

Barbara sagte nichts am Donnerstag, blieb am Freitag stumm, am Samstag schwieg sie. Am Sonntag brachte das Telefon Barbara zum Weinen, und sie schickte in Gedanken Schuld vom Telefonhörer zu Benjamin, der das Sterben seiner Mutter ignoriert hatte und den die Todesnachricht erst zwölf Stunden später als Barbara erreichen sollte – um neun Uhr abends kam er in die Stube gewankt.

»Tante Anna ist tot!«, sagte Barbara.

»Hick«, entfuhr es Benjamin, und er lächelte durch Barbara hindurch.

»Deine Mutter, sie ist tot!«, schrie Barbara.

»Jetzt also richtig«, sagte Benjamin, rannte, als würde er sich vergewissern wollen, ohne sich seines Schluckaufs, seiner Jacke und Schuhe zu entledigen, ins leere Zimmer der Verstorbenen. Dann verschwand er kommentarlos in die Nacht, um sich wenige Stunden später, noch trunkener und hemmungslos heulend, zumindest aber seiner Schuhe und seines Schluckaufs entledigt, auf die schlafende Barbara zu stürzen

»Ich bin nicht Cousin!«, waren die ersten Worte, die sie vernahm, »du nicht Cousine!«, dann ein irres Lachen und schon rammte »nicht Cousin!«, stieß »nicht Cousine!« und stopfte »nicht Cousin und nicht Cousine!« ihr seine gesamte Manneskraft so grob und verzweifelt zwischen die Beine, dass Barbara, solange sie noch Gedanken fassen konnte und nicht vor Schmerz und Scham verging, sekundenlang darüber nachsann, warum sie es war, die nun für seinen Schmerz zu büßen hatte, und ob er sie und stellvertretend mit ihr alle Töchter und Mütter dieser Welt dafür zahlen ließ, jemals zwischen Schenkeln in diese Welt gefunden zu haben.

Ihrem Sinnen folgte Wimmern und Stöhnen. Und sie konnte sich nicht dagegen wehren, in sein Lachen einzustimmen, weniger irre als er vielleicht, zutiefst beschämt und verletzt, und gleichzeitig doch hoffnungsfroh, denn so oft wiederholte er die Worte: »Du bist nicht meine Cousine«, so oft variierte er sie in Richtung: »Und ich nicht dein verdammter Cousin«, dass sie ihnen in solcher Inbrunst und Vehemenz schließlich Glauben oder zumindest Hoffnung schenkte.

1935: Anna und Judith
(Anna, 20)

Es war geschehen.

Judith hatte nach einem Geschenk für ihren Vater gesucht, und es war Anna gewesen, die sie beraten hatte. Ausgerechnet Anna, die ihrem eigenen Vater, soweit sie sich erinnern konnte, noch nie etwas zum Geburtstag geschenkt hatte. Von ihm hatte sie allerdings auch noch nie etwas zum Geburtstag bekommen.

Bei den Freis war alles anders. Mit ihnen auch. Judith hatte nur das Wort »Geburtstag« erwähnen müssen, und sofort war Anna eine Idee gekommen, so fasziniert war sie von all den »Mesusas«, mit denen Herr Frei das Haus ausgestattet hatte – den »Mesusot«, wie Judith sie korrigierte –, die er von seinen Reisen in ferne Länder mitgebracht hatte. Längst zierten sie nicht nur den wichtigen Eingangsbereich im Haus, sondern jede Tür, selbst die zum Keller und zu jeder einzelnen Toilette im Haus.

»Lass uns in die Zinngießerei gehen, Judith. Mesusa-ots haben sie dort bestimmt keine, aber Löwen und Leoparden, Giraffen, Tauben. Die werden deinem Vater gefallen.«

Annas erste Wahl in der Zinngießerei war dann auch gleich auf einen Löwen gefallen, nicht größer als ein Fingerhut. Judith hatte Anna darauf aufmerksam gemacht, dass eigentlich ihr, Judith, die Rolle der Misanthropin – »Miesan…, was?« »Menschenfeindin, und zwar aus Enttäuschung« –, dass eigentlich ihr die Rolle der Menschenfeindin zustehen würde, die aus Enttäuschung einen Pakt mit der heimischen und der exotischen, mit der Tierwelt überhaupt geschlossen hatte, dann hatte sich der Kreuzer hinter die Verkaufstheke geschoben, kaum größer als ein Fingerhut, aber voller Herablassung für Judith. Bald werde es aus sein mit dem schönen Leben, in dem das Fräulein Frei und ihre Familie sich hier eingerichtet hätten.

»Als ob ausgerechnet Sie eine Ahnung vom schönen Leben hätten«, hatte Anna ihrer Freundin beizustehen versucht, auch wenn sie wusste, dass sie dabei nicht gerade gebildet klang.

Der Kreuzer hatte nur gelacht, abgewunken und versucht, von oben herabzuschauen, während er Judith, zu ihr hinaufblickend, sein Angebot unterbreitet hatte. Wenn sie nicht ganz dumm sei, solle sie die Staffelei endlich beiseitestellen. »Deine brotlose Kunst hast du immer noch, wenn euch niemand mehr bezahlt.« Sie solle sich eine Schürze umbinden, den dicken Malpinsel gegen einen hauchdünnen tauschen und sich mit ihren geschickten Händen in der Manufaktur ein Zubrot verdienen.

»Den dicken Malpinsel?« Anna wusste, dass Judith ihre Gegenrede besser, klüger und treffender formuliert hätte, aber sie hatte auch gesehen, wie die Freundin errötet war, geschluckt, um Worte gerungen hatte. »Judith hat zehn, zwanzig, dreißig Pinsel, sie ist eine Künstlerin«, hatte Anna dem Kreuzer entgegengeschleudert, nur um ignoriert zu werden.

»Du wirst das Geld noch nötig haben, deine Familie auch«, hatte der Kreuzer Judith prophezeit, und noch während Anna für Judith um Worte gerungen hatte, war die Tür aufgegangen und der Bucher eingetreten.

Er hatte den Kreuzer gegrüßt und Anna zugezwinkert, Judith mit einem abschätzigen Blick gemustert, geflüstert: »Die Unzertrennlichen.«

Anna und Judith hatten sich, für die Unterbrechung selbst einem Bucher dankbar, dem Löwen widmen wollen und den Pferden, dem Puppengeschirr und den Maibäumen, doch da hatte der Kreuzer mit viel Gehabe eine Schublade aufgezogen und eine Schachtel herausgenommen. Die Stimmung im Raum war feierlich geworden, zumindest für den Bucher und den Kreuzer, das hatte Anna gemerkt, und Judith, so hatte Anna geglaubt, auch. Der Kreuzer hatte einen Glanz in den Augen gehabt, und der Bucher hatte auf einmal ganz aufrecht dagestanden, als sie beide die Figuren betrachtet hatten, die der Kreuzer mit großer Ehrfurcht aus dem Seidenpapier gewickelt und mit noch größerer Behutsamkeit vor sich aufgestellt hatte.

»Festzüge«, hatte Judith geflüstert.

»Die Ersten habe ich schon losgeschickt«, hatte der Kreuzer gesagt, ohne Judith zu beachten.

»Ein Festzug, das ist doch genau das Richtige für einen Geburtstag«, hatte Anna gewispert und war an die beiden Männer herangetreten.

»Nicht für jeden«, hatte der der Bucher mit Blick auf Judith bemerkt.

»Nicht für Juden«, hatte er dem Kreuzer zugeraunt, und erst da hatte Anna es gesehen: Die Fackelträger, die Reiter, die germanischen Helden, sie alle trugen ein Hakenkreuz in der Fahne.

Judith war stehen geblieben, wo sie gestanden hatte, hatte ein verächtliches Schnauben aber nicht unterdrücken können.

»An diese Stücke …«, hatte der Kreuzer gesagt, ein selbstgefälliges Lächeln hatte seinen Mund umspielt, nur schwer hatte er seinen Blick von den Figuren ab- und Judith zuwenden können, »… würde ich dich natürlich gar nicht erst lassen. Wir wollen uns doch unsere reine Kunst nicht verderben.«

Während der Kreuzer und der Bucher noch an ihrem feinsinnigen Lächeln geübt hatten, während der Bucher einen weiteren verschwörerischen Blick Richtung Anna hatte werfen wollen, hatte Anna zu sprechen begonnen.

»Das reicht!«, hatte sie gesagt. »Judith wird keinen Finger für Sie krümmen. Eher wird sie sich alle Finger abhacken. Wir werden nichts bei Ihnen kaufen, nicht nur heute nicht, sondern nie wieder. Sie sind abscheulich, alle beide, und Sie sollten sich schämen.«

Dann hatte sie Judith bei der Hand genommen und aus dem Geschäft gezerrt. Judith hatte nicht mal mehr geseufzt. Sie hatte sich von Anna nach Hause führen lassen und dabei geschwiegen.

»Danke«, war ihr erstes Wort nach dem Ausflug in die Zinngießerei. Das war schon eine gute Stunde später, und die Mädchen saßen auf dem Dachboden der Freis, wohin Judith Anna gelotst hatte. »Danke«, wiederholte sie, nachdem Anna nur mit den Schultern gezuckt hatte. »Für dich«, sagte sie und drückte Anna ein flammendes Zinnherz in die Hand. »Beim Kreuzer hat das eh nichts zu suchen.«

»Zieh dich aus!«, sagte Judith, und bevor Anna ihren suchenden Blick auf sie richten oder über den Dachboden wandern lassen konnte, bekannte Judith: »Wir brauchen keine Staffelei und auch keine Pinsel. Ich werde dich nicht malen.« Sie streifte sich mit einer Bewegung ihr Leinenkleid über den Kopf. »Ich werde dich zeichnen. Und du mich auch, hoffentlich für immer.«

Dann war es geschehen.

2013: Barbara

Der Mainzer Hauptbahnhof ist und bleibt verlassen, an diesem heißen Donnerstagnachmittag im August. Schon mehrere Male hat sie auf das Display ihres Handys geschaut, aber es gibt keinen Empfang. Wie gut, dass sie all ihre Geschenktüten dem Taxifahrer überlassen hat. Wie gut, dass sie nicht alleine ist und ihre neue alte Begleiterin einen Rollkoffer übernommen hat.

»Wohin gehen wir?«, fragt Barbara die Tante.

»Woher soll ich das wissen? Du hättest Köln gar nicht verlassen sollen, heute Morgen. Erst recht nicht, um in dieses schreckliche Haus zurückzukehren.« Die Tante bricht in helles, fast kindliches Lachen aus: »Deinen Kindern und Enkelkindern scheint einiges daran zu liegen, deinen Geburtstag ausgerechnet dort zu feiern.«

»Sie hätten mich in Ruhe lassen sollen, an meinem Siebzigsten. Du hättest mich nicht verlassen sollen, vor fünfzig Jahren.«

»Wir alle machen Fehler, wieso sollen ausgerechnet deine Nachfahren damit aufhören?«

»Wo warst du die ganze Zeit?«

Die Tante zuckt mit den Schultern. »Die Väter deiner Kinder hätte ich übrigens gerne kennengelernt.«

»Ich auch, zumindest den, den du besser kanntest als ich. Auch wenn du ihn nicht besonders geschätzt hast.«

»Immerhin haben sie dir ein paar Kinder dagelassen, deine Männer«, attestiert die Tante mit Blick auf Barbaras Rollkoffer. »Da du sie nun mal in die Welt gesetzt hast, solltest du dich ihnen auch von Zeit zu Zeit stellen.« Dann fährt sie den Griff ein, umfasst den Koffer mit beiden Armen und wirft ihn mit voller Wucht und in hohem Bogen in ein leeres Gleisbett. »Den brauchen wir nicht mehr. Genauso wenig wie die alten Geschichten.«

Ihre Nichte mustert den aufgeplatzten Koffer wehmütig. »Vielleicht hättest du deinem einzigen Sohn nur ein einziges Mal zeigen sollen, dass du ihn –« Barbara erschrickt über das Wort, das sie beinahe ausgesprochen hätte.

Tante Anna reagiert nicht.

»Vielleicht warst du gar nicht …?«

»Tot?«, vollendet Tante Anna Barbaras Satz, bevor diese über weitere Gedanken erschrecken kann.

»Ja, tot«, nickt sie stattdessen.

Einen Tag vor ihrem Siebzigsten steht Barbara neben einer alten Greisin und betrachtet die Unterwäsche einer Greisin, ihre eigene, im Gleisbett. Ihr fällt ein, wo sie Tante Anna zum letzten Mal gesehen hat. In einem Krankenhausbett, das durch einhundertzwanzig Bäume der traurigsten Kastanienallee, die die Welt je gesehen hatte, von ihrem eigenen Bett getrennt war. Vor fünfzig Jahren. Tante Anna war noch keine fünfzig Jahre alt, sie war krank, hatte in Sprachen gesprochen, die niemand verstand, aber tot war sie nicht.

»Die Gegenwart verstetigt den Bruch mit der Vergangenheit als kontinuierliche Erneuerung. Der zur Zukunft geöffnete Horizont gegenwartsbezogener Erwartungen dirigiert auch den Zugriff auf Vergangenes«, liest Tante Anna ihrer Nichte vor. »Exemplarische Vergangenheiten, an denen sich die Gegenwart unbedenklich orientieren könnte, sind verblasst«, liest die Tante aus einem Buch, das jemandem aus Koffer oder Reisetasche gefallen sein muss, als noch Menschen mit Reisegepäck auf dem Mainzer Hauptbahnhof flanierten, Menschen.

Wirklich zu hört Barbara nicht, sie überlegt, ob es nicht langsam doch an der Zeit wäre, ihre Familie zu kontaktieren.

»Habermas hilft uns auch nicht weiter«, meint die Tante und wirft das Buch hinter einen Zeitungskiosk. »Es gibt keine Zeit hinter der Zeit, keine Zeit neben der Zeit, es gibt nur das Jetzt«, flüsterte sie ihm dann aber doch noch hinterher.

»Und die Ereignisse, die keinen eigenen Platz in der Zeit haben, die in der Luft hängen, heimatlos und verloren?«, möchte Barbara ihr fast schon widersprechen. Sie beschließt zu schweigen, und sie beschließt, dass die Zeit, ihre Familie zu kontaktieren, noch nicht gekommen ist.

1963: Benjamin

Benjamin war dreiundzwanzig Jahre alt, als er seine über Nacht zur Pflegefamilie gewordene Familie, als er Dießen und den Ammersee verließ.

Er war dreiundzwanzig, als er noch am Ufer des Sees einen Sarg zimmerte: seiner ebenso frisch entmutterten wie dahingeschiedenen falschen Mutter, der nicht vorhandenen Erinnerung an seine gerade erst in sein Leben getretene vor langer Zeit ermordete richtige Mutter, der gemeinsamen Gegenwart und Zukunft mit seiner bis zur Gewalt entcousinierten Liebe und nicht zuletzt dem Vertrauen in den Lauf der Dinge.

Es mochte zwischen vier und fünf Uhr morgens gewesen sein, auf der Schwedeninsel, dieser Halbinsel am südlichen Verlandungsmoor des Ammersees. Hierhin hatten sich die Dießener im Dreißigjährigen Krieg geflüchtet, um den Schweden zu entkommen, hier hatten Benjamin und Barbara sich über drei Jahrhunderte später, des Krebsenbaches und des Indianerspiels müde, der einen oder anderen Suche gewidmet. Mal der Suche nach dem großen geheimnisvollen Schatz, den die Dießener der Sage nach in einer Vollmondnacht in Form ihrer wertvollen Habseligkeiten vor den herannahenden Feinden vergraben hatten. Öfter der Bergung eines mindestens ebenso großen geheimnisvollen, dazu schier unerschöpflichen Schatzes, der sich sagenhafter Weise mal in einer nicht nur aus paläontologischer Sicht jungen, weiblichen Achselhöhle, mal in einer aus paläontologischer Sicht unwesentlich älteren, männlichen Ohrmuschel, meist hinter einem Maulwurfsfellchen im gleich- und schmalschenkligen Barbara-Beindreieck verbarg.

Die Maße des Sargs, den Benjamin nun in seiner Vorstellung zu Wasser ließ, mochten in ebendieser Vorstellung etwa die Maße von *Klarer Himmel, leichtes Licht* haben, sein Gewicht überstieg Benjamins Vorstellungskraft. Ein Sarg, der so viel wog, dass er Benjamin noch Jahre und Jahrzehnte später in weit tiefere Tiefen als die einundachtzig Meter tiefe Tiefe des Ammersees zog. Ein Sarg, der zugleich einen solchen Auftrieb hatte, dass er das Leid wieder und wieder an die Oberfläche spülte.

2013: Vormittag vor dem Fest (Erleichterung?)

»Die Stewardessen, das sind die Stewardessen«, murmelt Miriam, dann lässt sie den Blick über ihre Familie schweifen, erfasst jede und jeden Einzelnen.

Sie haben ihre Formation in den letzten zwanzig Minuten nicht wesentlich verändert, aber die Spannung ist aus ihren Körpern gewichen.

»Das sind schon die Stewardessen, sie kommt nicht mehr«, ruft Miriam und erschrickt: Die Erleichterung in ihrer Stimme ist unüberhörbar. Sie räuspert sich. »Lass mich mal machen!«, ruft sie Natalie zu und beeilt sich, um das professionell in die knapp bemessene Freizeit stöckelnde Blau-Gelb einzuholen.

Wäre es nach Miriam gegangen, hätte die Mutter den Flug bei Germanwings oder Geruxx gebucht, aber Barbara hat sich natürlich für Komfort und ein teures Ticket entschieden. Und vielleicht sie hat sich im letzten Moment sogar noch dagegen entschieden.

»Halt! Entschuldigen Sie, ich suche meine Mutter.«

Die beiden Stewardessen bleiben gleichzeitig stehen, drehen sich synchron zu ihr herum, blicken sie unter blondem Haar aus einem Paar blauer und einem Paar grüner Augen an.

»Siebzig Jahre alt, hager aber nicht mager, immer noch brünett mit nur wenig grauem Haar, groß für ihr Alter ...«

»Hat sie auch einen Namen?«, fragt das Paar blaue Augen.

»Natürlich«, antwortet Miriam. Die Frage, ihr Inhalt, ihr Tonfall, könnte von ihr selbst stammen, aus dem Mund der Stewardess klingt sie respektlos. »Barbara Berger.«

»Hab ich's mir doch gedacht«, sagt das Paar grüne Augen. »Wenn Sie sie finden, richten Sie ihr aus, dass es keine Art ist, unentschuldigt einem Flug fernzubleiben. Wir haben Ihre Mutter dreimal ausgerufen und zwanzig Minuten Verspätung in Kauf genommen.«

»So ist es«, sagen die grünen Augen. Das war es, die Augenpaare drehen sich um und stöckeln Richtung Ausgang.

»Sie hat sich gar nicht erst in den Flieger gesetzt«, ruft Miriam ihrer Familie zu, die ihre Formation nun doch aufgegeben hat. »Paul, hol deine Kamera raus, stellt euch wieder auf und legt los. Ihr habt euch so viel Mühe gegeben, jetzt wird gefilmt. Mutter wird sich darüber freuen, egal, ob sie nun im Bild ist oder nicht.«

Noch während sie das sagt, wünscht Miriam sich schlagartig den professionell unverbindlichen Blick der Stewardessen zurück: In keinem der auf sie gerichteten Augenpaare kann sie auch nur ein Quäntchen Verständnis ausmachen.

»Miriam, deine Mutter ist nicht angekommen«, stellt Angelika überflüssigerweise fest.

»Vielleicht sollten wir erst mal rausbekommen, warum nicht und wo sie jetzt ist«, sagt Natalie.

Miriam nickt, sie schluckt, versucht ein tapferes, dankbares Lächeln, das natürlich missglückt. Warum sollte sie ihrer undankbaren Familie auch dankbar sein?

»Momentan nicht zu erreichen«, sagt Valentina. »Es würde also auch nichts bringen, ihr eine Nachricht zu hinterlassen«, schiebt sie hinterher, bevor sie ihr Handy in ihrer Handtasche verschwinden lässt.

»Und jetzt?«, ruft Franziska. »Irgendwas müssen wir doch unternehmen.«

Memoiren eines heute fast Vierzigjährigen

Vorwort
Benjamin Berger war vierundvierzig Jahre alt, als er beschloss, seinem Sohn die eigene Vergangenheit nahezubringen.
So erzählte er mir an einem verregneten Samstagnachmittag von den *Memoiren eines Sechseinhalbjährigen*, die er im nicht gerade fortgeschrittenen Alter von zwanzig Jahren zu schreiben gedachte.
Vor allem, um – wie er mir erklärte – seine erste große Liebe zu beeindrucken, allerdings auch, um auf seine Art und Weise damit umzugehen, dass er nicht der war, für den er sich die ersten sechseinhalb Jahre seines Lebens gehalten hatte.
Weitere sieben Jahre nach den halbherzigen und schnell verworfenen Anfängen der autobiografischen Aufarbeitung, erfuhr mein Vater, dass er auch nicht der war, der er von seinem siebten bis zu seinem dreiundzwanzigsten Lebensjahr zu sein geglaubt hatte.
Diese zweite Erkenntnis erschütterte ihn wesentlich heftiger und länger als die erste. Als ein Ergebnis dieser Erschütterung kann vermutlich ich angesehen werden. Und so sehe ich es als meine Aufgabe, mit diesen sich über drei Jahrzehnte erstreckenden *Memoiren eines heute fast Vierzigjährigen* die Geschichte meines Vaters, die auch meine ist, in Schlaglichtern nachzuzeichnen.
F. B.

1972: Benjamin

»Mein Ideal ist es, zur Kindheit heranzureifen.«

Benjamin war zweiunddreißig, als er den Satz las. In einem Notizbuch auf dem Nachtkästchen einer Frau.

Diese Frau hatte mit fünfundvierzig Jahren eine, wie sie sagte, »in Ruhe und Frieden nahezu unbemerkt gescheiterte Ehe« hinter sich. Sie hatte außerdem eine Professur für Neuere Deutsche Literatur mit Schwerpunkt Ethik inne und war Mutter einer fast erwachsenen Tochter, die beim Vater lebte. Eine Beziehung mit dieser Frau versprach also genau die Unverbindlichkeit, die vonnöten war, um die Frequenz von Benjamins seit dem vierundzwanzigsten Lebensjahr auftretenden Asthmaanfällen zumindest nicht zu erhöhen. Gleichzeitig aber hatte seine Liebhaberin ihr in knapp zwei Jahrzehnten Mutterschaft und Ehe geschultes Verantwortungsgefühl noch nicht verloren. So bot sie ihrem Liebhaber mit den massiven Schlafstörungen einerseits die Gelegenheit, sich in gemeinsamer Schlaflosigkeit bis zur totalen Erschöpfung zu verausgaben, andererseits aber auch, sich auszuschlafen, wenn sie selbst frühmorgens die Wohnung verließ.

»Mein Ideal ist es, zur Kindheit heranzureifen. Das erst wäre die wahre Reife.«

Mit angehaltenem Atem im Bett liegend und zugleich tief bewegt sah sich Benjamin vor die Wahl gestellt, unwissend zu bleiben oder aber nach dem Urheber dieser Sätze zu fragen, somit seinen Vertrauensmissbrauch zu gestehen und zu riskieren, sein so lebendiges und belebendes gerade erst gefundenes Schlafmittel abrupt entzogen zu bekommen.

»Ich bin fest davon ausgegangen, dass du schläfst, wenn ich nicht da bin, und abhaust, sobald du ausgeschlafen hast«, lachte die Ethikexpertin nur, als Benjamin andeutete, zufällig einen kurzen Blick in ihre Aufzeichnungen geworfen zu haben. »Hätte ich geahnt, dass du nach einer Lektüre suchst, hätte ich dir interessantere Sachen hingelegt«, fuhr sie fort.

»Dieser Satz übers Heranreifen zur Kindheit«, unterbrach er sie, ermutigt von ihrer Reaktion und erfreut darüber, sein Leben nicht mit einem weiteren Pseudo-Diskurs über Vertrauensmissbrauch und Moralvorstellungen verschwenden zu müssen.

»Der allerdings ist interessant«, erwiderte sie.

Es war der Zeichner und Schriftsteller Bruno Schulz, der sich nach Heranreifung zur Kindheit gesehnt hatte. Sein Weg vom Zeichnen zum Schreiben, vom Bild zum Buch, war zugleich ein Versuch, den Weg von der Reife zur Unreife zu gehen. Doch Schulz hatte, so verstand Benjamin mehr und mehr, als er sich durch dessen Erzählungen las, eine Kindheit gehabt. Er hatte einen Alltag gehabt und einen Vater, den er nach Lust und Laune mythologisieren konnte, denn der Alltag war alltäglich gewesen, der Vater väterlich und beide: wahr und wahrhaftig. Er hatte eine Mutter gehabt.

Schulz hatte seinen Weg zur »zweiten Genesis« vollzogen, er war den Weg vom Erwachsenenwissen zur kindlichen Ahnung gegangen.

Eins vor allem wurde Benjamin bei der Lektüre klar: Wollte er selbst den Rest seines Lebens nicht einer Flucht widmen, sondern sich tatsächlich noch die Aussicht eröffnen heranzureifen, musste er den umgekehrten Weg gehen. Er musste sich Klarheit verschaffen und selbst die wenigen Relikte seiner Kindheit, die ihm noch ansatzweise wahrhaftig erschienen, entmythologisieren oder ihnen zumindest die Chance geben, ihre Geschichte zu erzählen, seine zu hören. Barbara.

Wieder und wieder las er das überschaubare Gesamtwerk von Bruno Schulz, das Geschenk, das ihm seine Liebhaberin gemacht hatte, ohne zu wissen, dass es ein Abschiedsgeschenk war. Und er begann nachzuforschen, was aus Barbara geworden war und wo sie lebte. Er fuhr mit dem Zug nach Köln, wobei das Bild einer existenzrettenden Wiedersehensszene auf seinen Thymus drückte. Weder stetiges Klopfen auf diesen noch scharfes Nachdenken lieferten Gewissheit darüber, ob diese Wiedersehensszene realisiert oder verhindert werden musste, um die Existenz zu retten. Im Kopf ein klares Klärungsszenario, in der Reisetasche, die den Namen nicht verdiente, ein bronchialerweiterndes Asthmaspray, ein Paar Socken, ein Unterhemd, eine Unterhose, eine Zahnbürste und *Die Zimtläden* – nicht das Exemplar, das ihm die Liebhaberin überlassen hatte, sondern das, das er Barbara schenken wollte.

Er war gerade in Köln auf den Bahnsteig getreten, als ihn ein überdimensionierter Rucksack ansprach. Seine beiden Träger waren gerissen, stellte sich heraus, als seine Trägerin ihren Klammergriff löste und ihn zu Boden fallen ließ. Die Trägerin hatte einen klaren, offenen Blick, aber es war wohl die Kombination aus großen, braunen Augen, sehr großen, festen Brüste und unüberhörbarem Lispeln, die ihre Frage »Weißt du, wie es hier zum Dom geht?« in seinen Ohren gleichzeitig verheißungsvoll und tiefgründig klingen ließ. Den Weg zum Dom, der »noch größer und noch beeindruckender« war, als sie gedacht hatte, fanden sie gemeinsam. Und gemeinsam wurde ihnen klar, dass sie die Stadt gemeinsam erkunden wollten, gemeinsam entdeckten sie Brunnen, deren trübes Wasser und taubenkotbedeckte Steine »den Charme der Großstadt symbolisierten«. Benjamin nickte mehr oder weniger zustimmend, während seine neue Reisebegleitung ihren mehr oder weniger definierten Klangteppich neben ihm ausrollte, und profitierte von ihrer Fähigkeit, nicht nur am laufenden Band inhaltsleere Gemeinplätze zu produzieren, sondern auch kostenlose Schlafplätze zu organisieren: Gemeinsam fanden sie den Weg zu einer Bekannten einer Bekannten, »die mindestens eine Matratze, wenn nicht ein Bett für ein, zwei Wochen zur Verfügung stellen kann«.

Und dann machte er sich im Morgengrauen, mit pochenden Schläfen, galoppierendem Herzen und trockenem Mund aus dem asthmatikerunfreundlichen Staub auf den Weg zu Barbaras Wohnung, fand das Namensschild, drückte sein Asthmaspray, dann den Klingelknopf. Wartete zwanzig Schläfenschläge lang, drückte ein weiteres Mal – nun gleichzeitig – Spray und Klingel, wartete weitere zwanzig Schläfenschläge, öffnete die unverschlossene Haustür, stolperte im Halbdunkel über Fahrräder und kam sich auf dem Boden sitzend, das lächerliche Überraschungsgeschenk des lächerlichen Überraschungsgastes aus der lächerlichen Reisetasche ziehend, lächerlich vor. Dennoch steckte er es in ihren Briefkasten. Und nahm den schnellsten Weg zum Bahnhof.

Es ergab keinen Sinn, das Vergangene in die Gegenwart zu retten, beschloss er, als er in den Zug stieg. Es war zwecklos, einen verkümmerten Thymus wiederbeleben zu wollen, beschloss er, während er die Landschaft an sich vorüberziehen sah und kein Bedürfnis verspürte, auch nur ein einziges Bild für sein späteres Leben in sich aufzunehmen. Es ergab auch keinen Sinn, den Toten hinterherzurecherchieren, beschloss er, als er in München ankam, und schloss sich in sein Zimmer ein.

Er onanierte und onanierte und onanierte, und dann, als ihm die achtzehn Stunden mit seiner Kölner Bekanntschaft keine neuen Bilder mehr zu Verfügung stellten, legte er eine Zwangspause ein. Als er sein Werk wieder aufnahm, musste er mehr und mehr an die Therapeutin seiner Schlafstörungen denken, und bald schon wurde ihm klar, dass es von nun an ausschließlich ihr Bild sein würde, mit dem er sich in den Erschöpfungszustand zurückbefördern konnte, und bald schon musste er feststellen, dass er am meisten Lust empfand, wenn die Vorstellung, sich zu verausgaben, sich hin- und aufzugeben, mit der Vorstellung von Verzicht und Verstoßung verbunden war.

Die erwachsene Tochter, die während seiner und für seine Affäre keine Rolle gespielt hatte, war nun von ihrer leiblichen Mutter, der Ethikexpertin, verlassen worden, damit diese sich ihrem jugendlichen Liebhaber hingeben konnte. Auch ihr Mann war verstoßen worden, einzig zu diesem Zwecke. Was Vater und Tochter nicht daran hinderte, zur Gattin und Mutter zurückzukehren und beim Anblick des Ehebruchs in Wehklagen auszubrechen, was die Mutter und ihren Liebhaber, sprich ihn, Benjamin, nur dazu anstachelte, in noch geilere Raserei auszubrechen.

»Iphigenie, Agamemnon, Klytaimnestra und Orestes waren eine unentschlossene Gurkentruppe gegen sie, das späte Schicksal der Kommune I eine uninspirierte Gutenachtgeschichte«, hätte seine Liebhaberin wohl seine Fantasien kommentiert, hätte sie dazu noch Gelegenheit gehabt, doch in seinen Fantasien sprach sie nicht, sie stöhnte nur und wimmerte und flehte stummen Blickes nach mehr.

Doch schon bald war selbst das Bild seiner Liebhaberin verblasst, sein Samen versiegt, das Biotop seines Bettes zum Seuchenherd mutiert, die Leere zu leer und der einzige Schmerz, mit dem sie zu füllen war, zu stark.

Es war an der Zeit.

Es war Zeit, aufzustehen.

Es war Zeit, sich zu waschen.

Es war Zeit, die Wohnung zu verlassen.

Es war Zeit, sich bei Anita – ja, sie hatte einen Namen – zu entschuldigen.

»Aber das stimmt doch nicht. Natürlich gibt es eine Zeit hinter der Zeit. Wie könntest du sonst so einfach wiederauftauchen, nach all den Jahren und in deinem Alter?«

Sie haben die Bahnhofshalle noch nicht ganz durchschritten, und Barbara ist schon außer Atem. Sie muss sich ranhalten, wenn sie nicht abgehängt werden will – von einer knapp Hundertjährigen, die im Stechschritt voranschreitet und dabei rhythmisch mit den Schultern zuckt, anstatt stehen zu bleiben, sich umzudrehen und ihrer Nichte zu antworten.

»Und wieso ist mir vorher im Zug wieder die Dalmatiner-Geschichte eingefallen? Nach so langer Zeit, und bevor ich überhaupt begriffen hatte, wer mir da gegenübersitzt?«

Jetzt hält die Tante doch inne. Seufzt, dreht sich um. »Bock auf Bockwurst?«, fragt sie und deutet auf einen verlassenen Imbissstand.

»Ich hatte mal einen Mann …«, sagt Barbara, und dabei fällt ihr auf, dass sie zu keiner rhetorischen Finte ansetzt, sondern sich aus dem Stegreif schlichtweg nicht erinnert, um welchen der Väter ihrer Kinder es sich handelt – mit Ausnahme von Miriams Vater hat sie Schwierigkeiten, sich die Eigenheiten und Daten der Erzeuger ihrer Kinder zu vergegenwärtigen. »Ich hatte mal einen Mann, ich glaube, es war Katharinas Vater, der hat, wenn er denn mal alle Jubeljahre aufgetaucht ist, seine Tochter und ihre Geschwister ernsthaft gefragt: ›Wie war's in der *school*?‹ Verstehst du, Tante Anna, er hat tatsächlich gedacht, dass die Tabufrage weniger elternhaft und nervig klingt, wenn er in seinen Fragen Anglizismen verwendet.«

»Anglizismen!«, schnalzt die Tante mit der Zunge. »Ein Fall für Angeber und Alliierte! Bock ist kein Anglizismus, Bockwurst auch nicht.«

Sie entert den Stand, verschwindet für mehrere Sekunden komplett hinterm Tresen und taucht mit angewidertem Gesichtsausdruck wieder auf.

»Plastikeimer«, sagt sie, und die Abscheu weicht einem triumphierenden Lächeln. »Wenigstens müssen wir keinen Dosenöffner suchen.« Dann hält sie Barbara eine tropfende Wurst vor die Nase. »Leider nur Wasser, kein Fett«, sagt sie und schiebt sich selbst eine Wurst in den Mund.

»Dalmatiner …«, versucht Barbara, das Gespräch wieder aufzunehmen.

»Dalmatiner«, sagt die Tante mit vollem Mund, kaut, schluckt, räuspert sich. »Behaupte niemals, ich hätte dich nicht gewarnt: Herr Neusüß war Tierarzt. Aber er hat sich nicht nur um Nutzvieh gekümmert, wie die Bauern im Dorf das gern gesehen hätten, sondern auch um Krähen, um Rehe, um alle kranken Tiere, die er im Wald fand. Und um herrenlose Tiere, die nur zu gern bei ihm geblieben wären, nachdem er sie wieder auf die Beine gebracht hatte.«

Auf die Pfoten, will Barbara sagen, wenn dieser Mann Tierarzt war, auf die Tatzen, die Krallen, die Klauen, die Hufe, will Barbara sagen, dann erinnert sie sich daran, wie Tante Anna sie einst, vor Jahrzehnten, als »geistesgegenwärtig, aber leider auch viel zu altklug« bezeichnet hat, und sie merkt, wie sie vom Haaransatz an errötet. Kann man noch altklug sein, mit siebzig, mit genau siebzig Jahren?

1972: Benjamin

Benjamin stand schon lange vor der Tür, öffnete sie aber erst wenige Minuten vor Vorlesungsende. Er wollte Anita noch während der Vorlesung auf sich aufmerksam machen, sie sollte selbst entscheiden, ob sie mit ihm sprechen wollte oder nicht. Er betrat den Hörsaal durch die hintere Tür und blieb stehen. Anita sah ihn sofort. Sie nickte ihm unverhohlen zu und ließ den Blick wieder schweifen.

»Lassen Sie uns zum Ende noch mal zurückkommen auf Bruno Schulz«, sagte sie. »Denn natürlich ist die Rezeption seines Werks durch die Art seines Todes beeinflusst. Bekanntlich fand er nach der Besetzung Polens im Drohobyczer Getto in SS-Hauptscharführer Felix Landau einen Gönner, aufgrund seiner künstlerischen Begabung wurde er als ›nützlicher Jude‹ klassifiziert. Er wurde gezwungen, das Kinderzimmer einer von Landau beschlagnahmten Villa für dessen Sohn mit Fresken zu bemalen; Prinzessinnen, Zwerge und Flötenspieler – Figuren und Szenen aus deutschen Märchen.«

Der Weg zur Kindheit, wollte Benjamin nicht denken, doch er dachte es. Der erzwungene Weg, dachte er. Während der universitäre, den Geruch von Essig ausströmende Boden unter ihm zu Watte wurde und während er, ohne voranzukommen, auf die Watte trat, stellte sich ihm eine blauäugige Grimm'sche Königin in den Weg, im Schlepptau ein frühvergreistes Zwerglein im Rollstuhl. Das Schneewittchen hinter ihnen – keine Königstochter, das war offensichtlich, sondern eine Freundin, eine Rivalin, eine ehemalige Busenfreundin der Königin – blickte weniger schön und dekorativ als alle Schneewittchen-Darstellungen im ganzen Land, dafür um ein Millionenfaches trauriger als jede traurige Frau, die

Benjamin je traurig gemacht hatte, zu ihm herüber. Sie wog den Apfel in der Hand.

»Nein!«, schrie Benjamin. »Nein, nein!«

»Doch«, flüsterte das Zwerglein.

»Doch, doch, und zwar sofort!«, befahl die Königin, und schulterzuckend wendete sich Schneewittchen von den dreien ab, besonders aber von Benjamin, dann biss sie krachend in den Apfel und fiel auch schon zu Boden.

Das Apfelgeräusch jedoch verhallte nicht in Benjamins Ohren, wurde zum rhetorische Räuspern Anitas, die an ihrem Pult stand, als wäre nichts geschehen, als wäre nichts jemals geschehen – auf der Welt nicht und der Menschheit nicht, nichts im Märchen, nichts seiner Mutter, nichts ihm und auch nichts zwischen Anita und Benjamin. Benjamin meinte, noch den Schatten Schneewittchens, den Schatten der traurigsten Frau mit dem traurigsten Blick auszumachen, dann Schwärze.

»Was ihn auch nicht vor dem Tod bewahren konnte«, verkündete Anita erbarmungslos. »Wenige Tage vor seiner geplanten Flucht wurde er im Getto von einem SS-Mann niedergeschossen.«

Heim, nur heim, wollte er, doch die Watte, in der er nun schon bis über die Knie steckte, gab ihn nicht frei. Mutter, dachte er, bevor sein Kopf auf dem ohne Vorwarnung plötzlich wieder vollständig von Watte befreiten Boden aufschlug.

»Mein lieber Benjamin«, meinte er zu hören.

Dann Möwenschreie und Flüstern.

Er öffnete die Augen, wieder nur Blicke.

Anteilnahme und Besorgtheit: Studentinnen.

Vorwurf: Anita.

Und während er sich aufrichtete und alle Hilfe abwehrte, wurden seine Augen feucht.

»Reiß dich zusammen!«, zischte Anita, wenn jemand das Recht dazu habe, sei sie es. Trotzdem war sie im Unrecht.

Es war nicht die meist erfolglos unterdrückte Sehnsucht, die ihm die Tränen in die Augen trieb, nicht das meist erfolgreich unterdrückte Selbstmitleid. Es war die Scham der Erkenntnis, die sich seiner mit einem Schlag bemächtigt hatte: Keinen Tag, keine Stunde nachdem die Mutter, seine Mutter, in sein Leben getreten war, hatte er sie verstoßen.

»Mutter«, flüsterte er, die Studentinnen lachten.

»Hau ab«, sagte Anita sachlich, sie machte sich nicht mal mehr die Mühe zu zischen. Jegliche Mühe wäre vergebens gewesen. Sie würde ihn nicht retten können. Weder durch Geist noch durch Güte und Gymnastik.

Weder ein Barbara-Ersatz noch Barbara selbst würde ihn retten können. Barbara selbst existierte, so wie er sie nötig gehabt hätte, sowieso nur in seiner Vorstellung. Würde er wirklich noch gerettet werden wollen, musste er das selbst besorgen.

J. N. – vor neun Jahren war sie seine Mutter geworden. Wie hatte er das einzige Erinnerungsstück an sie, ihr Selbstporträt, nur der Frau überlassen können, die ihn dreiundzwanzig Jahre belogen hatte?

1936: Anna und Judith
(Anna, 21)

Anna und Judith trafen sich fast jeden Tag. Die Leute redeten, sie schimpften, und Anna genoss es. Wenn sie sich jetzt zusammen im Dorf zeigten, konnte Anna das Verlangen, ihre Liebe zu Judith herauszuschreien, kaum unterdrücken. Sie wusste, was ihr ihre Eltern verbieten wollten, sie konnte sich vorstellen, was sich die Männer, die sie mit tödlichen Blicken straften, vorstellten und was sie eigentlich wollten, und sie lachte ihnen ins Gesicht, allen. Das Geheimnis, das sie mit Judith teilte, machte sie noch stolzer und glücklicher: Sie war Anna, jung und ungebeugt, unnahbar.

»Den nimmst du!«, hatte ihr Vater beschlossen, als Alfred Osterieder, Sohn der wohlhabendsten Fischerfamilie des Dorfes, um ihre Hand anhielt.

»Ich werde mein Leben nicht mit einem nach Fisch riechenden Mann verbringen«, hatte sie entschieden und den Vater ausgelacht.

Wo ich gehe, wo ich stehe,
Mein Herz klopft, wenn ich dich nur sehe.
Ich selbst klopf auf Holz und hoffe,
dass mein größter Wunsch wahr werden wird.

»Ein wahrer Dichterfürst, wirklich eine gute Partie«, hatte Judith den Zettel kommentiert, den der Bucher Franz ihrer Anna zugesteckt hatte. Der Bucher Franz, der, wann immer er Anna in Begleitung von Judith sah, eine abfällige Bemerkung, eine Beleidigung parat hatte.

Beim Picknick zwischen Bischofsrieder Birken formulierte Judith eine Antwort, die zur Segelzierde eines Papierschiffchens wurde. Das Schiffchen wurde noch am selben

Nachmittag an einer der sieben Quellen des Weilers zu Wasser gelassen.

Soll es klopfen, hämmern, sägen.
Sie wird sich nicht zu dir legen.
Ihr wahrer Platz ist neben mir,
wir klopfen dankend auf Papier.

»Eine solidere Verbindung kannst du nicht eingehen«, hatte ihre Mutter sie beschworen und ihr Otto Dellinger, den Schmied, ans Herz gelegt.

»Ich selbst bin solide genug«, hatte Anna befunden und eigene Pläne geschmiedet.

So waren die Männer einer nach dem anderen bei ihr in Ungnade gefallen. Sie konnte den Osterieder, den Dellinger und wie sie alle hießen einfach nicht mehr ernst nehmen – nicht einmal den Bucher, obwohl der, das musste Anna zugeben, als jüngster Sprössling einer Schreinerei immer so gut nach frischem Holz roch und, wann immer er Anna ohne Judith sah, einen unverfrorenen Charme an den Tag legte, den sie sich, eine Zeit lang zumindest, hatte gefallen lassen.

Bis zu ihrem einundzwanzigsten Geburtstag hatten schon die fünf schneidigsten Männer im Dorf um sie geworben. Und waren gescheitert. Sie hatte ihnen ihr Lachen geschenkt, war mit ihnen gesegelt, mit ihnen im See geschwommen und dann davon.

1972: Benjamin

Es sollte ein weiteres Jahrzehnt dauern, bis Benjamin anfing, sich seiner Mutter zu widmen, seinen beiden Müttern. Der echten und der falschen. Denn ja, er hatte doch noch beschlossen – Anita Schmidt und Bruno Schulz sei Dank –, die Lebenden und die Toten ernst zu nehmen; und während er allmählich eine Ahnung davon bekam, dass das die einzige Möglichkeit war, selbst zu überleben, tat er die ersten zaghaften Schritte. Er schrieb Briefe, einen ans Rathaus Dießen, mit der Frage, ob ein Gemeindearchiv vorhanden sei und wenn ja, ob es möglich sei, in diesem Recherchen anzustellen, einen an die Sammlung zeitgenössischer Kunst der Bundesrepublik Deutschland mit der Frage, ob sie Werke einer Künstlerin mit den Initialen *J. N.* in ihrem Bestand hätten, entstanden vermutlich in den Jahren 1930 bis 1945, auf keinen Fall später.

Er wartete auf Antwort, die er schneller als erhofft bekam, an zwei aufeinanderfolgenden Tagen – und am dritten Tag trat Mutter Nummer drei in sein Leben.

Die Mutter seines ungeborenen Kindes.

Ein einziges Mal beißt die Tante von ihrer Wurst ab, bevor sie sie in hohem Bogen durch die Bahnhofshalle wirft.

Niemals käme Barbara auf die Idee, Jürgen Habermas mit einer Wurst gleichzusetzen, schon gar nicht mit einer kalten Bockwurst aus dem Eimer, aber es ist doch auffällig, wie schnell und ohne Bedauern sich die Tante von beiden wieder getrennt hat. Ob man wohl alles als weltlich und schnöde empfindet, wenn man sie erst mal so lange hinter sich gelassen hat, diese Welt? Plötzlich fühlt sich Barbara wieder zu Hause und beheimatet in dieser Welt.

»Unterscheidest du noch zwischen weltlichen und geistigen Dingen, Tante Anna?«

»Du kannst dir nicht vorstellen, wie ich sie geliebt habe.«

»Wen?«

»Die Tiere, alle. Ich habe den Bauern schon geholfen, als die noch gar nicht wussten, was ein Tierarzt ist. Ich habe sie geliebt – alle Tiere.«

»Mit dem Dalmatiner hattest du aber kein allzu großes Mitleid. Du hast sogar behauptet, dass es bei uns gar keine Dalmatiner gab.«

»Judith allerdings hat erst einen Tierarzt gebraucht, um ihre Liebe zu Tieren zu entdecken.«

»Judith?«

»Tu doch nicht so, als ob ich dir noch nie von ihr erzählt hätte.«

»Natürlich, ich erinnere mich. Ihr Name durfte nicht erwähnt werden, außer von dir.«

»Gib mir mal dein Handy!«

»Wozu denn?«

»Gib es mir einfach!« Ist Tante Anna strenger geworden in den letzten fünfzig Jahren – oder sturer?

»Mach schon, wir haben noch viel vor!«, drängt sie und hält auch schon in Händen, was sie gefordert hat.

»Der Pin ist …«, will Barbara soufflieren, aber die Tante winkt ab, öffnet das Handy an der Rückseite, schon wieder fachmännisch. Wie konnte ihr nur entgehen, dass die Tante Technikspezialistin ist? Oder hat sie sich erst zu einer entwickelt, da, wo sie war?

»Weg damit!« Schon wieder fliegen Dinge im hohen Bogen durch die Luft, diesmal ein Handy und ein Akku, diesmal in unterschiedliche Richtungen.

»Bist du bereit?«

Jetzt muss Barbara doch lachen. Ihre Schwiegertochter Laura, dieses im physischen Miteinander anstrengende Geschöpf, hat sie in den letzten Jahren aus der Ferne mit hervorragenden amerikanischen Serien versorgt. *The Wire*, *Breaking Bad*, zuletzt *Homeland*. An irgendeinem zentralen Punkt der Entwicklung nimmt immer irgendjemand den Akku (A) aus dem Mobiltelefon (B) und wirft A und B ins Wasser, in die Wüste oder zerstört sie. Irgendjemand ist in diesen amerikanischen Serien meist Gauner, Drogenboss oder international gesuchter Terrorist. Nicht eine Hundertjährige im verlassenen Mainzer Hauptbahnhof.

Für den Bruchteil einer Sekunde denkt Barbara an Edward Snowden, der sie noch vor wenigen Stunden am Kölner Hauptbahnhof vom Zeitungskasten aus angeschaut hat. Sie schüttelt den Kopf und versucht, die Tante so zu betrachten, als sähe sie sie heute zum ersten Mal. Es funktioniert nicht: Ihre Tante ist ihre Tante ist ihre Lieblingstante, heute fünfzig Jahre älter als damals. »Wozu bereit? Wofür?«

»Für eine Reise.«

»Befinden wir uns nicht längst auf einer?«

»Mag sein«, antwortet die Tante, »aber lass uns endlich abhauen aus diesem vorindustriellen Desaster.« Sie nimmt

Barbara bei der Hand und steuert mit ihr zielstrebig auf den nur noch wenige Meter entfernten Bahnhofsausgang zu.

Eine Technikspezialistin, eine Pragmatikerin, meine Tante, denkt Barbara und entzieht sich dem Griff der Alten.

»Stopp!«, wispert sie. »Halt!«, flüstert sie. »Langsam, Tante Anna«, sagt sie. »Bleib hier! Ich habe dich schon einmal an Mainz verloren«, ruft sie Tante Anna hinterher.

Die dreht sich nur schulterzuckend zu ihr um und macht, ganz die liebe Hexe von vor Jahrzehnten, mit dem gekrümmten Zeigefinger der rechten Hand Lockbewegungen. »Was heißt schon verlieren? Irgendwann müssen wir alle gehen.«

1972: Benjamin

Ganze fünf Wochen hatte es gedauert, bis die braunäugige Lisplerin, längst von Köln nach München zurückgekehrt, begriffen hatte: Das Ausbleiben ihrer Periode hatte nichts mit ihrem Wechsel vom Carnivorismus zum Vegetarismus zu tun, nichts mit ihrem Lebenswandel im Allgemeinen, sondern einzig und allein mit dem konkreten Lebenswandel einer nunmehr fast fünfzig Tage zurückliegenden Zeitspanne von achtzehn Stunden. Den Verursacher des Übels hatte sie ungleich schneller ausgemacht: Den einen oder anderen Satz hatten sie doch gewechselt in der Kölner Nacht, den ein oder anderen Hinweis auf sein »eigentliches Leben« hatte er, wenn auch unbeabsichtigt, gegeben.

Und so saßen die beiden bereits in Woche siebeneinhalb nach der unbeabsichtigten Empfängnis gemeinsam in einem Münchner Café. Es war der Vormittag des 5. Septembers, wenige Kilometer entfernt versuchten ein Polizeipräsident, ein NOK-Präsident, ein IOC-Präsident, ein Bundesinnenminister, ein bayerischer Innenminister und ein Staatssekretär das zu verhindern, was bald schon als Geiseldrama oder Trauma von München in die Geschichte eingehen sollte. Im Café versuchte Benjamin, dem potenziellen zweiten großen Drama seines Lebens zu entgehen.

Noch am Vorabend hatte er sich die gar nicht so unrealistischen bis unmöglichsten weiteren Schritte der Suche nach seiner Vergangenheit ausgemalt, denn die waren nötig: Die Gemeinde Dießen hatte ihm für sein Interesse gedankt, vor allem aber hatte sie die Nachfrage gestellt, für welchen Zweck die Informationen benötigt würden. Die Sammlung zeitgenössischer Kunst hatte ihm für sein Interesse gedankt und ihr Bedauern ausgedrückt, dass die gerade mal vor einem Jahr ins Leben gerufene Institution bis auf

Weiteres ausschließlich Werke in ihren Bestand aufnehme, die nach 1949 entstanden waren.

Monikas – ja, auch diese Ersatz-Barbara hatte einen Namen –, Monikas Sprache war bei diesem zweiten Treffen komplett frei von Gemeinplätzen, und alles, was sie zunächst von Benjamin verlangte, war Geld für einen Schwangerschaftsabbruch. Während sie mit beeindruckender Stringenz den *Stern*-Titel vom Vorjahr, das Recht auf Autonomie, Minderjährigkeit und große Pläne zur Argumentation heranzog, verlief Benjamins Argumentationslinie im Zickzack.

Denn ja: Einen größeren Gegner des Paragrafen 218 als ihn würde sie auch nach langer Suche nicht finden.

Aber nein: Eine Abtreibung komme für ihn nicht infrage.

Denn ja: Da spreche er aus tiefster Überzeugung und aus leidvoller Erfahrung, ein Kind solle lieber gar nicht erst existieren, als ungeliebt auf dieser Welt zu wandeln.

Aber nein: Er würde weder der Vater einer ungeliebten abgetriebenen Eizelle noch der Vater eines ungeliebten auf dieser Welt wandelnden Kindes sein.

Und ja: Das Kind müsse das Licht der Welt erblicken.

Und ja: Pflicht seiner Mutter und seines Vaters werde es von nun an sein, das Licht für dieses Kind so hell zum Strahlen zu bringen wie nur möglich.

Und nein: Es gebe keine Alternative.

Es gab keine.

Monika legte a) die jugendliche Stirn in Falten, b) ihre großen Pläne und c) ein Geheimnis offen: Sie wolle die nächsten Jahre einfach nichts anderes als reisen – und zwar nicht nach Köln, sondern nach Kanada, in den Kongo beziehungsweise nach Zaire, nach Chile und auf alle anderen Kontinente dieser Welt. Es sei nicht der für eine Abtreibung erforderliche Geldbetrag, den sie sich von ihrem Treffen erhofft habe, sondern die Absolution oder zumindest Kenntnisnahme, denn Abtreiben ohne das Wissen des potenziellen Vaters komme – trotz Autonomiebestrebungen – selbst für sie nicht infrage. Und angewiesen auf ihn oder abhängig von ihm oder sonst jemandem sei sie kein bisschen, denn als uneheliche Tochter des jüngsten Sprosses einer prestigehungrigen Münchner Automobildynastie habe sie zwar keine Hoffnung, jemals offiziell als Tochter anerkannt zu werden, dafür aber nahezu unbegrenztes Schweige-, Schmerzens- oder auch nur Lebensgeld zu Verfügung.

Benjamin stützte die Ellbogen auf den Tisch, den Kopf in die Hände und schob jegliche Vorbehalte beiseite: Dann eben reisen, meinte er. Gerade in Anbetracht ihrer Jugend habe sie sicherlich noch einige Monate, bevor ihr das Reisen beschwerlich werden würde. Gerade in Anbetracht ihrer Jugend werde es nach der Geburt sicherlich nicht allzu lange dauern, bis ihr das Reisen wieder möglich sei. Entscheidend sei nicht, wo das Licht einer Existenz zum Strahlen gebracht und am Strahlen erhalten werde, sondern dass. Und er und Monika würden dieses Leuchten für ihre Tochter im Kongo beziehungsweise in Zaire genauso wie in Kanada erhalten. Natürlich zweifelte er ein wenig an seinen Worten, war keineswegs überzeugt davon, dass es besonders hell war im Kongo, noch davon, dass es besonders helle war, den Kongo mit Kind zu bereisen. Natürlich war er keineswegs überzeugt davon, dass sie eine Tochter bekommen würden. Doch dem Leuchten in Monikas Augen konnte er ablesen, dass sie sein Bekenntnis zur potenziellen Tochter nicht unbedingt scheiße fand. Und er musste sich eingestehen, dass der Gedanke an eine wahrhafte Tochter ihn mit Freude erfüllte, und plötzlich war ihm auch ganz klar, dass er sich nichts Schöneres erträumen konnte, als Vater zu werden und zu leben – mit seiner Familie.

Und aufgrund dieser Erkenntnis war es ihm auch ein Leichtes, die Entscheidungen von Bürgermeistern (aus Dießen am Ammersee) und von auf Betreiben von Bundeskanzlern der Bundesrepublik Deutschland gegründeten Sammlungen zeitgenössischer Kunst zu akzeptieren und – nicht zum ersten Mal in seinem Leben – wenig erfreuliche Briefe in einer Schublade verschwinden zu lassen, zumindest fürs Erste.

Und auch wenn es ein Sohn war, den Monika am 8. April 1973 gebar, gab es nichts Schöneres, als mit ihr und ihm zu leben und zu reisen, zumindest fürs Erste.

1936: Anna und Judith
(Anna, 21)

An ihrem einundzwanzigsten Geburtstag saß Anna mit ihren Eltern, ihren drei Brüdern und ihrem Lieblingsgast unterm Birnbaum und aß Apfelkuchen, den sie selbst gebacken hatte. Für gar nicht mehr so junge junge Frauen gab es Wichtigeres, als das Älterwerden zu feiern, hatte die Mutter befunden. Im Befehlston, und ohne den Blick von Judith abzuwenden, sprach die Mutter vom Heiraten und vom Kinderkriegen. Auch die Brüder, die schon durch viele Betten im Dorf gestiegen waren, ohne sich für eine der Bettenbesitzerinnen zu entscheiden, sprachen davon.

»Wo steht eigentlich geschrieben, dass das eine zum anderen gehört?«, fragte Judith unschuldig lächelnd.

Der Vater schnaubte, die Mutter blitzte ihre Tochter an, die Brüder schüttelten die Köpfe.

»Sie hat doch recht«, sagte Anna und bot Judith, dem einzigen Gast, den sie eingeladen hatte, ein Stück Kuchen an.

Der älteste Bruder schüttelte den Kopf: Dass dieses Weibsstück, das ihm schon mehrmals und immer sehr resolut zu verstehen gegeben hatte, dass sie auf seine Männlichkeit pfiff, sich überhaupt noch hierher traute!

Anna schenkte ihrer Freundin Birnenschnaps ein.

Der mittlere Bruder – gerade hatte er den Eltern noch von den Stimmen der Schairer-Schwestern vorgeschwärmt – schüttelte den Kopf: Teuflisch schön war sie, die Judith. Und ihre Landschaftsmalereien, die Anna immer wieder anschleppte, die waren was, aber störrisch war Judith, wie keine Frau zu sein hatte. Erst gestern beim Rendezvous mit den unzertrennlichen Schairer-Schwestern hatten sie ihm voller Stolz erzählt, dass ihre Gesänge auf eine der dreihundert Schallplatten gepresst worden waren, die der Führer vor wenigen Tagen zu seinem siebenundvierzigsten Geburtstag überreicht bekommen hatte. Die Judith malte nicht für den Führer – sie war Jüdin, und sie schien stolz darauf zu sein, immer noch.

»Auf das Wohl Ihrer Tochter«, erhob Judith lachend ihr Glas.

Der jüngste Bruder erhob sich wortlos und verschwand ins Haus, nicht ohne vorher heftig den Kopf zu schütteln.

»Sie sollten sich um Ihr eigenes Wohl sorgen!«, sagte der Vater und starrte auf die Tischplatte.

»Am Ende bekommt jeder das, was er verdient«, sagte die Mutter, sammelte Gabeln ein, stapelte Kuchenteller. Ihr kühles Lächeln verriet, wie sehr sie darauf drängte, die Freundin der Tochter aus dem Haus zu haben. Nicht nur heute, an Annas Geburtstag. Sie ahnte nicht, wie bald ihr Wunsch in Erfüllung gehen sollte.

Das Reisen war dann doch – obwohl von Monika von langer Hand geplant – weniger lang, intensiv und lebensbestimmend als prophezeit.

Sie hatten, noch im Jahr 1972, so spontan wie nur irgend möglich geheiratet, hatten einem Mann, der in der Parkbucht vor dem Standesamt auf seine Scheidungspapiere wartete, fünfzig D-Mark für eine VW-Käfer-Fahrt direkt zu einem der erlesensten Delikatessengeschäfte der Stadt in die Hand gedrückt, um sich mit internationalen Spezialitäten einzudecken und im Bewusstsein des ungeborenen Lebens in Monikas Bauch nur eine einzige Flasche Champagner zu köpfen.

»Schon mit sechs Jahren wusste ich, dass ich eines Tages das längste Land der Welt bereisen werde. Seit heute weiß ich, dass wir es im Jahr 1973 bereisen werden«, offenbarte Monika Benjamin noch in der Hochzeitsnacht bei eingelegten chilenischen Seeohren, Papayas und Rauchmandeln.

»Eins nach dem anderen!«, sagte er. »Isabel kommt im April zur Welt.«

»Warum besorgen wir uns nicht schon Flugtickets für September?«, Monikas Frage war keine.

»Wollen wir nicht erst mal schauen, wie es so ist, mit Kind?«, Benjamins Frage war eine.

Am 8. April 1973 brachte Monika einen Jungen zur Welt. Und da Benjamin sich auf Salvador, Toto oder andere Entsprechungen wie Spas, Sotirios oder gar Jahve noch weniger einlassen konnte, einigten sie sich auf den schönen arabischen Namen Fadi.

Am 11. September nahm sich Allende das Leben. Und da Monika schon seit Wochen an einer Brustentzündung mit hohem Fieber elaborierte und noch Wochen weiter elaborieren sollte, da Benjamin mit nichts anderem beschäftigt war, als die ebenso entzündete wie gereizte Mutter seines Sohnes wie den ebenso fragilen wie vaterfixierten Sohn selbst bei Laune beziehungsweise am Leben zu halten, kamen weder Monika noch Benjamin dazu, die auf den 19. September ausgestellten Tickets zu stornieren, geschweige denn, sich mit dem bisher blutigsten Putsch im immer noch längsten Land der Welt auseinanderzusetzen.

Im Juni 1974 dann endlich, als die kleine Familie wieder bei vollen Kräften war, während Willy Brandt sich von seinem Rücktritt erholte und der neue Kanzler voller Tatendrang Richtung Europa schritt, wurde ein VW-Bus gekauft und durch Frankreich, Portugal, Spanien getingelt. Das war anstrengender, als Monika es sich vorgestellt hatte, auch wenn Benjamin oft bemängelte, dass Monikas größter Reiseaufwand darin bestand, ein und dieselbe Botschaft in hundertundeiner Variation via Postkarte an jede und alle Zu-Hause-Gebliebenen zu senden, die es wissen wollten oder nicht:

Das längste Land der Welt muss nun noch länger warten, bis auf Weiteres bleiben wir bei denen, die die älteste Diktatur Westeuropas gestürzt haben.

»Hätte Mutter in ihrer Welterkundungsphase schon FB und Twitter zur Verfügung gehabt, wäre sie ein Addict gewesen. Fragt sich allerdings, wie viele Freunde und Follower sie gehabt hätte«, würde Fadi achtunddreißig Jahre später in die *Memoiren eines heute fast Vierzigjährigen* schreiben.

Im zarten Alter von vierzehn Monaten war er überwiegend damit beschäftigt, sich an der windigen Atlantikküste schaufelweise Sand einzuverleiben, mit seinen Eltern und anderen Vagabunden aus vermutlich gutem oder nicht allzu schlechtem Haus ins Lagerfeuer zu starren und die Obhut einer überreizten ums Feuer tanzenden Mutter sowie eines überbehütenden Vaters zu verkraften.

Endlich haben Anna und Barbara den Mainzer Hauptbahnhof verlassen. Sie stehen unterm Birnbaum, in der Luft der Geruch von verbranntem Holz – eine Braunkohleheizung? Vor ihnen im Nieselregen eingefallenes Mauerwerk, eingestürzte Fensterstöcke, verkohlte Balken.

Tante Anna zeigt auf die dampfende Ruine eines großen Hauses mit vielen Zimmern und einem großen Garten. »Erkennst du es noch?«

»Tante Anna, meinst du das ernst? Ich habe die ersten zwanzig Jahre meines Lebens in diesem Haus verbracht. Allerdings hat mir niemand erzählt, dass es abgebrannt ist.«

»Wunschdenken! Du kannst davon ausgehen, dass es nicht abgebrannt ist, genauso wenig wie das Nachbarhaus. Andernfalls könnte dich deine Familie dort heute auch nicht zur Geburtstagsfeier erwarten.« Tante Anna seufzt. Sie lässt die Schultern hängen und den Kopf auch.

Barbara überlegt, ob die große Geste als theatralisch gelten kann oder Standard ist für knapp Hundertjährige, die nach fünfzig Jahren wieder ins Leben zurückkehren.

»Wieso folgen wir nicht dem Ruf der Kühe?«, fragt Anna.

Erst jetzt begreift Barbara: Die langen dunklen Klagelaute, die seit ihrem Zwangsstopp durch den Bahnhof hallen, stammen nicht von verschollenen ICEs oder Dampfloks.

»Dem Brüllen der Löwen meinst du wohl.«

Sie folgt ihrer Tante ohne Murren in der Abenddämmerung über die Wiesen hinein in den Wald, steigt mit ihr die kleine Schlucht hinab. Hand in Hand springen sie über den Krebsenbach, wandern durch einen Bärlauchhain, sie verlassen die Schlucht, überqueren das Futterrübenfeld und bleiben am Waldrand endlich vor einem Bauernhof stehen. Als Barbara ein kleines Mädchen war, war dieser Bauernhof schon verlassen. Jetzt dringt aus dem Stall – fast unerträglich laut – das Muhen, das Klagen, das Schreien einer Kuh.

Noch bevor Anna die Stalltür öffnen kann, entzieht sich Barbara dem Griff ihrer Tante. »Müssen wir da rein?«, flüstert sie.

»Was denkst du denn?«, antwortet Anna erstaunt. »Hier geht es um Leben und Tod.«

Kaum hat Tante Anna die Tür zum spärlich beleuchteten Stall geöffnet, werden sie mit einem bassig dröhnenden »Schickts Eich, Schickts Eich, d'Kuah koibt!« begrüßt.

Neben dem Bauern und hinter der brüllenden, vor Schmerz schwankenden Kuh in einer Lache aus Dreck und Blut kniet ein Mann im weißen Kittel. Gemeinsam ziehen sie mit Leibeskräften an dem langen Seil, das um zwei pitschnasse, fellverklebte Beine gebunden ist.

»Die Hinterbeine«, seufzt Tante Anna. »Ob das noch was wird?«

»Wir müssen uns beeilen!«, ruft der Mann im Kittel laut, aber beherrscht. »Packt alle mit an!«

Schon hat Tante Anna das freie Seilende ergriffen und zieht. Barbara klammert sich um ihre Hüften und zieht mit Leibeskräften an Tante Anna.

»Hau ruck!«, rufen Bauer und Tierarzt. »Hau ruck, hau ruck, hau ruck!«

Dann stößt die Kuh einen Schrei aus, der mit Rufen und Muhen nichts mehr zu tun hat, mit Munch könnte er etwas zu tun haben, aber woher soll Barbara das jetzt, als kleines Mädchen, schon wissen? Einen Schrei, der die Stallfenster zum Vibrieren bringt, Barbaras Trommelfell durchdringt, der die Tante schreien lässt, als wäre sie eine schmerzgeplagte Kuh. Als binnen weniger Sekunden Stille eintritt, liegt das Kälbchen, ein Bündel zitterndes Fleisch und Schleim, auf dem Boden. Der Arzt greift zum Eimer und schüttet dem Kleinen eine volle Ladung Wasser über den Kopf. Die Kuh geht in die Knie, für ein, zwei Sekunden, folgt dann doch dem stillen Ruf ihres Nachwuchses, richtet sich wieder auf, tappt, tappt, tappt in Zeitlupe wie eine Hundertjährige auf das Kälbchen zu und beginnt, dessen Kopf zu lecken.

»Und i hab denkt, des verreckte Keibl verreckt«, schnauft der Bauer. Sein Kopf ist nicht weniger rot als der des Kälbchens.

Erst jetzt bemerkt Barbara, dass der Arzt Handschuhe trägt, die er nun in Windeseile abstreift, bevor er seinen kaum befleckten Kittel auszieht, sorgfältig zusammenlegt und in einer Tasche verschwinden lässt.

»Umso mehr freut es mich, dass ich es vorm Tod bewahren konnte«, sagt der Arzt und lächelt Barbara zu.

Tante Anna aber, die würdigt er keines Blickes. Dabei ist sie doch die Schutzpatronin der Löwen und Kühe.

»Ich muss nach Hause zu meiner Frau.«

Er reicht dem Bauern die Hand, der sie, blutverschmiert noch von oben bis unten, irritiert mustert.

»In einer Stunde steht es auf den Beinen. Und falls doch noch irgendetwas passiert, wissen Sie ja, wo Sie mich finden!«, sagt der Tierarzt und ist verschwunden.

Der Bauer streckt noch immer die Hand dahin, wo sie gerade noch in der des Tierarztes lag. »A Keibl g'rett, des verkehrt rum liegt, des hatt ma ja no nie«, murmelt er ehrfurchtsvoll und – wie es Barbara scheint – mit leichtem Entsetzen.

»Ist er das?«, flüstert Barbara, aber die Tante beobachtet fasziniert das sich aufrichtende, wankende Kälbchen.

»War er das?«, fragt Barbara etwas lauter.

Die Tante reißt ihren Blick vom Kälbchen los, auf Barbara gerichtet ist er kalt. »Wer?«

»Der Tierarzt, den deine Judith erst kennenlernen musste, bevor sie sich für Tiere interessiert hat«, souffliert Barbara.

»Judith? Einen Tierarzt? Wie kommst du denn darauf?«

»Ein Tierarzt, der sich nicht nur um Nutzvieh gekümmert hat. Du hast es gesagt, vorhin auf dem Bahnsteig. Und früher auch schon mal. Du hast von Judith gesprochen und von ihrem Mann, dem Tierarzt.«

»Und wenn schon. Judith war, Judith ist Vergangenheit. Ihr Mann erst recht.«

»A guater Tierarzt. Der kann net nur verhexte Viecher gsund macha, der macht a die kränksten Menschen wieder gsund.« Die Stimme des Bauers ist voller Ehrfurcht, aber auch voller Misstrauen. »Wannst mi fragst, steht der mit dem Teufel im Bund, der Jud.«

»Keiner hat Sie gefragt«, sagt Tante Anna, sie räuspert sich.

»Jude?«, fragt Barbara. »Er war Jude? War Judith Jüdin?«

Tante Anna winkt ab. »Das tut jetzt auch nichts mehr zur Sache, lass uns endlich verschwinden!«, sagt sie und packt ihre Nichte bei der Hand.

1977: Benjamin

Drei Jahre nach der Nelkenrevolution hatte sich Fadi schon ganz gut an seine Eltern gewöhnt und längst intuitiv durchdrungen, dass er der einzige Grund ihrer Beziehung war. Allein die Tatsache, dass er dies weder als Druckmittel einsetzte noch durch ein besonders kompliziertes Wesen zu kompensieren versuchte, hätte die Eltern in tiefster Demut versinken lassen müssen. Dazu allerdings hätte es der Erkenntnis bedurft, welchen Weisheitsgrad ihr gerade mal viereinhalbjähriger Sohn schon erreicht hatte.

Monika jedenfalls hatte im Jahr 1977 immerhin schon erkannt, dass das Bereisen fremder Länder, das Kennenlernen anderer Kulturen vor allem Entbehrungen und Kompromisse forderte, die sie in der Theorie noch immer als irre spannend und herausfordernd bezeichnete. Die Sicherheit einer von ihrem nicht bekennenden Vater großzügig finanzierten Eigentumswohnung und die eher zufällige Entdeckung der Ausdrucksmöglichkeit durch eine Kamera ermöglichten ihr da allerdings auch schon ein Künstlerleben, das sie als mindestens ebenso spannend und herausfordernd bezeichnete.

Die verschobene Chile-Reise, die sie im Freundeskreis, bei Benjamin und vor allem vor sich selbst durch eine nahezu mantrahafte Wiederholung ihrer Ankündigung erfolgreich als Ereignis mit höchster Symbolkraft etabliert hatte, stand trotzdem immer noch, und zwar dringend, an. Selbstverständlich hätte Monika sich im Dezember 1977 viel lieber weiter um die professionelle Vermarktung ihrer Fotoserie *Liebfrauen und Bösmänner* gekümmert, in der sie Mannequins der Münchner Modewoche in lavendel-, parmaveilchen-, erika-, nougat- und honigfarbenen Hängekleidchen mit großformatigen Schwarz-Weiß-Fotos der Bischofsweihe von Joseph Ratzinger kombinierte; ihre Glaubwürdigkeit wollte sie nicht aufs Spiel setzen – ein Grund übrigens, warum sich Monika auf Anraten beziehungsweise nach heftiger Kritik von Benjamin gegen kunstvoll bearbeitete Fotos der vermeintlichen Selbstmörder von Stammheim als drittes Element der Serie entschieden hatte.

Monika sah sich auf jeden Fall gezwungen, Chile endlich in der Praxis kennenzulernen, die Tickets waren mal wieder bereits gekauft, und inmitten der Vorbereitungen zu einem familiären Weihnachtsfest in Santiago de Chile kam Monika unerwartet ausgerechnet Franz Josef Strauß zu Hilfe. Kurz vor seiner Ernennung zum bayerischen Ministerpräsidenten bewies er auch außenpolitisches Gespür und lobte bei seinem Vorweihnachtsbesuch den Demokraten Pinochet sowie den »gewaltigen Schlag gegen den Kommunismus«. Nichts anderes freilich hätte man von Strauß erwarten können, dennoch: Monika war empört. Und da ihr keine geeignetere Form des Boykotts von Strauß einfiel, schloss sie – zumindest für ihr Selbstverständnis – messerscharf, dass der Boykott sich gegen Chile richten müsse.

Die Reise wurde abgeblasen.

2013: Mittag vor dem Fest (Angst und Bangen)

»Und jetzt?«, wiederholt Franziska.

»Ist doch klar«, Miriam hat die Kontrolle wieder zurückgewonnen. »Wir rufen auf dem Festnetz an, wir mailen ihr, wir können den Nachbarn bitten ...«

»Jetzt fahren wir wieder nach Hause und finden heraus, warum Barbara nicht kommen will«, sagt Angelika.

»Will?«, fragen Franziska und Natalie ungläubig.

»Nun ja«, sagt Miriam und räuspert sich. »Angelika und mir ist gestern klar geworden, dass Barbara kein einziges Mal in ihr Elternhaus zurückgekehrt ist, nachdem sie es mit knapp zwanzig verlassen hat. Aber bisher hat ihr noch niemand gesagt, wo wir den Geburtstag feiern werden ...«

»Miriam, sie ist deine Mutter. Es würde mich nicht wundern, wenn sie von Anfang an gewusst hätte, was du ... was wir vorhatten«, sagt Werner, und Miriam fällt auf, dass er seit dem Frühstück noch nichts gesagt hatte. Dann fällt ihr auf, was er gerade gesagt hat.

»Dann nichts wie weg hier!«, bohrt sich Franziskas aktionistische Stimme in ihr Ohr. Werner nickt, natürlich nickt er, und das nervt, trotzdem tut Miriam es ihm gleich.

»Immerhin wartet noch ein Fischerstechen auf uns«, sagt Franziska, bugsiert Paul auf den Beifahrersitz, platziert Miriam zwischen den schreienden Zwillingen.

Miriam fragt sich, was Dichtung und Poesie noch bewirken können, wenn selbst Menschen, die sich als Schriftsteller bezeichnen, ihre Sätze nur noch mit »immerhin« und »schließlich« beginnen können. Dann fragt sie sich, ob Werner recht hat. Ob Barbara weiß, was ihre Tochter geplant hat.

Während der Fahrt schweigt sie und starrt aus dem Fenster. Kein Plan reift in ihrem Kopf, die Schuldgefühle wachsen. Die Babys auf dem Rücksitz schreien. Paul flüstert und duziduziduzt von vorne nach hinten. Franziska hält an, küsst, streichelt. Die Babys kreischen weiter. Miriam atmet ein und aus. Tief!, befiehlt sie sich, aber da ist zu wenig Luft, und zum ersten Mal seit langer Zeit verspürt sie Angst.

Angst.

Angst.

Angst.

Dass ihrer Mutter etwas passiert sein könnte. Dass ihre Mutter, obwohl ihr überhaupt nichts passiert ist, nicht das geringste Bedürfnis hat, ihre Familie zu sehen. Ihre älteste Tochter. Angst, dass ihre Mutter sich nie wieder meldet.

Angst, dass ihre Mutter sich doch meldet und alles erklärt.

»Da wären wir«, sagt Paul, Minuten, nachdem er geparkt, den Motor ausgestellt hat, die Babys sich beruhigt haben und Miriam noch immer keine Anstalten macht, das Auto zu verlassen. »Willst du nicht rauskommen?«

»Natürlich«, sagt Miriam.

1982: Benjamin

Es war ein Trauerspiel. Mit seinem mittlerweile neuneinhalbjährigen Sohn saß Benjamin, wie so oft am Samstagmittag, wenn Monika sich noch mal hinlegen wollte, um sich von den Strapazen der Woche oder den Verausgabungen des Vorabends zu erholen, in ebenjenem Münchner Café, in dem er zehneinviertel Jahre zuvor mit ebendieser Monika um die Existenz ebendieses Sohnes gefeilscht hatte.

Weder Benjamin noch Monika, das musste er ihr zugestehen, hatten in den letzten zehneinviertel Jahren auch nur einmal daran gezweifelt, dass die damals getroffene Entscheidung die richtige war. Doch während Benjamin seinen zugegebenermaßen selbst formulierten Teil der Vereinbarung eingehalten hatte, nämlich seinem Sohn ein bekennender, liebender und immer anwesender Vater zu sein, hatte Monika ihren Teil beständig relativiert, variiert und modifiziert und war darüber zu einer nicht unumstrittenen aber durchaus beachteten Fotokünstlerin geworden. Selbstverständlich war sie ihrem Sohn eine Mutter, wenn auch eine viel beschäftigte, keineswegs verlässliche und oftmals abwesende. Ob Fadi sie trotzdem oder gerade deswegen abgöttisch liebte, hatte Benjamin noch nicht herausgefunden. Und es war auch nicht sein Anliegen, es herauszufinden. Solange sich Monika und er zumindest noch freundschaftlich begegnet waren, solange nicht jedes gemeinsame Frühstück zu einer Grundsatzdiskussion geführt hatte, solange Benjamin seine Wünsche nicht unrespektiert gesehen hatte, solange Monika nicht offen eingestanden hatte, dass ihr sexuelles – ja, im Prinzip auch ihr geistiges – Interesse längst einem, vielleicht auch zwei oder drei anderen gehörte, hatte er Fadis abgöttische Liebe zu Monika nicht als kränkend empfunden.

Das war nun anders: Als der Vater, der er war, hatte er sich selbstverständlich längst mit Themen wie Bonding mit dem jeweils andersgeschlechtlichen Elternteil befasst. Und in der Theorie war ihm natürlich klar, dass er schon froh sein konnte, dass sein Sohn nicht einen Tag seines bisherigen Lebens versucht hatte, den Vater zu bekämpfen, um der Mutter noch näher zu sein. Auch mit ausnahmslos allen anderen für die Entwicklung eines Säuglings bis zum jungen Volljährigen relevanten Themen hatte er sich befasst. Trotzdem kam er gegen seine Empfindungen nicht an.

Es war ein Trauerspiel, denn auch wenn seine Aggressionen gegen Monika wuchsen – erst heute Mittag: *Das Geisterhaus* lesend, auf der Couch liegend hatte sie seelenruhig eine Frage gestellt (»Wusstest du, dass Isabel Allende, DIE Isabel Allende, gar nicht Salvadors Tochter ist, sondern seine Großnichte?«), und, anstatt sie zu beantworten, hätte er seiner Frau am liebsten mit der Faust ins Gesicht geschlagen –, wusste er doch, dass er fähig war, diese Aggressionen zu unterdrücken. Denn seit seiner Entscheidung vor zehneinviertel Jahren gab es für ihn keine Alternative zu dieser kleinen, zugegebenermaßen durch spießbürgerliche Praxis in Verruf gebrachten Einheit aus Vater, Mutter, Kind. Allein Monika sah das anders; Fadi konnte es nach allem, was ihm sein kindliches Ohr, Auge und Herz boten, einfach nicht mehr sehen, und Benjamin war derjenige – zumindest darauf hatten Monika und er sich geeinigt –, der Fadi Monikas Entscheidung als gemeinsam getroffene übermitteln und erklären sollte.

Ein Trauerspiel.

»Wie du in letzter Zeit an unseren Streits ja schon gemerkt hast, verstehen wir uns nicht mehr so gut«, wollte Benjamin sagen, doch bereits das »Wie« blieb ihm im Hals stecken. Während er sich räusperte, einmal, zweimal, dreimal, musterte ihn der Pfannkuchen kauende Fadi aus seinen großen, graublauen Augen ebenso aufmunternd wie auffordernd, doch auch das half nichts.

»Helmut Kohl«, brach es da aus Benjamin heraus, »ist seit gestern Bundeskanzler.«

»Ich weiß«, flüsterte Fadi, machte eine Kopfbewegung Richtung Zeitungsleser und Zeitung am Nachbartisch, deren Titel zu Benjamins Verwunderung nur das Foto eines um Fassung ringenden Schmidts zeigte und die Schlagzeile »Abgewählt« trug.

Fadi legte seinem Vater die Hand auf den Unterarm: »Auch wenn ich immer noch nicht richtig verstanden habe, was ein Bundeskanzler macht.«

»Er hat alles gemacht, um das Schlimmste zu verhindern. Aber er ist verraten worden.« Benjamin sprach zu laut, das zeigte ihm nicht nur der besorgte Blick seines Sohnes, sondern auch der zu Ruhe mahnende Blick seines Nachbarn. Der ließ die Zeitung für eine Sekunde sinken, bevor er sie hektisch umblätterte, um eine strahlende Lächeltroika von Außen-, Innen- und Wirtschaftsminister freizugeben.

»Verraten?«, flüsterte Fadi.

»Von Menschen, die wollen, dass es wenigen besser und vielen schlechter geht«, sagte er, nicht ohne zu schlucken.

»Das ist schlimm«, erwiderte Fadi sichtlich bestürzt, und während seine Kaumuskeln damit beschäftigt waren, den vierten oder fünften Pfannkuchen zu bearbeiten, konnte Benjamin an Fadis von der Nachbarzeitung aus dem Fenster, vom Fenster auf die Zeitung, von der Zeitung zu Benjamin und wieder in die Ferne wandernden Blick förmlich mitverfolgen, wie auch die Gedanken seines Sohnes arbeiteten.

»Aber uns geht es doch auch besser«, flüsterte Fadi, und in seinem nun schon wieder aufmunternden Blick spürte Benjamin so viel Liebe, dass er endgültig die Fassung verlor.

»Verrat«, schluchzte er. »Schmidt ist verraten worden. Jetzt steht er völlig allein da. Nach alldem, was er geleistet hat!«

»Aber, Benjamin«, sagte Fadi bestimmt, »Pa-pa«, korrigierte er sich, nun nicht mehr um ein Flüstern bemüht. »Du doch nicht. Du bist doch nicht allein. Du hast doch mich. Und wenn du jetzt ausziehst oder Mama und ich ausziehen, besuche ich dich.«

»Ja?«, schluchzte Benjamin. »Wirklich?«, schluchzte er.

Dass sein lieber, sein vernünftiger, mittlerweile neuneinhalbjähriger Sohn nun zum ersten Mal seit über zwei Jahren auf seinen Schoß kletterte, raubte ihm den letzten Rest an Fassung, und zum ersten Mal seit Langem sehnte er sich nach Fadis Umarmung und nach seinem Asthmaspray. Nicht nur Aggressionen lassen sich unterdrücken, versuchte er, sich selbst zu ermahnen.

»Komm, lass uns etwas richtig Lustiges unternehmen«, schluchzte er. »Fußball spielen oder in den Zoo gehen«, um, als Fadi begeistert »Erst Zoo, dann Fußball« rief, hinterherzuschieben: »Trotzdem, sie werden es bereuen. Sie werden schon sehen, was sie davon haben werden, nämlich nichts.«

Memoiren eines heute fast Vierzigjährigen

Dass das Scheidungspapier von Otto Graf Lambsdorff bald wieder in Vergessenheit geraten, dass sich erst sechzehn, siebzehn oder achtzehn Jahre später ausgerechnet ein sozialdemokratischer Arbeitersohn an die zentralen Gedanken erinnern sollte, um sie in den

Jahren 2003 bis 2005 umzusetzen, hätte nicht nur Papa damals nicht vermutet.
Dass Monika nach Benjamins Kapitulation ihre Scheidungspapiere gar nicht schnell genug zusammenbekommen konnte, traf ihn dann noch mal hart, zunächst.
Meine Mutter konnte eine furchtbare Person sein, aber auch eine großmütige, besonders, wenn sie von ihrem Großmut profitierte. Rasend schnell verstand sie:
Sich von meinem Vater zu trennen, war ein wesentlicher Schritt Richtung Freiheit. Ein ebenso wesentlicher Schritt, diese Freiheit zu erhalten, bestand darin, den Kontakt mit meinem Vater zu erhalten und so positiv wie möglich zu gestalten.

2013: Barbara

»Ich habe Hunger und Durst. Und kalt ist mir auch.«

Mitternacht oder zumindest tiefe Nacht, Käuzchenruf. Der Vollmond spiegelt sich im Krebsenbach. Vergeblich hat sich Barbara in den letzten Minuten nach etwas Weichem, Warmem umgesehen, das als Bett dienen könnte oder zumindest als Sitz- und Liegefläche. Tante Anna scheint Komfort nicht zu vermissen. Sie sitzt auf einem bemoosten Baumstamm, pfeift leise und unmelodisch vor sich hin.

»Dieses Herumgepfeife!«, dringt da eine Stimme aus den Tiefen des Krebsenbaches, der, soweit Barbara sich erinnert, keine vierzig Zentimeter tief ist. Die Tante pfeift weiter, scheint nichts bemerkt zu haben. »Selbst heute verschont sie uns nicht mit ihrer lauten Pfeiferei«, nörgelt das einst so muntere Bächlein, und jetzt, da Barbara näher kommt, sieht sie ihn: Zusammengekauert unter dem prächtigsten aller Haselnusssträucher sitzt der Schweiger und grummelt vor sich hin.

»Onkel Karl?«

»Barbara Berger, kannst du ihr das Pfeifen nicht austreiben?«

»Warum sollte ich?«

»Weil es deiner Tante gar nicht ums Pfeifen geht. Wenn sie pfeift, passt ihr etwas nicht. Was das allerdings ist, weiß niemand.«

»Und wieso fragst du sie nicht?«

Karl verdreht die Augen, reckt seine Handflächen Richtung Mond.

»Wieso hast du sie nicht gefragt?«, korrigiert sich Barbara.

Onkel Karl beginnt, sich unter seinem Haselnussstrauch zu strecken, erhebt sich, es sieht so aus, als würden ihm die Zweige ausweichen. »Wer fragt, bekommt Antworten«, sagt er.

»Sesamstraßenphilosophie«, sagt Barbara.

»Du bist vorlaut«, sagt Karl.

»Zeit wird es«, sagt sie.

»Sesamstraße – damit habe ich nichts zu tun«, sagt Karl.

»Weißt du, dass mein Cousin und ich hier früher Lager gebaut haben?« Der Schweiger schweigt. »Indianerlager«, konkretisiert Barbara, und dann ist er weg, ohne Barbaras Fragen zu beantworten, was sie schon nicht mehr wundert.

Der Vollmond steht am Himmel, genau da, wo er hingehört. Er leuchtet, und Tante Anna pfeift.

»Wie war das, an der Würm?«, fragt Barbara.

»Wieso an der Würm?«, fragt Anna.

»Du hast von der Würm erzählt«, sagt Anna, »bevor du ins Krankenhaus gekommen bist, bevor du dich für immer aus unserem Leben gestohlen hast.«

»Woher soll ich das wissen? Ich war nicht dabei«, sagt Tante Anna. »Und gefragt habe ich auch niemanden.«

Wenn Barbara am Nachmittag doch einfach im Zug sitzen geblieben wäre, hätte sie es sich schon längst im Speisewagen gemütlich gemacht, sie hätte sich eine Portion Königsberger Klopse in die Mikrowelle schieben lassen können, sich …

»Wenn die Tante ein Säckel hätt', Barbara, dann wäre sie ein Onkel, hat sie aber nicht. Dafür hat sie eine gute Nachricht: Wir müssen nicht schlafen. Essen und Trinken müssen wir auch nicht. Wir können, aber wir müssen nicht.«

1983: Benjamin

Und so, *schrieb Fadi* ,fand sich mein Vater eines schönen Frühlingsvormittages im Jahr 1983, als knapp vierundvierzigjähriger, frisch geschiedener Erziehungsberechtigter ohne Berufsausbildung oder Studium im Schneidersitz auf einer kleinen Grünfläche vor dem Amtsgericht München wieder. Er beobachtete ein Starenpärchen, das sich keine zwei Meter von ihm entfernt in trauter Eintracht und ganz ohne Hektik einem Regenwurm widmete, und allmählich, sehr allmählich, wurde er sich der Tragweite des soeben Geschehenen klar: Seine Frau, seine Ex-Frau, Monika, hatte ihrem Mann, ihrem Ex-Mann, hatte Benjamin gerade vor Zeugen und völlig ungefragt attestiert, seinem Sohn vom Zeitpunkt der Empfängnis an ein liebe- und hingebungsvoller Vater gewesen zu sein. Ein Vater, der sich in den ersten zehn Lebensjahren des gemeinsamen Sohnes vorwiegend dessen Erziehung gewidmet hatte. Bis auf Weiteres, hatte sie gesagt, also nicht nur bis Benjamin volljährig ist, hatte sie ergänzt, sei sie deshalb bereit, ihrem Ex-Mann einen monatlichen Unterhalt von dreitausendfünfhundert D-Mark zukommen zu lassen.

Sie hatte gelächelt, als sie das gesagt hatte, und auch auf den Gesichtern von Anwälten, Richterin und sonstigen Anwesenden hatte ein Lächeln gelegen. Bei allen Beteiligten ein ausnahmslos argloses Lächeln? Nicht mal der leiseste Anflug von Sarkasmus?, kam es Benjamin auf seiner nach feuchtem Erdreich und Frühling duftenden Wiese für wenige Sekunden in den Sinn, doch schnell verwarf er den Gedanken.

Die Stare hatten den Regenwurm inzwischen in zwei exakt gleich große Teile zerrissen.

»Ihr habt es euch verdient«, flüsterte er ihnen zu, und plötzlich wusste er, was zu tun war: Er nahm sich ein richtiges Taxi, um sich im erlesensten Delikatessengeschäft der Stadt mit erlesensten Delikatessen und nicht nur einer Flasche Champagner einzudecken und zu feiern.

Zumindest aus zeitlicher Distanz betrachtet kann hoffentlich geschlussfolgert werden: Der Umweg »Heirat und Kinderkriegen« hat die Selbstfindung meines Vaters zwar einige Jahre gekostet, ihr im Großen und Ganzen aber wesentlich mehr gebracht als geschadet.

2013: Nachmittag vor dem Fest

»Natürlich müssen wir erst mal versuchen, Barbara zu Hause zu erreichen«, sagt Franziska, nachdem sie an der leeren Tafel ohne Tischdecke, ohne Sitzkissen auf den Stühlen, Paul, Valentina, Angelika, Natalie, Laura, Celine und Miriam versammelt hat.

Ältestenrat, hat Miriam ganz kurz gedacht, dann ist ihr aufgefallen, dass ... Jüngstenrat. Selbst Werner ist nicht mit an den Tisch gekommen, sondern hat sich in einem Liegestuhl niedergelassen. Jetzt liegt er da, im Halbschatten, mit geschlossenen Augen. Wie kann er nur so entspannt aussehen? Miriam schüttelt den Kopf.

»Handy?«

»Fehlanzeige«, sagt Angelika. »Nicht mal die Mailbox ist rangegangen. Die Kölner Krankenhäuser haben wir auch schon durch. Nichts.«

Wieso macht Miriam selbst eine gute Nachricht aus Angelikas Mund derart aggressiv?

»Ich hab ihr eine SMS geschrieben«, sagt Paul. »Bis jetzt hat sie noch nicht geantwortet«, schiebt er kleinlaut hinterher.

»Vielleicht ...«, seufzt da Werner aus naher Ferne. »Vielleicht ...«, seufzt er, die Augen geschlossen, der Gesichtsausdruck noch immer entspannt, »... will sie einfach mal ihre Ruhe haben.«

»Aber ihre Ruhe ...«

»In Ruhe gelassen werden«, sagt Werner, Augen geschlossen, Gesichtsausdruck entspannt, diesmal lässt er keine Widerrede zu.

Niemand lacht mehr. Achselzuckend und tuschelnd wendet sich Paul an Valentina und Franziska, Natalie flüstert

Angelika etwas zu, und selbst Laura und Celine scheinen ihre Displays vergessen zu haben.

Die beiden hatten den Ausflug zum Flughafen genutzt, um alles zu fotografieren, was ihnen vor die Linse kam, und gerade noch die Idee einer App im Ankunftstafeln-Style diskutiert.

»Eine Poesiemaschine, die Wörter nach dem Zufallsprinzip kombiniert und Hunderte, nein Tausende Gedichte generiert, innerhalb von Sekunden«, hat Celine freudestrahlend verkündet, und Miriam hat sich gezwungen, es nicht zu kommentieren.

Werner hingegen hat sich zu gar nichts gezwungen, sondern mit euphorischen Adjektiven nur so um sich geworfen, ohne auch nur zu erwähnen, dass Lauras und Celines Wahnsinnsidee bereits vor Jahren und Jahrzehnten von ein oder zwei Menschen realisiert worden war.

Also musste Miriam doch ran: »Eine Poesiemaschine. Waren Queneau und Enzensberger also ihrer Zeit voraus, oder hinkt ihr ihr in diesem Fall etwas hinterher?«

»Queneau? – Ist tot!«, verkündete Celine, ohne von ihrem Display aufzublicken.

»Und Enzensberger? – Ist der heute überhaupt noch relevant?«, fügte Laura hinzu, auch sie würdigte Miriam dabei keines Blickes.

Nun aber sind alle Blicke auf Miriam gerichtet. Sie sagt nichts. Sie kann sich selbst beobachten, wie sie von ihrem kissenlosen Holzstuhl aufsteht und geht. Sie blickt ihrer Familie, jedem Einzelnen, jeder Einzelnen ins ratlose Gesicht, registriert Werners geschlossene Augen, lässt ihren Blick über die Hausfassade schweifen: gelbe Mauer, grüne Fensterläden; ob die Kletterpflanzen hier auch schon zu Barbaras Zeiten am Werk waren? Oben, im ersten Stock, hat sich der Schlingknöterich seinen Weg durch ein dauergekipptes

Fenster ins Innere gebahnt. »Dornröschens Quartier« hat Natalie das Zimmer genannt und es gleich in Beschlag genommen. Die Nachmittagssonne spiegelt sich im Schlingknöterichfenster und scheint es in Brand zu setzen. Sieht man ganz genau hin, dann kann man hinter dem Rot der Scheibe ein blond gelocktes Mädchen erkennen – was natürlich Blödsinn ist. Ihre Mutter ist im Nachbarhaus aufgewachsen. Und Miriam will auch gar nicht genau hinsehen.

Lieber wendet sie sich dem zu, der in nachbarschaftlicher Verlässlichkeit, sein Buch – eine Bibel ungewöhnlichen Formats? – geschlossen vor der Brust haltend, immer am Zaun steht.

»Hat Ihr Sohn Sie heute Vormittag gefunden?«

»Selbstverständlich. Mein Sohn findet mich immer. Er wohnt mit seiner Frau nur zwei Dörfer weiter, im Hinterland. Sie haben ein kleines Gestüt und einen Getränkemarkt hier im Ort. Er schaut fast täglich bei mir vorbei.«

»Ach!«, sagt Miriam, und dann muss sie überlegen. Ihr gefällt, wie aufmerksam er sie dabei mustert. So gut, dass sie – als ihr einfällt, worüber sie gerade nachgedacht hat – kurz überlegt, ob es sich nicht lohnen würde, noch länger nachzudenken. »Jeden Tag? Sagten Sie nicht am Telefon, Ihr Sohn wolle sie im Sommer besuchen?«

Nun schweigt er und errötet schlagartig. »Sie haben Ihre Mutter erwähnt, bei Ihrem Telefonat. Ich hatte wohl das Bedürfnis, Ihnen mitzuteilen, dass auch ich Familie habe.«

»Verstehe«, sagt Miriam. »Auch wenn ich meine im Moment am liebsten zum Teufel schicken würde.«

Der Nachbar nickt.

Noch während sie »das natürlich nur unter uns« hinterherschiebt, wird ihr klar, wie überflüssig das ist.

Der Nachbar nickt. Sie muss nicht überlegen, nicht reden und nicht schweigen, er mustert sie weiterhin, und das ist gut. Dann beginnt er zu lächeln, zum ersten Mal sieht Miriam ihn nun lächeln, und das ist noch besser.

»Ihre Mutter«, sagt er. »Sie sehen ihr wirklich ähnlich. Sie könnten Barbaras Mutter sein.« Er gluckst. »Entschuldigen Sie. Aber Sie sind nun mal um einiges älter als Ihre Mutter es war, als ich sie zuletzt gesehen habe.«

»Kein Wunder. Meine Mutter hat Bayern vor Jahrzehnten verlassen!«

Nur, um sich unmittelbar nach ihrer Ankunft in Köln von einem Unbekannten schwängern zu lassen, ohne auch nur einen Gedanken darauf zu verwenden, was das für das Kind in ihrem Bauch bedeuten wird, hätte sie fast noch hinterhergeschoben, aber wozu? Da schaut einer aufmerksam und lächelt, und schon will sie ihm Dinge aufzwingen, die kein Thema sind in ihrem sonstigen Leben.

»Ich auch«, sagt da der Nachbar. »Ich habe es zwar nur bis nach München geschafft, aber auch ich bin weg. Ich bin hier aufgewachsen. Dann bin ich weg. Und wieder zurückgekommen.«

»Mmh«, versucht sich Miriam einzufinden. »Manche machen das so.«

Der Nachbar hinter seinem Zaun nickt.

»Werden geboren«, fährt Miriam fort, »wachsen auf, gehen weg, kehren irgendwann zurück.«

Der Nachbar hinter seinem Zaun nickt.

»Bei uns«, meint Miriam, »hat das noch niemand so gemacht. Alle hauen irgendwann ab, und niemand hat auch nur das geringste Verlangen zurückzukehren.«

Der Nachbar zuckt mit den Schultern. Er wird ihr weiter zuhören, selbst wenn sie ihm nun wirklich ihr gesamtes Leben erzählen würde.

»Man kann es ihnen nicht verübeln«, sagt der Nachbar. »Ihre Mutter scheint es ja auch nicht besonders eilig zu haben.«

»Ihr ist etwas dazwischengekommen. Das ist der einzige Grund, warum sie noch nicht hier ist«, sagt Miriam bestimmt.

Der Nachbar zuckt mit den Schultern. »Hoffen wir es!«, sagt er, und schon ist das Lächeln in sein Gesicht zurückgekehrt. »Dann bleibt ja noch etwas Zeit. Warum nutzen wir sie nicht? Ihre Mutter ist noch unterwegs, die Restfamilie nervt Sie heute sowieso nur. Warum nicht Tee mit einem Fremden trinken?«

Zeit bleibt natürlich keine. Ob Barbara nun drei Stunden früher oder später kommt – es gibt noch hundert Dinge, die erledigt werden müssen vor der Feier. Sie muss grinsen. Wenn du es eilig hast, gehe langsam. Ein Rat, den sie ihrer Therapeutin – keine Sekunde, nachdem er ausgesprochen war – um die Ohren gehauen hat, und zwar – wie sie Werner keine Stunde nach der Therapie stolz verkündet hat – »als Binsenweisheit aus dem mitteleuropäischen Werkzeugkasten fernöstlicher Sinnsprüche«.

Nun aber lädt der Nachbar zum Tee ein, und trotz knapper Zeit willigt sie ein: »Ein Tässchen.«

»Ein Tässchen«, wiederholt der Nachbar und öffnet da, wo nur Zaun war, ein Gartentürchen. »Natürlich, kommen Sie!«

1983: Benjamin

Noch bevor Benjamin sich der Dekadenz einer champagnerreichen Feier seiner zwar aufgezwungenen, aber gut bezahlten Freiheit hätte hingeben können, noch bevor er sämtliche Zutaten für diese Feier in seinem Einkaufskorb zusammengetragen hatte, hatte sich das ereignet, was den weiteren Verlauf seines Lebens bestimmen sollte. Ausgerechnet in der fensterlosen, allein von elektrischem Licht erhellten Käseabteilung des Delikatessengeschäfts hing ein querformatiges Bild, dessen Strahlkraft die gelöcherten Käsestücke in leuchtendes Planetengestein verwandelte.

Das Bild hatte – das hatte Benjamin bereits beim Betreten des Raums erfasst – exakt dieselben Maße wie jenes, das in einem früheren Leben stiller Zeuge seines fast täglich mit Barbara besiegelten Bundes geworden war. Das Bild, so vergewisserte sich Benjamin beim Herantreten, hatte exakt dieselben Farben wie der *Klare Himmel*, doch genau an der Stelle, wo beim *Leichten Licht* ein kleiner Regenschirm zu sehen gewesen war, ragte ein Zwiebelturm in die Lüfte, dessen Rot über seine Konturen hinaus verschwamm. Der hellblaue Himmel war durchzogen von Abend- oder Morgenrot, für Benjamin war er blutbefleckt. Der goldene tollpatschige Hund seiner Erinnerung war einer zähnefletschenden Bulldogge gewichen, und Neptuns Siebenzack war nun eindeutig ein siebenarmiger Kerzenleuchter mit zerbrochenen Armen.

Was dies alles mit Emmentaler zu tun haben sollte, hätte sich eigentlich jeder – ob kunst- oder käseliebender – Kunde fragen können, denn es waren mehr als vierzig verschiedene Emmentaler-Sorten, die unter dem Gemälde auf einem Eichentisch drapiert waren. Benjamin stellte sich die Frage nicht.

Er wusste nicht, was genau dieses Bild mit seiner Vergangenheit zu tun hatte, aber er wusste, dass es keine Möglichkeit mehr gab, sie für ein weiteres Jahrzehnt auszublenden. Er war wenig verwundert, als er die Initialen *R. S.* auf dem Bildrand sah. Er war enttäuscht, keine zweiten Initialen zu finden und der Titel *Klarer Himmel, lichtes Leid* sowie die Jahreszahl 1946 waren nur weitere Hinweise darauf, dass er nun endlich wieder mit der Suche beginnen musste. Ohne Käse, ohne Champagner oder sonstige Köstlichkeiten nahm er den direkten Weg zur Kasse und erkundigte sich nach dem Geschäftsführer.

Rainer Stadler, so erfuhr Benjamin nicht von den Geschäftsführern des Delikatessengeschäfts, die sich zwar, wie Benjamin einem freundlich und professionell formulierten Schreiben entnehmen konnte, sehr über das kulturelle Interesse ihres Kunden freuten, im Moment der Anfrage jedoch all ihre Energie in eine frisch übernommene Nobeldiskothek zu stecken gedachten, Rainer Stadler, so erfuhr Benjamin von einem neunundzwanzigjährigen, arbeitslosen Kunsthistoriker, dessen kulturelles und finanzielles Verdienst es war, das Stammhaus der Delikatessen-Dynastie mit anspruchsvoller Kunst mit Lokalbezug auszustatten, war ein wohlhabender Bauer vom Westufer des Ammersees gewesen. Seit Mitte der 1920er- Jahre hatte er seine landwirtschaftliche Arbeit reduziert, um sich vor allem der gegenständlichen Landschaftsmalerei zu widmen.

»... und damit war er ziemlich erfolgreich«, erzählte Benjamin Fadi nur wenige Stunden nach seinem Gespräch mit dem Kunsthistoriker.

1936: Anna und Judith
(Anna, 21)

»Zum Stadler-Bauern. Wir helfen ihm beim Melken. Und vielleicht wird Judith dort auch malen.«

Zum Stadler-Bauern. Wenn Anna sichergehen wollte, dass ihre Eltern sie mit Judith-Jud, wie sie sie nun immer öfter nicht mehr nur im Kreis der Familie nannten, ziehen lassen würden, war er das Alibi: Rainer Stadler war – obwohl in den besten Jahren – ein alleinstehender Mann. Niemand wusste, ob er jemals versucht hatte, eine Frau zu finden. Er hatte zwar nur eine kleine Landwirtschaft, doch war er ein fleißiger und großzügiger Mensch mit einem besonderen Talent: Er malte. Keine abartigen Porträts, auf denen ein Haarschopf schon mal zum lodernden Feuer werden konnte, ein Ohr zum kantigen Stein und der Körper einer Frau zum Saiteninstrument. Er malte ausschließlich das, was er sah, und zwar so, wie er es sah. Die Alpen, die blühenden Wiesen, die Bäche, die Kirchtürme mit ihren Kuppeln, den Ammersee samt Segelboot und Sturmbö. Seine Arbeiten waren bekannt. Bei Ausstellungen in München fanden sie nicht nur Bewunderer, sondern auch Käufer. Warum er, ein gottgefälliger Mann mit gesundem Menschenverstand und Sinn fürs Geschäft, ausgerechnet an dieser Judith einen Narren gefressen hatte, warum er sie in ihrer Malerei unterstützte, sogar manchmal die Leinwand mit ihr teilte und sich, wie er es in seiner manchmal etwas überzogenen Sprache ausdrückte, auf »belebende Experimente« einließ, blieb Annas Eltern ein Rätsel. Trotzdem: Auf den Stadler-Bauern ließen sie nichts kommen, und nicht nur einmal zog die Mutter, die sonst so gar keinen Sinn für die Poesie hatte, Annas altes Poesiealbum hervor, in dem der Stadler-Bauer der Dreizehnjährigen einst eine kleine, sehr feine Skizze – Dießener

Klosterkirche vor Alpenkette – gezeichnet und dazugeschrieben hatte:

wie der kirchturm steht?
frag die leute nicht! erahnst
und spürst du es nicht?

Memoiren eines Zehnjährigen

In seinem neuen Lebensabschnitt ohne Monika und mit Vergangenheit, sollte sein Sohn, das hatte mein Vater sich vorgenommen, eine noch größere Rolle spielen. Und vor allem sollte ich, wenn möglich gleichzeitig mit ihm, tief in die Geschichte und Vergangenheit seiner Familie eintauchen, sollte alles erfahren, was ihm von seiner Familie jahrzehntelang vorenthalten worden war. Das Werk, das ihn und seine erste große Liebe immer wieder aufs Neue in seinen Bann gezogen hatte, war also ein Gemeinschaftswerk von J. F. und Rainer Stadler. In den 1920er- und 30er-Jahren waren Stadlers Werke geschätzt und gefragt. 1936, ein Jahr bevor die Nationalsozialisten das Haus der Kunst eröffneten und damit ihre Definition von Kunst als allein gültig manifestierten, wandte sich Stadler von der gegenständlichen Malerei ab und produzierte in großer Konsequenz Bilder, die weder Anerkennung noch Käufer fanden. Die Jahre 1940 bis 1945 verbrachte der große Mann aufrecht denkend, gebeugt malend in einer Dachwohnung in der Münchner Adalbertstraße, nur wenige Schritte von der Akademie entfernt, die zu betreten er sich trotz wiederholter Einladung und Aufforderung weigerte. Als Stadlers Hauptwerk dieser Schaffensperiode, so hatte mein Vater sich von dem Kunsthistoriker berichten lassen, galt der vermutlich siebenteilige Bilderzyklus *Klarer Himmel*, von dem allerdings mit *Lichtes Leid* vermutlich das einzige,

und zwar das letzte Bild erhalten war. Stadler soll es im Frühjahr 1946 vollendet und, kaum dass die Farbe getrocknet war, zusammen mit einem Abschiedsbrief bei den US-Alliierten am Münchner Central Collecting Point am Königsplatz abgegeben haben.
Die zuständigen Beamten, die das Bild für geraubt und den Abschiedsbrief für die Informationen zum Bild hielten, wussten, als sie schließlich durch einen Übersetzer eines Besseren belehrt worden waren, wohl nicht so recht, was sie mit dem Geschenk anfangen sollten, und so blieb das *Lichte Leid* in den vier Jahren, in denen zweihundertfünfzigtausend Gemälde herausgegeben und zurückgeführt wurden, als kurioses Einzelstück in den Depoträumen am Königsplatz. Als der Collecting Point 1949 aufgelöst wurde, wurde das Bild an das Bayerische Nationalmuseum überwiesen, wo es auch verblieb, nachdem ein Heimatforscher vom Ammersee in den 1960er-Jahren weitere Informationen zu Stadler geliefert hatte.

»Zum Stadler-Bauern«, hatte Anna ihren Eltern also gleich vormittags nach dem Kirchgang mitgeteilt. Nach vielen Sonntagen, an denen Judith und sie den Bauern nur als Alibi genutzt hatten, ohne auch nur kurz bei ihm vorbeizuschauen, wollten sie ihn heute wieder einmal tatsächlich besuchen. Anna hatte Lust, ihm beim Ausmisten und beim Melken zu helfen. Sie mochte sein Pferd und die Kühe, sie mochte alle seine Tiere, sehr viel mehr als die meisten Menschen, mit denen sie zu tun hatte. Nicht nur einmal hatte sie zugeschaut, wie beim Stadler ein Kälbchen auf die Welt gebracht wurde. Sie hatte ihm sogar schon assistieren dürfen.

Auch Judith konnte es kaum erwarten, beim Hof am Waldrand anzukommen. Ihr Malzeug hatte sie nur für den Fall eingepackt, dass der Stadler wider Erwarten nicht zu Hause war. Heute wollte sie mit ihm gemeinsam malen, seine Leinwand, seine Staffelei, seine Farben verwenden. Der Titel des Bildes stand bereits fest.

»Ich kenne mich nicht aus mit Kunst, aber ich kann mir nicht vorstellen, dass sich jemand, auch wenn er Kunstliebhaber ist, ein Bild kaufen wird, das *Brauner Himmel, leichtes Licht* heißt«, bemerkte Anna, als sie barfuß durch die kniehohen Wiesen streiften, das Haus des Malers schon in der Ferne erblickten.

»Klarer Himmel, nicht brauner: *Klarer Himmel, leichtes Licht*. Aber an meinen Bildern haben nicht mal Kunstliebhaber irgendein Interesse – und das liegt weder an den Titeln noch an den Motiven. Ich weiß noch genau, wie zornig du warst beim Kreuzer, kein Jahr ist das her: ›Wir werden nichts bei ihnen kaufen, nicht nur heute nicht, sondern nie wieder.‹ Das war eine schöne Drohung, aber das wirkliche Leben sieht doch ganz anders aus. Wer will denn noch mit uns zu tun haben? Von Freundschaft rede ich schon gar nicht mehr, aber wer will überhaupt noch mit uns reden und grüßt, wenn wir ein Geschäft betreten? Die Leute hier brauchen schon lange keinen Judenboykott mehr. Es gibt genügend christliche Geschäfte in diesem gottgefälligen Dorf, wie es deine Eltern nennen. Zum Glück gibt es aber auch hier noch Menschen wie den Stadler. Wie dich.«

Anna schluckte. Ihre Eltern, die die Freis nicht einmal mehr grüßten, verurteilten ihre Freundschaft zu Judith. Dem Erlebnis mit dem Kreuzer waren ähnliche Erlebnisse gefolgt, Judith hatte recht. Und doch schmerzte es Anna immer wieder von Neuem, wenn Judith betonte, wie sehr sie ihre Freundin dafür liebte, dass sie zu ihr stand. Was, wenn Judith sie nur dafür liebte – und für nichts anderes?

Memoiren eines Zehnjährigen

»Ich habe meine Kühe genauso geliebt wie die Kunst. Jetzt kann ich mein Leben weder mit Kühen noch mit Kunst verbringen, und die Menschen sind mir zuwider.« Auch wenn ich mitbekam, wie gut es ihm tat, sich endlich mit der Vergangenheit zu beschäftigen, auch wenn das Gefühl, meinen Vater beschützen zu müssen, bald nach der Scheidung schwächer wurde, war es nicht immer ganz einfach, seinen Aktionismus ausnahmslos gut zu finden.

Gerade hatte ich es noch für überlebenswichtig gehalten, auf seinen Schoß zu klettern, um ihn zu trösten, nun weckte er mich mitten in der Nacht, trunken von seinen neuesten Forschungsergebnissen, trunken von dem einen oder anderen Glas hochwertigem und hochprozentigem Alkohol, mit dem er die neusten Rechercheerfolge gemeinsam mit seinem neuen Freund, dem jungen Kunsthistoriker, feierte, aber auch trunken – wie mir allmählich bewusst wurde – von dem Erfolg, den ihm, einem gut aussehenden, alleinstehenden Vierundvierzigjährigen sein neues großzügiges, mitunter vielleicht sogar großkotziges Gehabe im Münchner Nachtleben bei der einen oder anderen Kunststudentin bescherte.

»Verstehst du, Fadi«, erklärte ein mehrfachtrunkener Vierundvierzigjähriger also um vier Uhr morgens einem gerade geweckten Zehnjährigen, »nachdem, was der Stadler erlebt hatte, war ihm die Menschheit zuwider, und Malen wollte er auch nicht mehr. So hat er es jedenfalls in seinem Abschiedsbrief geschrieben.«

Und während dieser neue Benjamin es sich nun, ohne sich seiner Hose oder Schuhe zu entledigen, neben seinem Sohn im Bett gemütlich machte, keineswegs schutzbedürftig, sondern der Inbegriff des väterlichen Kumpels, erzählte er, wie Rainer Stadler knappe vier Jahrzehnte zuvor in ebendiesem München bei tiefster Nacht dabei beobachtet worden war, wie er zahlreiche Bilder in mehreren Etappen auf den Platz vor der Akademie geschafft hatte. Noch vor Morgengrauen hatte er sie mit Terpentin übergossen und angezündet.
Der Brand war gelöscht, die Bilder aber waren komplett zerstört worden. Personen waren keine zu Schaden gekommen. Rainer Stadler galt und gilt seitdem als verschollen.
Natürlich konnte ich, zehnjährig und todmüde, meinem betrunkenen Vater frühmorgens nicht folgen, als er Sätze durchs Dunkel polterte, wie: »*Klarer Himmel, lichtes Leid* gilt als das einzig erhaltene Bild aus seiner abstrakten Phase. Und weil seine Geschichte bis heute ungeklärt ist, ist es über seinen passablen Marktwert hinaus von besonderem historischen Wert, weshalb es auch nur in Einzelfällen verliehen wird.«
Natürlich bemühte ich mich, meinen Vater auch weiterhin zu verstehen, und natürlich sah ich es als meine Pflicht an, ihm am nächsten Tag, nach ausgeschlafenem Rausch, den Sinn seiner nächtlichen Offenbarungen zu entlocken.
Mein Vater erklärte, und gleichzeitig korrigierte er.
Der Kunsthistoriker – und wohl auch die Heimatforscher, auf die sich der Kunsthistoriker berief – ging zwar davon aus, dass *Klarer Himmel, lichtes Leid* das einzig erhaltene Bild aus Stadlers abstrakter Phase war, Benjamin aber hatte gute Gründe anzunehmen, dass dem nicht so war.

Und so fragte er den Kunsthistoriker, beim nächsten Treffen, bei einem gemeinsamen Frühstück in unserem Stammcafé, ob Stadler während seiner abstrakten Phase mit anderen Künstlern oder Künstlerinnen zusammengearbeitet hatte.
Im Rückblick mag es gruselig erscheinen, aber auch ich hatte mich in meiner neuen Rolle als Sohn, der seinen Vater ernst nimmt und bei seinen Recherchen unterstützt, schon voll eingefunden. So kann ich, während ich, heute neununddreißigjährig die Ereignisse dieses Jahres 1983 schildere, beispielsweise auf eine Serviette zurückgreifen, auf der ich mitgekritzelt hatte:
»Darüber ist nichts bekannt. Im Kapitel *Kunstleben* einer unveröffentlichten Ammersee-Chronik aus dem Jahr 1939 wird Stadler beispielsweise nicht erwähnt. Auch wenn die Chronik, was die politische Entwicklung seines Heimatorts betrifft, sehr aufschlussreich ist. Ich glaube kaum, dass er in diesem Klima Kollegen finden konnte, die seine Kunstauffassung und seine Ansichten teilten.«
»Lass uns also an den Ammersee fahren«, schlug ich meinem Vater noch am selben Tag vor.
Sibyllinisch lächelnd sagte er: »Das werden wir! Wäre doch gelacht, wenn das *Leichte Licht* nicht noch irgendwo leuchten würde.«

»Sieh an, die Unzertrennlichen!«, rief der Stadler ihnen schon aus der Ferne zu; aus seinem Mund klang es wie ein Ritterschlag. »Und seht nur, welch illustre Überraschung ich für euch habe: Herr Dr. Neusüß aus München.«

Annas Blick richtete sich unwillkürlich auf die Freundin. Erst als sie sah, wie Judith den Mann unverhohlen musterte, begann auch sie damit, ihn zu begutachten. Er war groß, er war schlank, er war gut aussehend, aber weniger schneidig als ihre Brüder oder die anderen Männer im Dorf, die man für gut aussehend hielt. Mit den Sommerfrischlern, die gewöhnlich aus München kamen, um sich in ländlicher Umgebung zu erholen, um oft wochenlang nichts zu tun und dazwischen mal eine Staffelei in die Gegend zu stellen und ein bisschen zu pinseln, hatte er allerdings auch nichts gemein. Er wirkte weder befangen noch angeberisch, eigentlich ganz normal. Und doch besonders. Ein eigener Mensch, dachte Anna noch, als ihr Jonas, wie er sich mit festem Händedruck vorstellte, zulächelte, ein sehr eigener. Wie Judith, schoss es ihr durch den Kopf, als sie auch schon registrierte, wie anmutig sich die beiden begrüßten und wie Judith dabei die Röte ins Gesicht schoss.

Stadler, der weder das Entsetzen der einen noch die Verlegenheit der anderen bemerkt hatte, stellte die »Unzertrennlichen« kurz mit Namen vor, dann setzte er zum Lob des Gastes an: »Herr Neusüß ist seit vorgestern bei mir zu Gast, genauso lange kennen wir uns. Aber schon jetzt weiß ich: Hätte ich jemals einen Sohn bekommen, hätte ich nichts dagegen gehabt, wenn er genau wie der Herr Doktor hier gewesen wäre.«

»Noch bin ich kein Doktor, die letzten Examen liegen noch vor mir. Möglichkeiten, zu praktizieren, haben sich in den letzten Jahren aber genügend ergeben, besonders auf dem Land. Jetzt sogar hier, obwohl ich eigentlich wegen der Malerei gekommen bin.«

Judith warf dem Stadler einen fragenden Blick zu. Als der mit den Schultern zuckte, wandte sie sich an den Doktor. »Wer ist denn krank hier oder bedürftig?«

Nein, Herr Neusüß machte wirklich keinen angeberischen oder eingebildeten Eindruck. Judith aber wirkte, seitdem sie den Gast vor wenigen Minuten erblickt hatte, wie ausgewechselt. Sie benahm und sie bewegte sich keck, auch wenn »keck« ein Wort war, das vor allem Judith selbst benutzte, und zwar meistens dann, wenn sie Frauen beschrieb, die ihr nicht besonders zusagten.

»Krank ist niemand. Die Karla hat ein Kälbchen bekommen, gestern. Erst als sie zu Schreien angefangen hat, hat Herr Neusüß sein Geheimnis gelüftet. Er ist eigentlich hier, weil er sich für meine Bilder interessiert«, sagte der Stadler, um dann mit sichtlichem Vergnügen eine Sprechpause einzulegen. »Und dann erweist er sich als ein Mann mit Zauberhänden. Hätte ich geahnt, um wie viel weniger grausam so eine Geburt vor sich gehen kann, hätte ich mich schon früher nach einem Tierarzt umgesehen. Es ist ein Stierkalb, und es heißt Jonas.«

Sosehr sich der Stadler auch um ein Schmunzeln bemühte, diesmal war es vor allem Stolz, der in seinen nicht ganz trocken gebliebenen Augen blitzte.

»Großartig, dann hat ja zumindest die Kuh Karla ihren Sohn bekommen – und vermutlich sogar genau den, den sie sich immer gewünscht hat«, bemerkte Judith trocken. »Da hat der Schöpfer ja mal wieder ein Wunder vollbracht. Und wo wir schon bei Wundern sind – ich habe eine Idee für ein Stillleben …«, kündigte sie an.

Aber Annas Aufmerksamkeit für die Repliken ihrer Freundin – auch dieses Wort hatte Judith ihr beigebracht, aber Anna hatte noch jedes Mal, wenn sie es verwenden wollte, davor zurückgeschreckt, weil sie sich nicht sicher war, ob sie es auch richtig verwenden würde – war schlagartig der Strahlkraft dieser einen Botschaft gewichen: Jonas Neusüß war Tierarzt.

»Wie lange …«, begann sie, und ihre Stimme klang dabei kein bisschen wie die einer unerschrockenen Frau, die sich – Klugheit hin oder her – für befähigt hielt, die Sprache von

Löwe und Giraffe, von Hund und Vogel, Katz und Kalb zu erlernen, »wie lange«, setzte sie erneut an, »hat die Geburt denn gedauert?«

»Keine Stunde, dann stand er schon – Sie entschuldigen, wenn ich ihn nicht bei seinem Taufnamen nenne – auf wackligen Beinen. Haben Sie Lust, ihn mal anzusehen? Und auch die stolze Mutter?«

Die Aufforderung galt eindeutig ihr, Anna. Judith war sowieso längst damit beschäftigt, Herrn Stadler ein Prinzip von Licht und Dunkel zu erklären, das wahrscheinlich auch irgendetwas mit Klarheit und Licht oder Himmel und Leid zu tun hatte, und ja, Anna hatte Lust; nicht nur darauf, Kuh und Kalb einen Besuch abzustatten, sondern vor allem darauf, mehr zu erfahren von diesem besonderen Mann, der beschlossen hatte, sein Leben in den Dienst der Tiere zu stellen. Und zwar nicht nur in den Dienst von Nutzvieh wie der ortsansässige Tierarzt, der Anna einst mitsamt ihrem alten, kranken Hund zum Teufel gejagt hatte.

1983: Benjamin

Benjamin war vierundvierzig Jahre alt, als er zum Ammersee zurückkehrte – in Begleitung seines leiblichen Sohnes und mit dem Vorhaben, das Schicksal seiner leiblichen Mutter zu ergründen.

Seine Ex-Frau war nun tatsächlich nach Chile gefahren – um den nationalen Protest zu dokumentieren. Sie reiste alleine, mit nichts als einem kleinen Wanderrucksack und einer großen Kamera. Als Vater und Sohn sich am Flughafen von ihr verabschiedet hatten, hatte Benjamin ihren Anblick kaum ertragen können. Ein nie dagewesenes Leuchten in ihren Augen hatte ihm die Tränen in die seinen getrieben. Ein Leuchten, in dem er eben die Wahrhaftigkeit auszumachen glaubte, die er die letzten elf Jahre vermisst hatte. Es war ihr ernst, hatte er gespürt, und die Vorstellung, dass Fadi im Alter von fast elf Jahren nun endlich Eltern bekam, die sich mit den wesentlichen Dingen des Lebens auseinandersetzten, hatte ihn getröstet und motiviert.

Und Motivation konnte er auch gebrauchen: Vor wenigen Tagen hatten Fadis Sommerferien begonnen, für die Benjamin einen Urlaub am See versprochen hatte. Bis zum 12. September würden sie dauern, und am 12. September würde auch Monika wieder zurückkehren. Benjamin hatte Fadi und sich im Dießener Gasthof *Drei Rosen* eingemietet. In dieser Zeit wollte Fadi einen Segelkurs machen und Benjamin – mit Fadis Hilfe – das Bild vom Dachboden retten, Leichen aus dem Keller holen und seine Vergangenheit so weit aufräumen, dass er endlich ein wahrhaftiges Leben in der Gegenwart beginnen konnte.

1936: Anna und Judith (Anna, 21)

Dem kurzen Ausflug in Stadlers Stall folgte ein etwas längerer Ausflug in eine kleine Stube. Dort, neben der einfachen, aber sauberen Schlafstatt, die der Stadler seinem Gast bereitet hatte, hatte Herr Neusüß seinem Hund, einem fünf Monate alten Dalmatiner, in einem alten Weidenkorb ein Bett aus Stroh und mehreren Decken bereitet. Der Hund sprang Anna entgegen, als hätte er in seinem gerade beendeten Welpenschlaf von niemand anderem geträumt als von ihr, und eine Weile, die allen außer Jonas und Anna vielleicht wie eine Ewigkeit erschienen wäre, beschäftigte Anna sich auch mit niemand anderem als mit ihm.

Danach brach sie mit Jonas zu einem langen Spaziergang auf. Der Höflichkeit halber hörte sie sich an, was er über das ganz besondere Licht, die Landschaft und die Ursprünglichkeit der Ammerseelandschaft zu erzählen hatte. Ein kurzes Nicken war ihr Zugeständnis an seine Lobrede auf einen gewissen Leo Putz, von dem sie noch nie gehört hatte. Sie spürte bereits, dass es nicht die Liebe zur Kunst, und schon gar nicht zum Menschen war, die sie mit dem Tierarzt verband.

»Die Scholle?«, fragte der mit Blick über Felder und Wiesen auf den Ammersee.

»Mir schnuppe!«, lachte Anna. »Wollen wir weitergehen?«, fragte sie und ließ Jonas keine Gelegenheit, ihren Kunstverstand zu überprüfen.

Sie stellte eine Frage nach der anderen, und Jonas antwortete, spürbar begeistert von ihrem Interesse, aber auch davon – wie er sich während ihres nicht abbrechen wollenden Gesprächs ausdrückte –, »welch intuitive, aber gleichzeitig tiefe Einblicke in die Veterinärmedizin Sie als absolute Laiin ohne Zugang zu Fachliteratur doch haben.«

Als Judith und Anna sich mehrere Stunden später im Garten vom Stadler-Bauern wiedertrafen, waren beide bester Laune. Ein Versprechen, das Anna Jonas gar nicht erst abringen musste, lautete: Wann immer er sich in den kommenden Wochen am Ammerseewestufer aufhalten würde, um dort Einblicke in das Schaffen verschiedener Kunstmaler zu bekommen, würde er sich auch mit Anna treffen, um dieser im Gespräch und womöglich auch in der Praxis weitere Einblicke in die Veterinärmedizin zu verschaffen.

Judith, die Neusüß nun kaum noch eines Blickes würdigte, war beseelt davon, wie gut Stadler ihr Prinzip von Licht und Dunkel nicht nur verstanden, sondern zusammen mit ihr, wie sie sich ausdrückte, »umgesetzt« hatte: Das etwa dreißig Zentimeter auf zwei Meter große Bild, auf dem außer einem kleinen rostroten Pilz, einem etwas größeren goldenen Löwen und einer Pilz und Löwe überragenden siebenzackigen Mistgabel keine Gegenstände zu sehen waren, dafür umso mehr Grau, Grau-Blau und Schwarz in Form von Linien, trug nun tatsächlich, wie Stadler freudestrahlend verkündete, den Titel *Klarer Himmel, leichtes Licht*.

Stadler wollte seine Gäste noch bewirten, doch als er das Wort »Abendessen« aussprach, wurde Anna bewusst, wie wenig, aber auch wie viel Zeit vergangen war, seitdem sie diesen Menschen, der ihr jetzt schon vertrauter war als die eigenen Brüder, morgens zum ersten Mal gesehen hatte.

»Es gibt nichts auf der Welt, was ich lieber tun würde, als nun auch noch gemeinsam mit Ihnen Abend zu essen …«, sagte Anna, Judiths belustigter Blick beunruhigte sie diesmal kein bisschen, »… aber ich hätte schon mittags wieder zu Hause sein müssen.«

Sie drückte ihrer Freundin einen flüchtigen Kuss auf die Wange, einen schwesterlichen Kuss, auch wenn sie sich so gut wie sicher war, dass Herr Stadler und Jonas die einzigen ihr bekannten Menschen waren, die auch andere Arten von Küssen gebilligt hätten.

»Wir werden uns hoffentlich bald wiedersehen!«

Auch wenn sie damit vor allem Judith meinte, spürte sie, während sie die Hänge hinab ins Dorf lief, die Vorfreude auf das nächste Treffen mit Jonas.

1983: Benjamin

Als Fadi und Benjamin am ersten Abend des gemeinsamen Sommerurlaubs im angenehm kühlen und dunklen Gastraum der *Drei Rosen* ihre Leberknödelsuppe löffelten, die nicht so ganz zur Dürre, Hitze und zum Licht vor dem Fenster passen wollte, hatten beide wegweisende Neuigkeiten: Nach zwei Stunden auf dem See hatte der alte Seidl, Gründer der ersten Binnen-Segelschule Deutschlands, Fadi attestiert, ein Naturtalent zu sein.

»Ich beherrsche schon jetzt«, begann Fadi und rührte dabei aufgeregt in der Suppe, während sein Vater weder die ungewöhnliche Wortwahl seines Sohnes noch seine glühenden Wangen bemerkte, »ich beherrsche schon jetzt Halse und Wende.«

Die Möglichkeit, in der einen Sekunde in die eine Richtung zu segeln, in der anderen Sekunde in die andere, und das völlig selbstbestimmt, wenn denn die Winde gewogen waren, erregte ihn – und nicht nur diese Möglichkeit.

»Dietlind, die mit mir im Boot sitzt, hat ein Pferd. Ihre Eltern haben einen Bauernhof und einen Getränkemarkt.«

»Schon morgen haben wir einen Termin im Rathaus. Stell dir vor, ich habe einfach auf mein Schreiben Bezug genommen, das ich vor elf Jahren an den damaligen Bürgermeister geschickt habe.«

Fadi bemerkte sehr wohl die glühenden Wangen seines Vaters. Was er aber vor allem bemerkte, war der Ton in dessen Stimme. Vielleicht war er besonders für ihn, den allzeit bereiten Sohn, schwer zu begreifen oder kaum zu glauben, vielleicht registrierte er das Abendessen mit seinen gerade mal zehn Jahren gleichzeitig widerwillig, aber auch schicksalsergeben als ein historisches. Der Ton in der Stimme seines Vaters war der Ton, nach dem der Sohn sich in den letzten Jahren so sehr gesehnt hatte. Der Ton, der ihn als kleiner Junge ganz selbstverständlich begleitet hatte, der aber in den letzten Jahren immer seltener zu hören gewesen war.

»Generäle jagen – Benjamin hatte seine neue Leidenschaft gefunden, und plötzlich war er stark«, würde Fadi später über diese entscheidende Zeit im Leben seines Vaters schreiben.

Was der Sohn in den *Memoiren eines Zehnjährigen* nicht erwähnen würde, war, als wie schwach und wie hilfsbedürftig er seinen geliebten Vater empfunden hatte, als wie wenig in der Lage, einen eigenen Weg einzuschlagen, in der Zeit, in der dieser einzig und allein für seinen geliebten Sohn da war, während die geliebte Mutter mehr und mehr zu einer Ikone des »Alles-ist-möglich« geworden war.

Wer immer die beiden bei ihrem Abendessen aus nicht allzu weiter Ferne beobachtet hätte, hätte vermuten müssen, dass da zwei sich sehr nahestehende, unerschrockene Männer in verschiedenen Lebensphasen zusammensaßen. Zwei Männer, die im Großen und Ganzen wussten, was sie wollten, und vor allem, wie sie es bekommen konnten. Allein: Benjamin war Benjamin und Fadi Fadi.

Und so konnte sich Benjamin ganz unspektakulär und dennoch aus tiefster Seele darüber freuen, dass sein Sohn ganz offensichtlich dabei war, sich in ein Mädchen zu verlieben. Fadi war klar, dass er die Verantwortung nicht von einem Tag auf den anderen abgeben würde. Der wieder in die Stimme seines Vaters zurückgekehrte Ton gefiel ihm viel zu sehr, als dass er ein erneutes Verschwinden riskieren wollte. Allerdings nahm er sich auch vor, nicht zu viel Rücksicht auf seinen Vater zu nehmen. Um keinen Preis wollte er auf das Neue verzichten, das sich da gerade in sein Leben schlich.

»Dietlind kann jeden Tag so viel Limo trinken, wie sie will. So viel, dass sie manchmal sogar lieber Mineralwasser trinkt. Und manchmal reitet sie zur Schule.«

»Das Haus, in dem dein Vater aufgewachsen ist, stand drei Jahre leer. Erst vor ein paar Monaten wurde es von einem sehr jungen Ehepaar gekauft, sie sind gerade am Einziehen. Halder heißen sie.«

Memoiren eines Zehnjährigen

Familie, da waren sich meine Eltern, nach wie vor ihrer Scheidung, einig, war eine biologische und daher willkürliche Schicksalsgemeinschaft, ein politisches Konstrukt, in dem sich Gesellschaft, Macht und Staat äußern.

Als kein bisschen zufällig, das gaben sie mir durch ihre grenzenlose Zuneigung (väterlicherseits) und euphorische Wertschätzung (mütterlicherseits) zu verstehen, sah allerdings ein jeder für sich, seine Verbindung zwischen sich und mir. Für mich war – zumindest in meinen ersten zehn Lebensjahren – nur klar: Die wichtigsten Personen in meinem Leben waren Benjamin und Monika, über Familie brauchte ich mir weiter keine Gedanken zu machen, ich hatte ja keine. Sowohl meine Großeltern mütterlicherseits als auch väterlicherseits befanden sich, seit ich mich erinnern konnte, im Himmel, von wo aus sie fürsorglich herunterblickten und wo sie mit Pippi Langstrumpfs Mutter und anderen coolen Eltern dem Luxus des Immateriellen frönten, nachdem sie sich (zumindest meine Großeltern mütterlicherseits) zu Lebzeiten ausreichend um das materielle Wohl ihrer Nachfahren gekümmert hatten. Punkt. Das musste genügen.

»Und deine Verwandten? Ist noch irgendjemand da? Am Leben?«

»Wie oft soll ich es noch sagen: Du und Monika, ihr seid meine einzigen Verwandten. Die Frau, die ich dreiundzwanzig Jahre für meine Tante gehalten habe und die in all diesen Jahren fast ausschließlich mit ihrem stummen Mann gesprochen hat, hat bis zu seinem Tod letzten Sommer im Nebenhaus gewohnt. Dann ist sie ins Altenstift gekommen und dort auch bald gestorben.«

»Das Mädchen im Segelboot, Dietlind, morgen zeige ich sie dir. Wir haben ausgemacht, dass ich ihr Schwimmen beibringe und sie mir Reiten.«

Memoiren eines Zehnjährigen

An jenem Tag wie an den darauffolgenden hätte ich meinem Vater ebenso gut von der Bekanntschaft mit Kriemhild, Ute oder Dankrat berichten können. Ganz plötzlich hatte er weder die Zeit, noch besaß er die Spitzfindigkeit und schon gar nicht den Zynismus, sich über altmodische Namen auszulassen, sich über Dinge oder Menschen lustig zu machen, und nicht mal den väterlichen Instinkt, mich nach dem zu fragen, was in mir vorging. Was mir egal war, ich war verliebt.

Ohne zu begreifen, warum ausgerechnet jetzt und hier, spürte ich, dass auch mein Vater etwas gefunden hatte, das ihm für die nächsten Jahre, vielleicht sogar die nächsten Jahrzehnte Antrieb geben würde. Ich lernte Dietlind kennen und Dietlind mich.

Den Halders entlockten mein Vater und ich in täglichen Besuchen die wertvollen Informationen, die das junge Paar wiederum von Nachbarn und vom Bürgermeister höchstpersönlich erhalten hatte: Barbara Berger hatte ihrer Mutter ebenso bereitwillig ein Leben im Pflegeheim finanziert, wie sie jetzt auch die Grabpflege zahlte – zu Besuch und zur Beerdigung war sie nicht gekommen. Sie hatte die Gemeinde beauftragt, ihr Elternhaus zu verkaufen. Das Ausmaß all dessen, was mein Vater zu verarbeiten hatte – jetzt, da er sich endlich dazu bereit erklärt hatte, damit anzufangen –, war mir bei jenem Leberknödelmahl natürlich nicht klar. Noch dachte ich, unsere Erkenntnisse und Erlebnisse wären in etwa gleich beeindruckend.

»Den Halders habe ich auf jeden Fall schon mal erzählt, dass ich in ihrer Straße aufgewachsen bin und auch gerne wieder in dieser Straße wohnen würde.«

»Du willst von München wegziehen? Und was ist mit mir?«

»Es geht nicht darum, von München wegzuziehen. Es geht mir darum, wieder hier an diesem Ort zu leben.«

»Wenn du hierherziehst, komme ich mit.«

»So leicht ist das nicht, dazu müsste ich erst mal eine Bleibe finden.«

»Na und? Irgendwas werden wir schon finden.«

»Vielleicht ist es auch eine Schnapsidee. Ich bin mir selbst noch nicht sicher. Außerdem geht es ja nicht nur um mich. Deine Mutter hätte bestimmt einiges dagegen, dass du zu mir ziehst. Und von München weg.«

»Monika hätte bestimmt nichts gegen das, was ich mir wirklich wünsche und was das Beste für mich wäre.«

»So schnell geht es nicht. So schnell geht nichts.«

»Aber so schnell kann es gehen.«

Memoiren eines Zehnjährigen
So schnell kann es gehen. Und so schnell ging es in diesem Sommer auch. Zwei Stunden auf einem Segelboot mit Dietlind hatten genügt, um einen Zehnjährigen davon zu überzeugen, die Liebe seines Lebens getroffen zu haben. Weitere vier Wochen halfen mir, Dietlind davon zu überzeugen, dass auch ich die Liebe ihres Lebens war. Ich brachte ihr Schwimmen bei, und ich stellte mich nicht zu dumm an, als sie mir das Reiten beibrachte.
Ich erzählte ihren Eltern, dass ich nichts lieber tun würde, als ihre Tochter zu heiraten, den Getränkehandel zu übernehmen und ihn zu einem modernen Getränkemarkt auszubauen.
Dietlinds Eltern lachten, Dietlind schimpfte mich einen Deppen, aber ich spürte, dass alle drei irgendwie angetan waren von der Idee. Nachdem wir bei unseren fünf oder sechs ersten Übernachtungen im Pferdestall immer wieder heimlich *Liebkinder* studiert hatten, einen Bildband meiner Mutter, der Fotos adrett gekleideter Schuljungen- und Schulmädchen im biederen Stil der Fünfzigerjahre mit Fotos derselben Jungen und Mädchen kombinierte, wie sie nackt und wild durch ungemähte Wiesen tollten oder eng umschlugen auf Moosteppichen im verwunschenen Moor schliefen, versuchten wir gegen Ende der Sommerferien, auf sonnenbefleckten Waldlichtungen einige der Posen nachzustellen und zu variieren – Dietlinds Pferd Limahl, ehedem Wiggerl, der einzige Zeuge.
Mein Vater berichtete mir täglich vom Stand seiner Ermittlungen, im Gegenzug dazu behelligte ich ihn nicht mit dem Stand meiner Forschungen und Bemühungen, ließ ihn machen und half ihm, wann immer er es für nötig

hielt, das Bild des liebenswerten, hilfsbereiten, leicht verrückten Vater-Sohn-Gespanns zu vervollständigen, das wir tatsächlich waren.

Nachdem ich in der ersten Ferienwoche meinen Segelkurs abgeschlossen hatte, halfen wir den Halders, die ihr erstes Kind erwarteten, wo immer wir konnten, und vor allem, wo immer es uns half.

Wir halfen ihnen, eine Schaukel am Nussbaum zu befestigen, von der mein Vater versprach, sie würde Generationen von Kindern in eine glückliche Zukunft schaukeln. Wir halfen ihnen, einen Kachelofen wieder instand zu setzen. Auf Vorschlag meines Vaters halfen wir ihnen, eine mit Farbe und Lack und sogar von einer genagelten Leiste verdeckte Mesusa am Haustürrahmen wieder frei zu legen, vor allem aber halfen wir ihnen auf dem Dachboden. Wir entrümpelten ihn, befreiten ihn von Schrott und Müll – und von Bildern. Von Stillleben, die Frau Halder »weder stillos noch kitschig« fand, Porträts, die Herr Halder »selbst als Amateur ganz eindeutig als Arbeit eines Profis erkennen« konnte, und von Landschaftsmalereien und Tierbildern, zu denen weder Herr noch Frau Halder einen Bezug hatten oder jemals entwickeln würden.

Wir halfen den Halders, und mein Vater stellte sich auf eine lange, mühevolle und wenig aussichtsreiche Recherche im Dießener Rathaus ein. Beim Namen Rainer Stadler ernteten wir nur Kopfschütteln, dafür führte uns ein älterer Beamter in einen leeren Sitzungssaal und bat uns, ein wenig zu warten.

»Ich bin heimatinteressiert«, sagte er, als er nach wenigen Minuten mit einer Mappe in den Händen wieder zu uns stieß, »und ich habe einen hervorragenden

Überblick über all die Unterlagen«, fügte er fast entschuldigend hinzu.
Dann präsentierte er uns die unveröffentlichte Ammersee-Chronik aus dem Jahr 1939. Ausgestattet mit Schreibwerkzeug – mein Vater mit seinem Mont-Blanc-Meisterstück, einem Geburtstagsgeschenk meiner Mutter, mit dem ich heute diese Memoiren schreibe, ich mit einem Geha-Füller, der heute nur noch als Nostalgiefüller im Netz kursiert – machten wir uns Notizen und schrieben ganze Passagen aus dem Kapitel *Politische Entwicklung der Gegenwart* ab.

Mit den Vorbereitungen zu den Kommunalwahlen im Frühjahr 1929 begann der eigentliche Aufstieg unserer Bewegung in Dießen. Zur selben Zeit kam uns schon sehr zustatten, dass die führenden Beamten unserer Gemeindeverwaltung eingeschriebene Nationalsozialisten waren. Neue Parteigenossen wurden zu dieser Zeit in verstärktem Maße geworben. Zum ersten Male wurden zwei nationalsozialistische Vertreter in den Gemeinderat gewählt […]. Ununterbrochene Werbearbeit ließ Dießen bereits bis zu den Reichstagswahlen im September 1930 zur Hochburg des Nationalsozialismus werden. Die Saat nie erlahmenden Fleißes […] ging auf.

Das stand da beispielsweise. Zwei Jahre nach unserem ersten Ausflug ins Dießener Rathaus – und nur ein Jahr nach meinem ersten Besuch der KZ-Gedenkstätte in Dachau – wollte ich im Weilheimer Gymnasium im Geschichtsunterricht der siebten Klasse mit meinem Spezialwissen beeindrucken. Schon im November 1923, wusste ich zu vermelden, hatte sich die Dießener Ortsgruppe mit Weilheimern und Landsbergern zusammengetan, um Hitler in Landsberg aus der Haft zu befreien, was Hitler allerdings strikt abgelehnt hatte. Die Geschichtslehrerin, eine Referendarin mit *Atomkraft? Nein danke!*-Aufklebern auf der Schultasche und Friedenstaube auf dem Halstuch warf mir einen ungesunden Geltungsdrang vor. Jedem einzelnen Lehrer am Gymnasium Weilheim, sagte sie, sei entweder freudig oder bedauernd bewusst, dass die Schüler vom Ammerseewestufer, der Künstlerseite des Ammersees, das Gymnasium mit dem – je nach Sichtweise – nötigen Grad oder unerträglichen Ausmaß an Kultur, Chaos und Anarchie versorgten. Wieso wolle nun ausgerechnet ich, der zugezogene Münchner, diese gesunde Mischung schlechtreden?

2013: Nachmittag vor dem Fest

»Hier müsste mal wieder aufgeräumt werden«, sagt der Alte erstaunt, als sie einen düsteren Raum betreten, fast so, als sähe er ihn zum ersten Mal.

Wie gepflegt der Garten ist, wie ordentlich die Terrasse und wie sauber der Hausflur, hat Miriam gerade noch gedacht. Jetzt nickt sie, bevor sie in einem staubigen Sofa versinkt.

»Sie haben ja bisher noch nicht viel gegessen und getrunken an ihrer Festtafel.« Er schiebt Miriam eine Tasse mit schwarzer Brühe und ein Tellerchen Sandkuchen über den verstaubten Wohnzimmertisch zu, sie nickt.

Minute um Minute sitzen die beiden schweigend nebeneinander auf dem Sofa. Miriam fragt sich, wer zum letzten Mal aus der Tasse getrunken, vom Kuchen gegessen hat und wann das wohl gewesen sein mag. Und wie ein Sohn, der seinen Vater fast täglich besucht, es zulassen kann, dass sein Vater auch nur einen Teil seiner Freizeit im Dunkeln zwischen Staub und Kuchenkrümeln verbringt.

Wie konnte es dazu kommen, dass sie nun, am Geburtstag ihrer Mutter, mit einem fremden Mann in dessen verstaubtem Wohnzimmer sitzt und wieso kommt ihr dieser Mann, so merkwürdig er sich auch benimmt, zutiefst vertraut vor? Wäre es unhöflich, aufzustehen, um den Lichtschalter zu suchen?

»Lassen Sie es sich schmecken«, hört sie und bricht ein winziges Stückchen vom Kuchen ab, das ihr in der Hand zerbröselt. Sie nimmt einen winziges Schlückchen kalten Tee – selbst der schmeckt staubig. »

Wie gut haben Sie sie denn gekannt?«

Der Nachbar zuckt mit den Schultern und lässt seinen Blick über die Bilder schweifen, die gerahmt und ungerahmt die Wände bedecken, arrangiert, vielmehr angebracht, eines neben, über und unter dem anderen, ganz ohne Kunstverstand. Er seufzt. Er lächelt.

»Die Bilder. Im Gegensatz zu mir scheuen sie das Licht. Natürlich auch Wärme und Feuchtigkeit. Spendieren Sie einem dieser Ölgemälde einen Tag an der Sonne, und das war's.«

»Wie gut Sie Barbara gekannt haben, meine ich.«

»Je länger ich mit ihnen lebe, desto mehr habe ich das Gefühl, dass sie, wie ich, Lärm verabscheuen. Natürlich könnte ich auch kehren anstatt zu saugen. Aber wissen Sie was? Selbst das wäre ihnen zu viel Trubel. Deshalb schaue ich sie an. Schaue sie an und lasse sie ansonsten in Ruhe.«

Wozu diese Entschuldigungen? Er war es doch, der sie eingeladen, der sie hereingebeten hat. Sie hätte sich auch einen frisch gebrühten Tee auf seiner sonnigen Terrasse servieren lassen.

»Wie gut haben Sie Barbara gekannt?«

Er lächelt schon wieder oder vielmehr noch immer, aber diesmal sieht er weder Miriam noch die Bilder an. Sein Blick ruht nun zwar auf der Tischkante, aber es ist offensichtlich, dass er in sich, dass er nach innen blickt; er schüttelt den Kopf. »Ich freue mich sehr darauf, sie zu sehen.«

»Wie gut?«, wiederholt Miriam, die Zeit scheint stillzustehen in diesem Raum, doch ihre Armbanduhr, ein Geschenk ihrer Mutter, tickt.

Nein, sie soll nicht ankommen, ausgerechnet jetzt, noch nicht. Ein ganzes Tochterleben lang hat ihre Mutter ganz allein entschieden, welchen ihrer Männer sie ihrer Tochter wann und in welchen Dosen präsentiert. Ein Leben lang hat sie ihrer Tochter nicht den kleinsten Hinweis gegeben, ob es sich lohnt, gegen den jeweils Neuen zu rebellieren oder sich an ihn zu gewöhnen, ihn vielleicht sogar lieb zu gewinnen oder lieber nicht.

Tick! Barbaras alte Armbanduhr tickt jetzt für Miriam.

Tick. Ein Leben lang hat Barbara den Takt vorgegeben.

Tick. Jetzt ist Barbara weg. Oder zumindest nicht hier. Dafür einer, der Barbara einst sehr gut gekannt hat.

Tick. Werner und sein Sean-Penn-Lächeln; auch das kann sie sich jetzt ruhig einmal eingestehen: Es hat schon längst nicht mehr die viel beschworene Wirkung auf sie. Und seine besserwisserische Dauergelassenheit, die ihr kein bisschen Stütze ist, sondern ihr im Gegenteil nur tagtäglich vor Augen führt, wie unbegründet besorgt sie doch ist. Werner sitzt vermutlich unterm Walnussbaum, im großzügigen Reich tiefsten Verständnisses gegenüber allem und jedem, im Garten Eden mit der rotlippigen Franziska, oder er ist auch einfach nur dort, wo der Pfeffer wächst.

Michael mit seinen Nymphchen und Nachwuchs beim Fischerstechen – und der Rest der Familie: wo auch immer.

Tick, sie ist hier, und hier, Tick, ist auch der Nachbar; und wenn es ihre Mutter schafft, die Regeln und Gebote der Zeit außer Kraft zu setzen, kann sie, die Tochter, das auch.

Tick, Tick, Tick.

»Ihr Tee«, sagt der Nachbar, »wird kalt«, dann grinst er.

»Vielleicht auch wärmer?«

Miriam registriert sehr wohl, dass sie sich eine Haarsträhne hinters Ohr steckt, lächelnd, den Kopf leicht schief haltend, ganz so, wie sie für gewöhnlich auf Werners Sean-Penn-Lächeln reagiert – oder zumindest so, wie sie für gewöhnlich darauf regiert hat.

»Miriam hat Sie Ihre Mutter also genannt? Ein schöner Name!«, sagt der Nachbar.

Aber nein!, sie will sie nicht, sie braucht sie nicht, die Genugtuung, die ihr das bringen könnte, ein Flirt mit dem wahrhaftigen oder potenziellen ehemaligen Liebhaber ihrer Mutter.

»Wie geht es ihr?«, fragt der Nachbar, sie nickt. »Wie geht es Barbara?«

»Früher oder später werden Sie sich vermutlich selbst ein Urteil bilden können«, antwortet Miriam

Er nickt, sie nickt. »Schhhh«, denkt sie laut genug, schließt die Augen, hält ihm die Armbanduhr ans linke Ohr: Dass es tickt und er lächelt, kann sie jetzt nur noch spüren. Tick. Dass er sie mustert. Tick. Dass er etwas weiß. Tick. Dass er wissen muss, was sie nie wusste, nie wissen konnte, schon gar nicht wissen wollte, was sie nun aber erfahren könnte. Tick.

Oder besser nicht!

Besser nicht?

»Wir haben diesen Ort beide verlassen!«, sachte ergreift er Miriams Hand.

»Ich vor Ihrer Mutter«, hört Miriam. »Es war ihr gar nicht möglich, es zu verstehen, und«, ihre Augen öffnen sich, »ich konnte nichts erklären.«

Tick.

Wie nur, Hure Hoffnung, kannst du es wagen, dich zusammen und völlig gleichzeitig mit der Verlorenheit in ein und denselben Blick zu legen?

»Noch nicht«, sagt der Nachbar, und ganz leicht drückt er ihre Hand, bevor er sie zurück in Miriams Schoß legt. »Ich habe es ja selbst nicht verstanden. Noch nicht.« Er schüttelt den Kopf, steht auf, geht zum Fenster, lacht. »Keine fünfzig Jahre später beginnen die Dinge, sich zu klären. Dann rufen Sie an, um mir zu erzählen, dass Barbara hier ihren Sommer verbringen wird, und ich merke, es ist so weit.«

Er lacht, und so sehr sie auch möchte, Miriam kann nicht mit ihm lachen. Denn es sticht. Und es kann, es darf einfach nicht sein, dass sein Wissen, sein geheimes Wissen nur Barbara gilt. Es darf nicht sein, dass sie ihn nicht kennenlernen kann, bevor Barbara die Bühne betritt. Völlig idiotisch beginnt sie, ihr rechtes Handgelenk zu schütteln, das locker sitzende Band der Uhr verrutscht leicht, die Uhr selbst tickt weiter, unbeeindruckt, unparteiisch, gleichgültig.

Schon wieder lacht er, natürlich leise, er braucht keinen einzigen Laut zum Lachen, schon wieder schüttelt er den Kopf, dann lässt er, diesmal zielgerichtet, den Blick über all die Dinge schweifen, steht auf und durchquert in Zeitlupe das Zimmer.

»Eine ganze Weile habe ich gedacht, es ist besser, das Leben ohne Erinnerungen, zumindest gesünder.«

Miriam erschrickt vor ihrem eigenen Seufzen, aber auch darüber, dass er ihren Gedanken ausspricht, bevor sie ihn denken konnte. Das Nicken des Nachbarn allerdings gilt nicht Miriam, sondern einem Bild in ungewöhnlichem Querformat. Keine dreißig Zentimeter hoch, zwei Meter breit. Und sehr leicht, vermutet Miriam, als er es mit einer Hand von der Wand abhängt.

»Ein Gemeinschaftswerk. Mein Lieblingsbild«, sagt er.

Das Sofa seufzt, als Miriam sich erhebt, der Nachbar lächelt. Er hält ihr das Bild in Augenhöhe hin, bemüht sich, so bewegungslos wie möglich zu stehen, damit sie es in Ruhe betrachten kann. Miriam erkennt eine alles überragende stilisierte Blume mit eins, zwei, drei, vier, fünf, sechs, sieben zum Himmel gerichteten Blütenblättern, eine große rote Glühbirne und einen Bären. Ansonsten viele Linien, Blau und Grau.

»Als mir endgültig klar wurde, dass es einen krank macht, ein Leben ohne Erinnerungen, wollte ich meine Sammlung mit diesem Bild beginnen. Ursprünglich wollte ich die Halders fragen, ob es sich noch im Haus befindet, um sie gegebenenfalls zu bitten, es mir zu überlassen, notfalls sogar zu verkaufen. Dann sind mir die Erinnerungen doch zuvorgekommen. Manchmal genügt es, den Speicher zu öffnen, um an Erinnerungsstücke zu gelangen. Hier«, er deutet auf die bunte Bilderwand, »habe ich sie in Sicherheit gebracht. Die Halders waren sogar froh, so viele Erinnerungen fremder Leute mit einem Schlag los zu sein.«

Miriam nickt, auch wenn sie seinen Ausführungen nicht mehr folgen kann: Ihre Aufmerksamkeit ist längst von einem Akt unmittelbar neben dem abgehängten Bild in Anspruch genommen.

Kein Kinder-, kein Jugendfoto existiert von ihrer Mutter, trotzdem besteht kein Zweifel: Der Akt zeigt das blond gelockte Mädchen, das Miriam gerade noch vom Garten aus durch die Scheibe des Dornröschenzimmers gesehen hat. Auf dem Bild ein Teenager. Aber dieser traurige, fast melancholische Gesichtsausdruck ist ein und derselbe.

»Sie haben meine Mutter ... auch ... gemalt?«

Er winkt ab. »Das ist nicht Ihre Mutter«, sagt er und lacht. »Und ich kann nicht malen. Um es noch absurder zu machen: Das ist auch nicht meine Mutter. Obwohl Ihre Mutter das immer noch denkt. Obwohl ich sie selbst dreiundzwanzig Jahre meines Lebens für meine Mutter gehalten habe. Das ist Anna, Barbaras Tante. Als dieses Bild gemalt wurde, war Ihre Mutter noch nicht mal auf der Welt.«

»Von welchem Maler?«, fragt Miriam mechanisch, auch wenn sie auf einmal ganz viele, viel wichtigere Fragen hat. Tante Anna soll blond gewesen sein? Auf dem Bild, das ihre Mutter ihr vor Jahrzehnten geschenkt hat, das einzige Erbstück ihrer geliebten Tante, wie Barbara ihr versichert hatte, hat sie dunkle Augen und dunkles Haar. Miriam schüttelt den Kopf.

Tante Anna, die Tante ihrer Mutter, die aussieht wie ihre Mutter.

Eine traurige Schönheit, die sie bis heute für Tante Anna gehalten hat.

Beide Bilder müssen vom selben Maler stammen, zumindest daran kann kein Zweifel bestehen.

»Malerin. Meine Mutter war die Malerin. Ich bin der Sammler. Erst Jahre nachdem ich erfahren habe, wer meine wirkliche Mutter war, habe ich angefangen ihre Bilder zu sammeln, mir mein Erbe sozusagen selbst zu organisieren. Irgendwann dachte ich sogar, ich müsste sie alle besitzen, ausnahmslos.«

Miriam räuspert sich: »Das klingt – ein wenig – nach Besessenheit.«

Doch was heißt schon »besessen«? Man sehnt sich, das ist kein Scherz, nach Eltern. Vor allem nach Eltern. Barbara existiert, seitdem sie sich an sie erinnern kann, auch wenn so wenig in ihrem Tochterleben an die Existenz der Mutter erinnert. Auch wenn diese Mutter ihre Männer durch gezieltes Verlassen daran gehindert hat, einer Tochter zum Vaterersatz zu werden. Wieso soll er sie also nicht sammeln, die Bilder seiner Mutter! Sie selbst klammert sich doch just in diesem Moment wie eine Irre an einen Mann, der ihrer Mutter vielleicht mehr bedeutet hatte als jeder andere. Und somit vielleicht sogar ihr Vater hätte sein dürfen.

»Ich habe gar keine andere Wahl«, sagt er.

Und sie schüttelt nun nicht mehr ihr Handgelenk, sondern aufs Heftigste den Kopf: Für Millisekunden nur blitzt das Bild der blöde im Nachbargarten Versammelten, der von Miriam Berger höchstpersönlich einberufenen Abordnung Bezugsloser, auf.

»Ich habe gar keine andere Wahl«, sagt der, der nun plötzlich die einzige Verbindung zwischen ihr und ihrer

Mutter herzustellen vermag. »Sie konnte mir ihre Werke nicht selbst geben, nicht mal vermachen. Und die einzigen beiden, die ich schon mal in Händen hatte«, er wiegt das menschengroße Bild in seiner Hand, »dieses und noch ein anderes, ein Selbstporträt, habe ich vor Jahrzehnten hiergelassen.« Bei »hier« macht er eine Geste in Richtung Nachbarhaus.

Miriam muss erneut an die junge, hübsche, kein bisschen blonde Frau denken. Wieso ist sie eigentlich all die Jahre davon ausgegangen, dass das Bild Tante Anna zeigt?

»Mein einziges Erbstück von Tante Anna«, hatte ihre Mutter ihr flüsternd eingebläut, und Miriam hatte sich verpflichtet gefühlt, es zu ehren.

Natürlich hatte sie sich gefragt, wieso ihre Mutter ihr zu Lebzeiten schon das Bild einer Frau vererben musste, die sie – den wenigen Erzählungen zufolge – wie eine Mutter geliebt hatte, einer Frau, zu der Miriam aber keinerlei Bezug hatte? Das Bild, das Miriam in Werners Büro verbannt hat, nicht, weil es ihr nicht gefallen hätte, sondern – wie sie nun zum ersten Mal zu denken wagt –, weil sie einfach nicht daran erinnert werden wollte. Das Bild einer Fremden, geschenkt von einer Mutter, von der sie sich zeitlebens gewünscht hat, ihr ein bisschen weniger fremd zu sein.

Miriam lacht und dabei treten ihr die Tränen in die Augen. Seit drei Jahrzehnten also hütet sie das Porträt irgendeiner Frau. Vielleicht weiß nicht mal Barbara, wer diese Frau ist.

»Tut mir leid«, sagt der Alte und lässt sich voller Schwung aufs Sofa zurückfallen, »auch Sie haben Klarheit verdient: Ich habe nicht nur Barbara sehr gut gekannt, ich hatte mit ihrer ganzen Familie viel zu tun, viel zu lange. Das ist es, was ich Barbara heute endlich erklären kann. Am besten, ich lasse Sie allein, und Sie sehen sich so lange um, bis Sie genug haben.«

»Am besten«, wiederholt Miriam tonlos.

Soll sie nun ignorieren, dass es ihr fast körperliche Schmerzen bereitet, ihn Richtung Tür, Richtung Garten, Richtung Barbara oder Richtung sonst wohin verschwinden zu sehen, während sie hierbleiben soll?

»Darf ich ... Kann ich nicht mitkommen?«

»Haben Sie jemals Bruno Schulz gelesen?«, fragt er im Aufstehen, und Miriam zuckt unwillkürlich zusammen.

Ob er es bemerkt hat? Mit einer auffordernden Geste weist er Richtung Wohnzimmertisch, aber da, zwischen den staubigen Tassen, den staubigen Tellern und den Krümeln, liegt kein Buch, sondern ein Briefumschlag.

»Hab ich«, seufzt sie. »Hab ich«, wiederholt sie. »Meine Mutter hat mir *Die Zimtläden* geschenkt als ich acht war. Ich hoffe bis heute, dass sie selbst das Buch nie gelesen hat, andernfalls müsste ich sie für grausam halten. Jahrelang habe ich mir einen Pelikane und Kraniche züchtenden Vater gewünscht, nachdem ich mir zuvor jahrelang einen x-beliebigen Vater gewünscht hatte.«

»Verstehe«, sagt der Nachbar, »aber eins ist klar: Eltern zu haben, ist auch kein Garant für Glück.«

»Weiß ich«, sagt Miriam.

Vielleicht bleibt er ja doch noch ein wenig bei ihr, dieser Nachbar, in seinem staubigen Wohnzimmer, ein paar weitere Sekunden, Minuten oder Stunden, bevor er sie Richtung Tür, Richtung Garten, Richtung Barbara oder Richtung sonst wohin schon wieder für immer verlässt.

»Um bei Schulz zu bleiben: Sogar einen Vater, der ein Verhältnis zu unserer Haushälterin hat, hätte ich mir vorstellen können.«

»Verstehe«, sagt der Nachbar.

Natürlich versteht er gar nichts, und doch hat Miriam das Gefühl, dass er alles versteht, dazu kommt jetzt auch die Ahnung, dass er sie nicht mehr verlassen wird, auch wenn er gleich das Zimmer verlassen wird, und besonders gefällt ihr: Sie drehen sich im Kreis, und noch vor einer Stunde konnte sie an nichts anderes denken als an Barbara und jeden einzelnen der vor der Feier noch zu tätigenden Schritte.

Es tut gut, sich im Kreis zu drehen und dabei nicht das kleinste Bedürfnis zu verspüren, sich auch nur einen Schritt voranzubewegen.

Memoiren eines Fünfzehnjährigen

Mein Vater hatte die Augen so lange vor seiner Vergangenheit verschlossen, dass er, als er sie endlich aufmachte, gar nicht anders konnte, als wenigstens seinen Sohn zum Sehenden zu erziehen. Als in der zehnten Klasse der obligatorische Besuch im KZ Dachau anstand, hatte ich die Gedenkstätte mit meinem Vater schon mindestens sechsmal besucht. Vor allem, um wieder und wieder erfolglos im Archiv nach Werken meiner Großmutter zu forschen. Ich kann mich noch gut an den irgendwann – wenn auch mit schlechtem Gewissen – genervten Archivar erinnern, an das Wikingerschiff aus Holz und den Spielzeugsegelflieger, die von Insassen hergestellt worden waren. Und daran, meinem Vater vorgeschlagen zu haben, wenigstens diese mit nach Hause zu nehmen. Konnten wir natürlich nicht. Und Werke von Judith Neusüß fanden wir auch keine. Nicht im Archiv, nicht in den vielen Museen und noch mehr Kunstsammlungen, die wir abgeklappert, auch nicht bei den wenigen Privatleuten, die wir besucht haben. Unser einziger Erfolg war und blieb der Dachboden der Halders, und trotzdem suchte mein Vater

weiter und weiter. Dass die Suche erfolglos blieb – das nur eine von vielen steilen Thesen, zu der Menschen sich hinreißen lassen, wenn sie, wie ich, vom Lauf der Dinge überfordert sind, zum Beispiel davon, dass sie im Alter von neun erfahren, wie sehr sie mit der deutschen Geschichte verbunden sind –, schien ihn nicht zu entmutigen. Im Gegenteil, tagtäglich hatte er ein Ziel vor Augen, für das sich alles lohnte. Die von seiner Mutter angefertigten Porträts von Franz Bucher und von Karl König waren mit Namen und Dienstgrad versehen.
Immer wieder habe ich versucht, ihm die Suche, die Jagd auf weitere Generäle, auszureden, auch seinen fast größten Wunsch, ein Fest zu organisieren, sobald seine Sammlung vollendet wäre, ein Familienfest der ganz besonderen Art: eine feierliche Zeremonie, bei der Angehörigen von Nazis, die von seiner Mutter im KZ gemalt wurden, die von mir und ihm in aller Welt gesammelten Porträts ihrer Väter und Großväter überreicht werden sollten.
(Schon als ich vierzehn Jahre alt war, nannte ich ihn zum ersten Mal den »geheimen Simon Wiesenthal vom Ammersee«. Er konnte nicht darüber lachen.)
Mit großer Freude, nein mit Euphorie nahm er meine guten Noten in Englisch und mein Interesse für Spanisch zur Kenntnis. Er sah mich schon Briefe nach Argentinien schreiben, nach Chile.
Was ich bei unseren Besuchen in Dachau, unserer Tour durch Kunstsammlungen und Archive, unseren Reisen auf Dachböden und in Kellergeschosse allerdings zu keinem einzigen Zeitpunkt vermutet hätte: dass mein Vater seine Jagd jemals für beendet erklären würde, wie abrupt er es tun würde, und dass er es ausgerechnet wenige Tage vor Drucklegung dieses Buches tun würde.

Nach dreißig Jahren, von einem Tag auf den anderen, wegen eines einzigen Telefonats: Die Tochter seiner ersten Freundin Barbara rief an und verriet ihm, dass ihre Mutter nach fünf Jahrzehnten für einige Tage in ihren Heimatort zurückzukehren gedachte.

»Wie Sie wahrscheinlich auch wissen, hat Schulz nicht nur geschrieben, sondern auch gemalt.« Auch der Nachbar scheint es zu genießen, sich auf der Stelle tretend im Kreis zu drehen. »Im Getto genoss er als ›nützlicher Jude‹ einige Privilegien, was ihm letztendlich nichts genützt hat. Das verbindet ihn mit meiner Mutter.«

»Ihrer Mutter? Mein Vater? Als ich für ein kurzes Gespräch mit Ihnen, diese ...«, Miriam deutet einen Blick Richtung Nachbargarten an, leistet sich eine Kunstpause, »... Menschen da drüben verlassen habe, die mir mit zunehmendem Alter auch zunehmend zufällig zusammengewürfelt vorkommen, habe ich nicht erwartet, dass wir über Familie reden würden.«

»Und über Schulz. Auch meine Mutter war ›eine nützliche Jüdin‹, allerdings war sie nicht im Getto, und sie ist auch nicht erschossen worden. Sie war in Dachau. Sie hat sich umgebracht, nach dem Krieg, nach dem KZ.«

Während der letzten Minuten, nicht erst seit dem Zeitpunkt, in dem Miriam aufgefallen ist, wie wichtig ihr seine Reaktionen sind und wie wichtig deshalb ihr Gesprächsbeitrag, hat sie überlegt, ob sie ihm das Du anbieten soll oder einfach anfangen kann, ihn zu duzen. Jetzt gibt es nichts mehr zu überlegen.

Ohne auf ihre Reaktion zu warten, verlässt er das Zimmer. Sie hört seine Schritte im Flur, hört die Haustür ins Schloss fallen, sieht vor ihrem geistigen Auge, wie er, nicht mehr ganz so vergnügt, zum Gartenzaun schreitet, um sich im Liegestuhl niederzulassen. Mit dem befeuchteten Zeigefinger nimmt sie die letzten Kuchenkrümel vom Teller auf, sie trinkt den letzten Schluck Tee, greift nach dem Umschlag.

Das seufzende Sofa kommt ihr so viel menschlicher vor als sie selbst: Miriam Berger, Angehörige einer Nation, die eine ethnisch-religiöse Gruppe auslöschen wollte, sitzt im Zimmer eines Angehörigen dieser ethnisch-religiösen Gruppe, macht sich über Hygienestandards Gedanken und beweint dabei das schlechte Verhältnis zur eigenen Mutter. So viel menschlicher als sie selbst, die seine Worte, die die Wucht seiner Worte, so gerne rückgängig machen würde, und zwar ausschließlich deshalb, weil sie die magische Verbindung, die in der vergangenen Stunde zwischen ihr, der Urlauberin, und ihm, dem Fremden, entstanden ist, empfindlich stört. So viel menschlicher als sie, die sie mechanischen Schrittes Richtung Bilderwand schreitet und selbst nach dieser Begegnung ihre Sehnsucht nicht unterdrücken kann. Zurück, heim, nach Hause will sie. Nur, zu Hause liegt nicht bei ihrer Familie im Nachbargarten, nicht in ihrer und Werners Wohnung in München, nicht in Köln und nicht in einem Flugzeug Richtung Malediven, oder wo auch sonst Barbara sich im Moment aufhalten könnte.

Memoiren eines Vierzehnjährigen
24.12.1987

Sehr geehrter Herr Simon Wiesenthal,

ich weiß nicht, wie viele Briefe aus aller Welt Sie jedes Jahr bekommen, und von Ihnen werde ich es auch nicht erfahren, denn ich werde diesen Brief nicht abschicken.

Deshalb kann ich Ihnen heute auch ruhig frohe Weihnachten wünschen, es wird Sie nicht beleidigen, dass ich Ihnen zu einem Fest gratuliere, das Sie wahrscheinlich gar nicht feiern.
Frohe Weihnachten!
Ich bin der Sohn eines Mannes, dessen Vater im KZ ermordet wurde und dessen Mutter das KZ überlebt und sich direkt nach dem Krieg umgebracht hat.
Mein Vater: Erst wusste er nichts von seiner Vergangenheit, dann wollte er nicht noch mehr von seiner Vergangenheit wissen, und irgendwann hat er sich doch zur Aufgabe gemacht, die Kinder von denen zu finden, die meine Mutter im KZ schikaniert haben.
Ich bin der Sohn eines Vaters, der wieder stark ist, seitdem er eine Aufgabe hat und glaubt, die Ermordung seiner Mutter rächen zu können.
Und deshalb bin ich auch sein Komplize: Ich bin sein Sohn, der weiß, dass sein Vater es nicht packen wird, falls er irgendwann mal feststellen muss, dass er seine Aufgabe nicht meistern wird.
Sehr geehrter Simon Wiesenthal, vielleicht könnten Sie meinem Vater helfen, die Leute zu finden, die er sucht. Vielleicht müssten Sie ihm aber auch seine Hoffnung nehmen.
Vielleicht aber könnten Sie ihm auch helfen, damit klarzukommen, dass er seine Aufgabe nicht meistern wird. Vielleicht würde das auch mir helfen?
Das Gute ist, dass ich Ihnen, DEM Simon Wiesenthal, alles schreiben kann, was mir einfällt – Sie bekommen den Brief ja doch nicht.
Das Traurige ist, dass Sie uns ja vielleicht wirklich helfen könnten … Was weiß ich! Was weiß ich?

Lieber Simon Wiesenthal, es war keine besonders schlaue Idee, Ihnen zu schreiben, Ihnen so zu schreiben. Deshalb wird dies auch mein letzter Brief an Sie sein, den Sie nicht bekommen werden.
Falls ich Ihnen jemals noch einen Brief schreiben werde, bekommen Sie ihn,
Ehrenwort!

Hochachtungsvoll,
Ihr
Fadi Berger

Da ist es wieder, das Gefühl, das Miriam gerade mal für den Bruchteil einer Sekunde am Vormittag auf dem Flughafen verspürt hat: Barbara.

Die Mutter, die nie da war. Sie wird erwartet, doch sie kommt nicht. Vorstellung beendet, sie selbst – noch mal davongekommen!

Aber die Vorstellung ging und geht auch ohne Barbara weiter, weshalb Miriam, nun allein, nicht dagegen ankämpft, sich der Erleichterung hinzugeben – und der Hoffnung.

Der Mann, den sie heute Nachmittag kennengelernt hat. Der Mann, in dessen Wohnzimmer, vor dessen Bilderwand sie jetzt alleine steht: eine jüdische Mutter – sie kann ihre Gedanken nicht unterdrücken –, die nicht umgebracht wurde, sondern Selbstmord begangen hat nach dem Krieg.

»Eine Ausnahmebiografie«, hört sie Werner schon sagen, doch Werner hat nichts zu sagen, hier und jetzt. Schweres Schicksal, Staub, Dunkelheit, Wucht der Worte und Stille hin oder her, hier oder im Garten vor der Tür. Kein bisschen schwermütig wirkt er, der Nachbar. Leichtfüßiger und unprätentiöser, ernsthafter und gleichzeitig humorvoller als dieses bunte Sammelsurium an gut gemalten

Stillleben, Tierstudien und Ausflügen ins Abstrakte kann eine Kunstsammlung gar nicht sein: Sogar ein amüsiert wirkender Dalmatiner stellt sich zwei Gemälden von düster dreinblickenden Generälen in den Weg. Miriam kann ihn förmlich spüren, den Pakt, den Hund und Malerin für die Dauer der Porträtsitzung geschlossen haben müssen. Die Generäle scheinen sich für wesentlich wichtiger zu halten als die Malerin sie.

Endlich kann auch Miriam wieder atmen. Sich dem Briefumschlag widmen.

Für Barbara, 3. Juli 2013 steht da, *Für Benjamin, Juli 1945* durchgestrichen darunter. Mit großer Wahrscheinlichkeit ist es nicht ein und dieselbe Person, die einem Benjamin und ihrer Mutter ein und dieselbe Botschaft zukommen lassen wollte. Es war der Nachbar und niemand anderes, der diesen Brief zwischen Teetasse und Kuchenkrümeln auf dem Wohnzimmertisch platziert und sie, Miriam, noch vor wenigen Minuten mit einem Nicken dazu ermutigt hat, den Brief zu öffnen.

Sie lächelt. Luft, echte Blumen, denkt sie. In den Garten will sie, schnell, plötzlich spürt sie, dass ihre Mutter keineswegs in Köln geblieben ist, ins Flugzeug Richtung Malediven gestiegen, sondern ganz eindeutig auf dem Weg hierher, also schnell! Es fühlt sich kein bisschen falsch an, diesen an einen Benjamin geschriebenen, an ihre Mutter neu adressierten Brief nun im Garten ihrer Vorfahren zu lesen. Doch bevor sie die Tür erreicht hat, lässt sie etwas innehalten.

Da drüben, ganz links, am äußersten Rand ihres Sichtfelds. Da drüben, zwischen Dalmatiner und dem Porträt von Tante Anna, da drüben, die Mützen der Männer, die Miriam gerade noch für eine Parodie gehalten hat, sind mit Totenköpfen versehen.

Noch einmal lässt Barbara sich aufs Sofa sinken, diesmal seufzt sie mit ihm.

Mein lieber Sohn,
wirst Du, mein lieber Benjamin, so es Gott, den es meines Wissens nicht gibt, oder Deine »Mutter« will, vielleicht in einigen Jahren lesen, und Dich wundern, warum eine Dir Fremde diese Anrede wählt. Ich kann und will nicht entscheiden, ob es richtig ist, Dir diesen Brief überhaupt zukommen zu lassen, und wäre ich noch die, die ich einst war, würde Dein Vater noch leben, hätte ich auch nur einen Rest Hoffnung, dass sich mein Leben noch zum Guten wenden und ich an Deinem Leben teilhaben könnte, so würde ich leben und weiterkämpfen, um Dir all das, was ich nun schreibe, irgendwann selbst zu erzählen oder – besser noch – gar nicht mehr erzählen zu müssen.
Mit Deiner Mutter – ich werde sie in diesem Brief jetzt nur noch »Deine Mutter« nennen, denn wenn ich von hier weggehe, wird sie endgültig Deine Mutter sein – habe ich abgemacht, dass ich morgen in aller Frühe für immer das Haus verlassen werde. Sie hat mir Geld angeboten, was ich abgelehnt habe. Da, wo ich hingehe, brauche ich kein Geld. Das Einzige, was ich mitnehmen will, ist die Erinnerung an Dein Lächeln im Schlaf.
Denn während ich nun im Haus Deiner neuen Eltern diesen Brief schreibe, liegst Du schlafend im Nebenzimmer. Gerade erst habe ich mich zu Dir geschlichen und Dir über die geschwungenen Brauen gestrichen, die so sehr denen Deines Vaters ähneln.
Ich habe Deine Hände in die meinen genommen, sie geküsst.
Ich habe Dir einen Kuss auf die Stirn gedrückt, auf die Wangen, auf die geschlossenen Augen. Ich habe mir eine Deiner weichen Locken um den Finger gewickelt. Ich habe meine Wange an Deine gelegt und mit Dir ein- und ausgeatmet, und Du hast im Schlaf gelächelt. Ich war bei Dir, und Du warst bei mir.

Es bricht mir das Herz, dass ich Dich verlassen muss, nachdem ich Dich endlich wiedergefunden habe. Aber ich bin zuversichtlich, ich muss zuversichtlich sein, dass Du ein Leben haben kannst und wirst.
Noch bevor der Krieg anfing, noch bevor der Wahnsinn anfing, der den Hass oder die Vergeltungssucht Deiner vermeintlichen Mutter über mich brachte, habe ich erfahren, dass sie lieben kann. Ich bin fest davon überzeugt, dass sie Dich liebevoll großziehen und Dich zu einem Menschen machen wird, der die Wahrheit irgendwann verkraften können wird. Und doch ist die, die Dich so liebevoll umhegt und Dir vielleicht die Wahrheit vorenthalten haben wird, eine, die buchstäblich über Leichen ging.
Du, mein Benjamin, Du Sohn von Jonas und Judith, hast mich in meinen Träumen begleitet, selbst wenn ich Dich vergessen und freigeben wollte, warst Du mir nah. Seltener habe ich auch jenen Traum geträumt, der mich die Wochen und Monate vor Deiner Geburt begleitet hatte, und einige wenige Male waren wir, waren Du, Dein Vater und ich, im Traum der Ankunft in Amerika wieder ganz nah.
Von der Reling aus haben Dein Vater und ich Deinen Großeltern und Tanten gewunken, die vor Freude außer sich waren:
Ihre Tochter, ihr Enkelkind, und ihr Schwiegersohn waren doch noch in New York angekommen, und endlich würden sie ihren Neuanfang wagen können. Leider bin ich, selbst im Traum, kein einziges Mal über die ersten Stufen der Gangway hinausgekommen. So kann ich Dir nicht mal schildern, wie es sich hätte anfühlen können, von Deiner Familie in New York aufgenommen zu werden.
Der Krieg ist vorbei, Dein Vater ist tot, von den Nazis ermordet. Auch ich bin kein Mensch mehr. Ich habe gehofft, wieder einer zu werden, in fünf, in zehn, in zwanzig Jahren, wenn ich Dich vorher nur wieder bei mir habe und Du mich bei Dir hast und wir zusammen dieses Land verlassen können.

Ich bin zu Dir zurückgekehrt. Ein Koffer voller Bilder war mein einziges Boot, mit dem ich Dir entgegengeschifft bin. Ich hatte gehofft, Du könntest mein Anker sein und mit Dir, nur mit Dir, könnte ich weitersegeln.
Anna sagt, Du bist ihr Sohn.
Sie sagt, ich habe weder Beweise noch Zeugen, dass das nicht so ist.
Sie sagt, jeder wird verstehen, dass ich irr rede, nach dem, was ich erlebt habe. Dass ich nur nicht glauben soll, dass mir alle glauben werden.
Dass ich nur nicht glauben soll, dass diejenigen, die mir glauben, mir auch helfen werden.
Sie sagt, der Krieg ist aus, aber ich solle nicht glauben, dass irgendjemand im Ort mir wohlgesonnen sei.
Sie sagt, den meisten hier geht es nun schlechter als während des Krieges, und auch wenn sie es den Amerikanern nicht sagen, wissen sie, dass das unsere Schuld ist.
Sie sagt, ich soll verschwinden und mich nie wieder blicken lassen.
Sie sagt, es ist meine Schuld.
Ich hätte sie vor neun Jahren nicht verlassen dürfen.
Ich hätte Dich vor sechs Jahren nicht verlassen dürfen.
Dabei habe ich Dich nie verlassen, am Tag Deiner Geburt, seit dem Tag Deiner Geburt.
Ich werde nun gleich ein letztes Mal in Dein Zimmer treten, um ein letztes Mal Dein Lächeln zu sehen, das ich mit mir nehmen werde.
Verzeih mir, in Liebe, Deine Mutter.

(Abschiedsbrief von Judith Neusüß, geborene Frei, die sich das Leben nahm, zwei Tage nachdem sie in ihr ehemaliges Haus zurückgekehrt war – mit dem Vorsatz, Anna zu erpressen und ihren Sohn zurückzuholen. Ich selbst war während Frau Neusüßens Aufenthalt nicht zugegen, musste mich im nahe gelegenen

Weilheim einer dreitägigen Gesinnungsprüfung der Alliierten unterziehen. Als ich zurückkam, lag die Tote bereits einen Tag bei uns im Haus. Anna hatte sich geweigert, das Zimmer zu betreten, und mich gebeten, mich um alles zu kümmern, was ich sowieso als meine Pflicht und Aufgabe gesehen hätte. Die erste Maßnahme, noch vor Entsorgung der Leiche, war, diesen Brief verschwinden zu lassen: Benjamin wird ihn niemals zu Gesicht bekommen. Anna auch nicht.

Auch wenn ich mich während meiner Zeit in Dachau und schon weit vorher immer wieder davon überzeugen konnte, wie sehr sich Menschen jüdischer Abstammung nicht nur in Todesgefahr in den schamlosesten Lügen ergehen, um ihr wahres Wesen zu verschleiern, darf diesen Aufzeichnungen der Frau Neusüß wohl weitgehend Glauben geschenkt werden.)

1983: Benjamin

Und dann kam der 12. September.

Am Morgen des 11. Septembers hatten Vater und Sohn ihre Zelte am Ammersee abgebrochen. Sie mussten zurück in die Stadt, um Monikas und Fadis Wohnung zu putzen und mit Willkommensblumen zu schmücken.

»Blumen kaufen wir ihr, nur Blumen, kein Altmetall und keine Ketten, denn mit Gewalt kannst du keinen Menschen an dich binden«, hatte Benjamin auf der Fahrt nach München gesagt.

Fadi, der diese Aussage im Gedächtnis behielt, würde erst Jahre später entdecken, dass sich sein Vater auf den Schriftsteller Jacques Prévert bezogen hatte, wie er sich Jahre seines Lebens immer auf irgendjemanden oder irgendetwas bezogen hatte, um zu erklären oder sogar zu rechtfertigen, warum er machtlos war gegenüber dem Lauf der Dinge, dem Verstreichen der Zeit, dem Schwinden der Liebe, machtlos gegenüber der Machtlosigkeit.

Während des Aufräumens stieß Benjamin immer wieder auf Anzeichen, dass die Wohnung schon lange nicht mehr nur Monikas und Fadis Wohnung war, und während Fadi Blumen arrangierte und den Verdacht seines Vaters kleinlaut bestätigte, fiel Benjamin auf, dass ihm die Vorstellung nichts ausmachte.

Er warf eine Unterhose, die ganz offensichtlich nicht Fadis war, in den Wäschekorb, und sagte sich, dass Monika einen Mann an ihrer Seite verdiente, der sie liebte, und vor allem, den sie liebte.

Im Kinderzimmer, auf Fadis Schreibtischstuhl, thronte eine aus Metallrohren zusammengeschweißte E. T.-Figur, der er, der sich geweigert hatte, den Film mit seinem Sohn zu sehen, und der Metallschweißereien, wie künstlerisch sie sich auch gebärdeten, schon immer als angekitschtes Kunsthandwerk abgestempelt hatte, ganz ohne Neid tiefste Ausdrucksstärke und wahre künstlerische Qualität attestieren musste.

Er fand, dass Fadi einen zusätzlichen Vater verdient hatte, einen Stiefvater, der ihm im Idealfall all das bot, was er selbst ihm nicht bieten konnte.

Als er zum gefühlt achtzehnten Mal den Staubsaugerbeutel ausleerte, um zu kontrollieren, ob er nicht aus Versehen einen von Monikas wertvollen Ohrringen, einen zerknüllten Zehn- oder Zwanzigmarkschein eingesaugt hatte oder auch nur eins ihrer Haarnester, die sie für einen undurchsichtigen Zweck in einem hohen, schmalen Glaszylinder sammelte, wurde er ganz ohne Vorwarnung von einer warmen Woge der Zuversicht erfasst, die ihn in einen Sessel fallen ließ, den er seiner Ex-Frau vor wenigen Monaten ohne Groll, doch voller Trauer überlassen hatte.

Es war nicht aussichtslos, dass Monika Fadi bei seinem Vater leben ließ. Es war nicht aussichtslos, dass er eine Wohnung am Ammersee finden würde. Dass es ihm, auch wenn er sich die letzten achtzehn Jahre mehr oder weniger geweigert hatte, möglich war, der Geschichte seiner Familie nachzugehen, hatte er in den letzten Wochen erfahren.

»Fadi, wir brauchen noch mehr Blumen. Und dann lass uns überlegen, was du am besten kochen kannst und was ich. Wir werden deiner Mutter einen Empfang bereiten, an den sie sich ein Leben lang erinnern wird.«

Und dann kam der 12. September.

Beim Frühstück ließ sich Benjamin von Fadi überreden, Monika mit ihrem Cabrio vom Flughafen abzuholen.

Fadi hatte ein schlagkräftiges Argument: »Ist dir eigentlich schon mal aufgefallen, Papa, dass ich fast alles, was ich mit dir mache, vor allem mache, damit es dir gut geht? Und du denkst, es geht mir automatisch gut, wenn du nur irgendwas mit mir machst. Deshalb bestimme ich heute, wie wir zum Flughafen kommen, einfach so.«

Fadi nahm seinem Vater außerdem das Versprechen ab, dass er versuchen dürfe, Monika zu überreden, direkt vom Flughafen aus gemeinsam zum Baden zu fahren.

Als Benjamin zum Plattenregal ging und mit sicherem Griff die Kinks-Single *Days* herauszog, zog Fadi mit ebenso sicherem Griff den Stecker des Plattenspielers aus der Dose, verbot seinem Vater, melancholisch zu werden, und schaltete das Radio ein, in dem gerade die Nachrichten liefen.

Eine weibliche Stimme verkündete, dass in den Morgenstunden eine Lufthansa-Maschine auf dem Flug von Miami nach München über dem Atlantik abgestürzt sei.

»Nein«, sagte Benjamin, und: »Nein!«, schrie und heulte sein Sohn Fadi am Morgen des 12. Septembers 1983.

2013: Nachmittag vor dem Fest (Erkenntnis)

»Darf ich mich setzen?«

Miriam sitzt, den Brief in den Händen haltend, den Blick ins Leere gerichtet, die nackten Zehen in den moosigen Boden gekrallt, unterm Walnussbaum, und es dauert, bis sie die Umrisse, die Worte, die Bitte des Mannes wahrnimmt, der wohl schon einige Zeit vor ihr steht, bereits in die Hocke gegangen ist und gestenreich auf die Briefbogen in ihren Händen weist.

»Wie ich ...«, er räuspert sich, unterbrochen vom lautstarken Keckern eines Eichelhähers – aber wovor kann dieser denn jetzt noch warnen? »Wie du am Umschlag erkennen konntest, ist der Brief für Barbara bestimmt.«

Das Keckern bricht nicht ab. Vielleicht ist es keine Warnung, sondern nur die Genugtuung eines Vogels gegenüber dem stolzen Menschen, der, Luftgespinste spinnend, nach Erhebung und moralischer Erhöhung trachtend, doch nichts weiter kann, als von der Geburt bis zum Tod flügellahm am Boden zu kriechen.

»Aber natürlich ... ist er auch für dich von Interesse. Deine Mutter weiß bis heute nicht, wer Tante Anna war.« Er lacht: »Oder besser gesagt: Wer sie nicht war.«

Das Keckern ist nun direkt über ihnen, der Häher macht es sich auf dem Ast neben dem doppelt und dreifach verknoteten Seil der Schaukel bequem, und erst jetzt wird Miriam bewusst, dass er dort schon – ganz ohne Keckern – den frühen Morgen und einen Teil des gestrigen Abends verbracht hat.

Ist es inkonsequent, wenn ein Eichelhäher sich zu einem Walnussbaum hingezogen fühlt? Ist es Verrat?

»Sie weiß bis heute nicht, dass ich nicht ihr Cousin bin.« Der Häher keckert.

»Und sie nicht meine Cousine ist«, jetzt lacht er, der Häher. »Wie weit bist du gekommen, warst du noch bei ihrem Brief oder schon bei Onkel Karls Erläuterungen?«

»Erläuterungen!«, sagt Miriam, der Häher schreit. »Wenn ich eine Tochter hätte oder einen Sohn, würde ich gar nicht erst damit anfangen, ihnen Dinge zu verschweigen.«

»Dann bist du klug und mutig«, sagt Benjamin, »so wie Fadi: klüger als ich – und mutiger, viel mutiger.« Plötzlich scheint er es sehr eilig zu haben, ihr jede einzelne Seite aus der Hand zu nehmen. »Es gibt diese Geschichten von Briefen, die jahrzehntelang unterwegs sind. Von verzweifelten Menschen, die sich erst wiedersehen, nachdem die Briefe schließlich doch noch angekommen sind. Ich hätte Barbara schon vor fünfzig Jahren einiges erklären können, aber ich habe mich wohl nicht getraut.«

Liegt da Trauer in Benjamins Blick – oder Erleichterung? Heiß und nass ist das, was ihr nun in die Augen steigt, aber sie lacht, und mit einem einzigen Flügelschlag des Hähers verabschiedet sich das, was sie seit den frühen Morgenstunden für Sodbrennen halten wollte.

Und Barbara ist Barbara ist ihre Mutter ist eine junge Frau in einem Haus voller Lügen. Ist schutzlos in diesem Haus und einsam ohne Benjamin, ohne ihn, den Cousin, ohne ihn, den Freund, der gegangen ist ohne sie, ohne Barbara, ohne ihre Mutter.

»Natürlich muss sie alles erfahren!«, sagt Miriam. »Besser mit fünfzig Jahren Verspätung als nie«, schiebt sie ein klein bisschen weniger überzeugend hinterher – hoffentlich will sie das auch.

Oktobernachmittag. Zwei Monate, eine Woche und fünf Stunden zuvor hatte Fadi die Königin seiner Kindheit zum letzten Mal im Leben gesehen. Erfolgreich hatten ihre weichen Haare beim Abschied am Flughafen das trockene Gefühl der Trauer aus Fadis Nacken gekitzelt. Und sogar Benjamin hatte das Kunststück vollbracht, in sich gekehrt zu strahlen.

Sellerie!, hatte Fadi vielleicht nicht gedacht, vielleicht nicht einmal gerochen, vielleicht nur vage gespürt, vielleicht nur geahnt oder gar geträumt, als er sein Gesicht zum letzten Mal zwischen Schlüsselbein und Hals seiner Mutter vergrub. Sellerie!

Oktobernachmittag. Fadi lag, wie schon am Vortag, wie am Tag davor schon, wie alle Nachmittage, seit er es gewagt hatte, mit dem schlichten Anschalten eines Radios seine Mutter für immer aus seinem Leben zu verbannen, keine drei Millimeter von seinem Vater getrennt im Bett und roch Sellerie.

Sah, dachte, spürte und fühlte: Mutter. Vater. Mutter-Vater-ich.

Dreißig-, dreihundert-, dreitausendmal hatten sie der Tonnadel inzwischen erlaubt, den Schmerz des Verlustes aufs Neue und Neue und Neue in ihre Seelen einzutätowieren: Dreißig-, dreihundert-, dreitausendmal hatten sie den Kinks erlaubt, aufs Neue und Neue und Neue die Tage heraufzubeschwören:

Tage mit dem Wunderwesen vom Kölner Hauptbahnhof,
Tage mit der Kieselsteinzauberin vom Isarstrand,
Tage mit der Geschirrwerferin aus Temperamento,
Tage mit der Pfützensammlerin aus Portugal,

Tage mit der irren Hexe, die alle Zweifel mit einem einzigen Kuss in andere Universen befördert – erst mal,

Tage mit der verrückten Fee, die alle Schmerzen mit einem Luftbussi für immer verschwinden lässt – erstmal,

Tage mit der Erfinderin der abendlichen Frühstücke und morgendlichen Abendessen, der nächtlichen Mittagessen, der mittäglichen Traumstunden, der Neu-, Neust- und Noch-mal-Neust-Erfinderin ihrer selbst, der Entdeckerin bis dato unbekannter Städte, Länder, Kontinente, der Gründerin, Begründerin und Großmeisterin neuer Theorien, Philosophien, Weltanschauungen.

MoniFadiBenjalustichachwieeuphoretisch.

Tage mit der Nackenkitzlerin, der Bauchnabelpusterin, der Backenzwickerin, der Ohrwurmpflegerin, der Gesundkitzlerin, der Nervensägerin und -tänzerin, der Geborgenheit, der Hitze, der Wärme, der Liebe.

Endlos waren die Tage nicht gewesen.

Fadi lag im Kinderbett. Sein Vater lag im Kinderbett. So eng die zwei auch ins Bettchen gezwängt, so eng die beiden auch aneinandergepresst waren – SIE fehlte.

Fadi lag im Kinderbett, einen kleinen roten Plastikrahmen in der einen, einen gelb-grünen Wollfaden in der anderen Hand. Der Faden roch nach IHR, roch nach Sellerie.

Nachdem der Radioapparat seine Mutter getötet hatte, war Fadi in ihr Schlafzimmer geeilt. Momente oder

Stunden später hatte er sich in ihrem Bett wiedergefunden, die Hände zu Fäusten geballt, die Fäuste voller Wollfransen, die Lieblingsdecke seiner Mutter unter, auf, neben ihm zu Fetzen gerissen.

Oktobernachmittag.

Benjamin versuchte, den Bilderrahmen aus Fadis Klammergriff zu lösen. Als er den Zeigefinger und Mittelfinger seines Sohnes so gewaltlos wie möglich nach hinten gebogen hatte, entfuhr ihm ein Schluchzer: Der Rahmen enthielt ein Passbild von Monika, ein Kinderfoto, das Benjamin noch nie zuvor gesehen hatte. Keine sechs Jahre alt mochte das Mädchen auf dem Bild sein – die Neugier, die Verrücktheit, die Wärme, die Liebe lagen schon in ihrem Blick.

Auch Fadi schluchzte.

Ein Düsenjäger dröhnte.

Die Luft, die durchs gekippte Fenster direkt aufs Kopfkissen stürzte, war von brutaler Frische. Die Sonne, die das ganze Bett ausfüllte, schien orangefarbener als je zuvor.

Es roch nach Mutter,
es roch nach Sellerie,
ein Düsenflieger dröhnte,
das Dröhnen verhallte,
der Hall verschwand, verschluckt vom klaren Himmel.

»Papa, bitte hilf mir!«, flüsterte Fadi. »Sei stark!«, sagte er, und als sein Vater ihn an sich zog und drückte, als er nickte, wusste Fadi: Sie waren gerettet.

Am 30. Oktober 1983 teilten sich Fadi und Benjamin im Drehrestaurant auf einhunderteinundachtzig Meter Höhe ein knuspriges Hähnchen. Auch in Zeitlupe sich im Kreis drehend konnte Benjamin sich nicht davor schützen, erneut in die tiefsten Tiefen des einundachtzig Meter tiefen Ammersees hinuntergezogen zu werden.

Nach dem Essen traten sie auf die Aussichtsplattform des Olympiaturms hinaus. Fadi holte aus einer kleinen grünen Werkzeugumhängetasche ein Feuerzeug und ein Marmeladenglas. Im Marmeladenglas befand sich eine Kerze, die er mit Wachsbuchstaben und -bildern beklebt hatte: *F + M + B*, eine Sonne, ein Mond, ein Stern, eine Wolke, ein Segelboot, aus dessen Bug drei lachende Gesichter lugten. Benjamin zog aus einer Gesäßtasche einen Brief, den er und Fadi in der Nacht zuvor verfasst hatten.

Fadi entzündete die Kerze und küsste den Brief, Benjamin küsste den Brief und reichte ihn Fadi. Schon erhob sich das verkohlte Blatt Papier, ein filigraner Rabenvogel, in die Lüfte, um sich ohne Umwege und Unterbrechungen auf den Weg zur Himmelspforte zu machen.

Als Fadi und Benjamin ihren Blick vom Himmelszelt abwandten, stand ein Wachmann neben ihnen. Er hatte das Schauspiel in aller Seelenruhe beobachtet und kommentierte es nun mit tadelndem Zungenschnalzen.

Benjamin zuckte entschuldigend mit den Schultern. Fadi schnitt eine Grimasse.

Dann lächelten sie, alle drei.

Anfang November 1983 wurde Fadi zum Alleinerben eines nicht unbeträchtlichen Vermögens erklärt. Mitte November schlug er seinem Vater vor, einen Teil des Vermögens in den Kauf des Hauses am Ammersee zu investieren. Sein Vater sagte nicht Nein.

»Yes!«, schrie Dietlind, der Fadi nun zum ersten Mal als Halbwaise entgegentrat, als sie erfuhr, dass ihr Freund nun für immer in ihrer Nähe sein würde.

Weihnachten 1983 feierten Benjamin und Fadi bereits am Ammersee.

»So schnell ging alles«, sollte Fadi in den *Memoiren eines heute fast Vierzigjährigen* schreiben, »exakt zwei Jahrzehnte nachdem mein Vater sein Erbe ausgeschlagen hatte, das ihm im Alter von dreiundzwanzig ein Haus, ein Heim, einen Nussbaum und all die Schrecken seiner Familiengeschichte beschert hätte, nahm er das Erbe seines Sohns an, das ihm ein Haus, ein Heim und einen Birnbaum bescherte, einen Ort, an dem er endlich bereit war, dem Schrecken seiner Familiengeschichte ins Auge zu blicken.«

Weil Fadi die drei Jahrzehnte nach dem Tod seiner Mutter ein großartiger Junge geblieben war, der seinen Weg gemacht, seinen Vater auf dessen Weg und bei dessen Suche unterstützt hatte, beschloss er, im Leben wie in seinen Memoiren auf ein Unterkapitel mit dem Arbeitstitel *Was der Tod meiner Mutter mit mir machte* zu verzichten.

1936: Anna
(Anna, 21)

Sie hat meinen Tierarzt getroffen?

Sie hat den Tierarzt getroffen, ohne mich?

Sie, die sich nichts aus Tieren macht?

Ihn, der mir vorgeschlagen hat, dass wir uns wiedersehen?

Sie hat meinen Tierarzt getroffen, der doch gar keine Zeit hatte, sich zu treffen?

Anna stand blöde dreinblickend – das war selbst ihr klar – unter »ihrer« Birke, sah *J + A* – verschwommen, aber ganz nah –, sah – etwas ferner – rotes Rinnsal, sah Birkenrinde auf frischem Schnitt, hörte Judiths Lachen, sah – wieder ganz nah – leuchtende Augen, sah – weiter weg schon – Judiths ewig belustigten Blick und dann plötzlich nur noch Judith, die Kecke, Judith, die Kokette, Judith, die Stadlers »illustre Überraschung« aus der großen Stadt gleich mal in ihre Schranken wies.

Anna sah und hörte. Anna meinte sogar, den Duft von Judiths Haaren zu erahnen – und sie verstand nichts.

Wochen waren vergangen seit ihrem letzten gemeinsamen Besuch beim Stadler, und zu Annas Verwunderung war Jonas noch nicht wieder an den See zurückgekehrt, zumindest nicht zum Stadler: Jonas Neusüß hatte schlicht und einfach keine Zeit, wie Judith vom Stadler und Anna von Judith erfahren hatte. Judith war in letzter Zeit ständig beim Stadler gewesen, um Licht und Leid, Hell und Dunkel weiterzuentwickeln.

Anna – zum Leidwesen ihrer Eltern noch immer nicht unter der Haube – war nun Leibeigene der Familie.

Nach Judiths Ausführungen übers Heiraten und Kinderkriegen hatte sich Annas Vater am Abend ihres

Einundzwanzigsten doch noch eine Geburtstagsüberraschung für seine Tochter ausgedacht: »Solange sie es nicht für ihren Mann tut, kocht und putzt sie für ihre Familie.«

Damit waren die täglichen Treffen vorbei, es gab nur noch wenige Momente, in denen sie mit Judith die sein konnte, die sie eigentlich sein wollte. Nur noch der Sonntag gehörte nach dem Kirchgang Judith und ihr allein.

Judiths Eltern wären nicht mal auf die Idee gekommen, das Talent ihrer Tochter mit lästigen Dingen wie Kochen und Putzen zu beschneiden. Im Gegenteil: Sie bestärkten Judith noch darin, wann immer der Stadler Zeit fand, mit ihm gemeinsam zu malen.

Als Anna vierzehn war, auch noch mit fünfzehn und sechzehn, hatten sie und ihre Brüder im Sommer regelmäßig Heu auf einer großen Wiese gemacht, die ihre Familie in Pacht hatte. Die Wiese hatte einem Schriftsteller gehört. Auch er hatte Anna einst ins Poesiealbum geschrieben. Die Seite war allerdings irgendwann plötzlich herausgerissen gewesen, und als ihre Eltern von einem Tag auf den anderen beschlossen hatten, »diesen Juden nicht noch reicher zu machen« und den Pachtvertrag zu beenden, hatte Anna Judith nur erzählt, ihre Familie hätte im Moment nicht genügend Geld für die Pacht.

Vor wenigen Wochen hatte sich dieser Schriftsteller erschossen. Er, der im Ersten Weltkrieg als Offizier an der Front gekämpft hatte und stolz darauf gewesen war, hatte an einer örtlichen NSDAP-Versammlung teilgenommen, in der die Stimmungsmache – so der Stadler – gegen Juden unerträglich gewesen war. Er hatte sich mit den Worten »Wir werden sehen« verabschiedet. Wenige Tage später hatte er in seiner Villa erst seinem Bernhardiner und anschließend sich selbst eine Kugel in den Kopf gejagt.

Als der Stadler vom Tod des Schriftstellers erfahren hatte, hatte er sofort seine Mitgliedschaft gekündigt. Er hatte auch einen Leserbrief für die *Oberbayerische Rundschau* verfasst, der Herausgeber allerdings hatte sich geweigert, ihn abzudrucken, und Stadler sogar mit einer Anzeige gedroht.

Und plötzlich interessierte sich der Landschaftsmaler auf seine alten Tage für abstrakte Kunst und beschloss auch noch, diesem Interesse ausgerechnet mit einer Jüdin nachzugehen. Den Freis imponierte das, und während sie Frau und Tochter von Judiths erstem Zeichenlehrer nur noch heimlich trafen, hatten sie – so zumindest hatte es Judith Anna erklärt – wohl die Hoffnung, dass es noch weitere Stadlers im Dorf gäbe.

Wie jeden Sonntag nach der Kirche war Anna mit Judith am Taubenturm verabredet gewesen, aber Anna, die wie jeden Sonntag nach dem Segen als Erste aus der Klosterkirche gestürmt war, hatte heute vergeblich gewartet, hatte Kirchgänger um Kirchgänger – darunter die Eltern, kopfschüttelnd, die Brüder, feixend – vorüberziehen sehen. Als sie schließlich ihrer Verwunderung – drei sehr kurz, drei nicht allzu lang – an der Haustür der Freis ersten Ausdruck verliehen hatte, hatte ein nicht weniger verwunderter Herr Frei geöffnet.

»Anna? Was machst du denn hier? Hat dir Judith nicht gesagt, dass sie heute verabredet ist?«

Schweigen, Räuspern, Schulterzucken.

»Oder vielmehr bin ich davon ausgegangen, dass ihr zu dritt verabredet seid.«

So oder so ähnlich hatte Herr Frei gesprochen und vermutet, und Anna, die auch weiterhin kein Wort herausgebracht hatte, hatte hören müssen: »So wie auch die letzten Male, wenn Jonas, wenn Herr Neusüß ...«

Und hatte vor allem sehen können – Herr Freis Gesichtsfarbe wechselte während des kurzen Selbstgesprächs mehr als einmal –, wie sich in Herrn Frei die Erkenntnis langsam ihren Weg bahnte.

Später – genau genommen einen letzten Kontrollgang zum Taubenturm, einen Besuch beim Stadler (»Judith? Nein, Judith war nicht hier. Ich hatte euch auch schon viel früher wieder erwartet nach unserem letzten Treffen. Wir wollten doch weiter an unserem Bild malen, uns schwebt sogar eine ganze Serie vor.«) und einen einsamen Vormittag unter ihrer Birke später – hatte sich auch in Anna die Erkenntnis ihren Weg gebahnt.

Erst am frühen Abend war Anna nach Hause gegangen, kein *J + A*, keine Birke, kein Moos hatte ihr noch Schutz, geschweige denn Geborgenheit bieten können. Im Gegenteil: Sie hatten ihr vielmehr vor Augen geführt, dass sie sich viel zu lange und zu Unrecht geborgen gefühlt hatte.

»Schon zu Hause?«, hatte die Mutter gefragt und sie dann im schroffen Ton und zum letzten Mal dazu aufgefordert, endlich die Schaukel vom Birnbaum abzuhängen. »Als ob du nicht seit Jahren zu alt dafür wärst«, hatte sie gemurmelt.

An anderen Tagen hätte die Mutter Anna vielleicht sogar leidgetan. Vielleicht hätte sie sich getraut, ihre Mutter, die ihr das Schaukeln auch als Kind nicht gegönnt hatte und der das Schaukeln wohl selbst niemals vergönnt gewesen war, zu fragen, ob sie es nicht ein letztes oder erstes Mal selbst versuchen wolle. Sie hätte versucht, der Mutter ein Lächeln abzugewinnen oder ihr etwas zu erzählen. Vielleicht hätte sie ihr auch einfach nur widersprochen und selbst geschaukelt.

Heute aber nickte Anna: »Gut, Mutter.«

Sie kletterte, vermutlich zum letzten Mal, auf den Birnbaum, sie löste die Seile, sie hängte die Schaukel ab, und als sie aus dem Schuppen zurückkehrte, stand Judith vor ihr. Judith, die das Grundstück der Bergers seit Annas Geburtstag nicht mehr betreten hatte, lächelte. Doch es war kein besonders entspanntes Lächeln.

»Du hast den Tierarzt getroffen!«

Hundert erste Sätze nach dem Verrat hatte Anna sich im Laufe des Vormittags zurechtgelegt, alle schlagfertiger, alle weniger verletzt klingend als dieser.

»Er interessiert sich für Malerei, sehr sogar«, sagte Judith. Wenn ihr Versuch weiterzulächeln nur ein bisschen weniger schuldbewusst ausgefallen wäre, hätte Anna versucht zurückzulächeln. Nun versuchte sie nichts anderes, als sich den Schmerz, den Judiths Lächeln verursachte, nicht anmerken zu lassen.

»Der Stadler interessiert sich auch für Malerei. Und ihn hast du nicht getroffen, kein einziges Mal. Obwohl du gesagt hast, ihr malt zusammen. Und ich, ich interessiere mich auch für Malerei, gerade für deine. Außerdem ist er Tierarzt.«

»Was ihm leider kaum etwas nutzt. Bald wird er froh sein müssen, wenn er überhaupt noch praktizieren darf. Und noch Bauern wie den Stadler findet, die ihn an seine Tiere lassen.«

»Und deshalb musst du ihn heimlich treffen?«

Anna wich Judiths schuldbewusstem Blick aus und sah auch schon den mürrischen Gesichtsausdruck der Mutter. Die Mutter schüttelte den Kopf. Die Geste war eindeutig: Runter von unserem Grundstück! Verlässlich sprang Annas Beschützerinstinkt an, doch der Schmerz, der sich schon bis über beide Lungenflügel ausgebreitet hatte, gewann.

»Warum hast du dich mit ihm alleine getroffen? Und warum hast du es vor mir verheimlicht?«

»Versteh doch, Anna. Ich habe noch keinen Mann kennengelernt, der sich nicht nur für Malerei interessiert, sondern sie auch noch versteht, und das besser als jeder andere. Außerdem ...«, Judith musste schlucken, und Anna, die ihrer Freundin am liebsten gar nichts mehr geglaubt hätte, musste ihr zumindest das Schlucken glauben. »Ich habe noch keinen Mann getroffen, der sich so wenig wie ein Mann benimmt und trotzdem einer ist!«

»Aber das ist doch ... Das ist doch sehr dumm! Du bist dumm! Ich dachte immer, am liebsten würdest du dein Leben lang ohne Männer auskommen.«

»Das habe ich auch gedacht.« Judith nickte vorsichtig. »Jetzt weiß ich, dass es nicht so ist«, flüsterte sie fast. Dass ihr »Aber das ändert doch nichts an unserer Freundschaft!« kaum noch zu hören war, machte für Anna keinen Unterschied mehr.

»Welche Freundschaft?«, fragte sie laut und deutlich, und auch wenn sie dabei keine Geste machte, verstand Judith sehr gut, dass es höchste Zeit war, das Berger'sche Grundstück zu verlassen.

»Meine Eltern«, gelang es ihr, doch noch zu sagen, »werden übrigens nach Amerika gehen, bald schon.«

»Sollen sie doch. Und am besten, ihr geht gleich mit!«, rief Anna ihr noch nach. »Haut ab! Niemand ... Niemand wird euch hier vermissen!«, schrie sie, und erst als sie der Freundin den Rücken zuwandte, lange nachdem diese im Nachbarhaus verschwunden war, bemerkte Anna, dass ihre Mutter noch genauso im Garten stand wie Minuten zuvor.

Ihr Gesichtsausdruck war nun weniger mürrisch. Sie nickte ihrer Tochter zu, und auch wenn die Tränen Anna die Sicht nahmen, beschloss sie, dass es ein anerkennendes Nicken war. Und ein Trost.

Essen, Trinken und Schlafen sind also nicht lebenswichtig im neuen Zeitalter, das Tante Anna mit ihrer Rückkehr eingeleitet hat. Seltsam nur, dass sie Barbara nach dieser Offenbarung in den Garten geführt hat, dem ihr Sohn vor fünfzig Jahren den Rücken gekehrt hat. Dass sie sich mit ihr auf die Bank unter den Walnussbaum gesetzt hat, der damals schon uralt war, und dass sie auf dieser Bank ohne Vorwarnung in Tiefschlaf verfallen ist.

Tante Anna schnarcht. Auch Barbara fallen die Augen zu. Sie wehrt sich nur so lange, bis Tante Anna sich von der Bank erhebt, zielstrebig zum Schuppen geht und sich einen Spaten holt. Barbara bleibt lieber unterm Nussbaum sitzen.

Ist es wirklich Benjamin, der sich da so selbstverständlich mit seinem eigenen Spaten zu seiner Mutter gesellt hat, als wäre er nicht Jahrzehnte verschollen gewesen?

»Psst!«, zischt Tante Anna ihrem Sohn zu.

Als würde Barbara nicht mitbekommen, was hier vor sich geht. Es ist kein Graben, den die beiden dort unterm Flieder graben, wo zu Winterende immer die schönsten Märzenbecher geblüht haben, sie buddeln keine Löcher, sie heben ein Grab aus. Unwillkürlich muss Barbara sich an den Bauch fassen.

Es ist stockfinster, und doch sieht sie neben dem Grab das schwarz-weiß gefleckte Fell des Dalmatiners leuchten, als wäre es vom Vollmond bestrahlt. Keine zehn Meter entfernt knarzt die Haustür, so wie sie zu Frühlings- und Winteranfang immer geknarzt hat, und aus dem Flur hinaus in den Garten treten eine Großmutter, die sich selbst um Mitternacht nach ihrem Enkel sehnt, der Großvater mit versteinerter Miene, zwei Männer in Uniform, die Barbara noch nie gesehen hat. Sie schreiten, zwischen sich einen Rollstuhl, in dem ein …

»Vater, Vater, du bist ja doch da!«, hätte sich Barbara jetzt fast in ihrem Walnussbaumversteck zu erkennen gegeben, aber warum sollte sie nach einem Vater schreien, der schon zu Lebzeiten tot war? Warum sollte sie Benjamin ausgerechnet jetzt auf sich aufmerksam machen, Jahrzehnte nachdem er sie geliebt und verlassen hat?

Die Großmutter nickt, nimmt ihren Enkel bei der Hand, flüstert dem Walnussbaum zu: »Wir werden ihnen die letzte Ehre erweisen«, und schon berührt sie ihre beiden Söhne sanft an der Schulter, lockert deren Griff am Rollstuhl und bugsiert sie Richtung Grab.

Der Großvater folgt. Sein Gesicht, das Barbara zur Frühlings-, Sommer-, Herbst- und Winterzeit dunkel und grau in Erinnerung hat, leuchtet. Bis er das tote Tier entdeckt: »Was macht der Köter hier?«

Benjamin duckt sich, lässt den Spaten fallen und ist auch schon verschwunden, schon wieder verschwunden.

Tante Anna lässt sich nicht beeindrucken, buddelt stoisch weiter, hebt nicht mal den Kopf. »Wenigstens ihn werden wir beerdigen.«

»Hör doch auf! Hört alle auf!« Endlich springt Barbara auf, läuft zu ihrer Familie, packt den Großvater am Arm, versucht, die Hand der Großmutter zu ergreifen. »Was soll das?«

Aber niemand nimmt auch nur die leiseste Notiz von ihr, auch Tante Anna nicht. Der Vater hebt ruckartig den Kopf, doch anstatt Barbaras Blick zu erwidern, blickt er durch sie hindurch.

Tante Anna schüttelt den Kopf, beugt sich weit vor und hinunter, in die ausgehobene Grube, und birgt auch schon ein Handy, Barbaras Handy. Als wäre es nie zuvor auseinandergenommen und auf verschiedene Gleisbetten verteilt worden, liegt es klein und schwarz und glänzend in Tante Annas Hand.

»Hier, nimm schon! Langsam wird es Zeit, den noch lebenden Teil deiner Familie zu informieren!«, sagt sie und reicht der Nichte das Handy.

Barbara muss noch einmal Richtung Flieder schauen. Da ist keine Grube, kein Loch, kein Spaten, kein toter Hund, und erstarrte Menschen sind da auch keine. Und vor allem: Da ist kein Benjamin.

Ein lang gezogener Pfiff ertönt, ein Tuten. »Niemand zwingt uns, aufzubrechen«, sagt Tante Anna. »Aber hier sollten wir auf keinen Fall bleiben.«

»Und was ist mit dem Hund? Mit unserer Familie? Habe ich Benjamin nur geträumt, immer schon?«

»Geträumt? Erlebt? Ersehnt? Und wenn schon. Träume sind nichtig, und Platz für Träume gab es in diesem Haus noch nie. Du solltest langsam wieder ans Leben denken, ans Weiterleben«, sagt Tante Anna und deutet dabei geistesabwesend auf das Hotdog-Schild am Imbissstand, den sie vor wenigen Minuten?, Stunden?, Tagen? geplündert hat.

Das Tuten in und ums Bahnhofsgebäude ist nicht leiser geworden, Züge sind allerdings überhaupt keine mehr zu sehen, Menschen nicht, und alles, wonach sich Barbara noch sehnt, ist eine Schifffahrt auf dem Ammersee. Doch die Absurdität, die ihre Reise angenommen hat, ist groß genug; mit Ausflugsdampfern wird sie ihrer Tante nicht auch noch kommen.

»Haben wir uns nun eingebildet, dass er erschossen wurde, oder nicht?«

»Das spielt doch keine Rolle.«

»Ich verstehe nichts, Tante Anna.«

»Du hast verstanden. Genau wie ich verstanden habe. Der Hund ist zurückgekehrt, seine Herrchen sind es nicht. ›Selbst wenn wir wissen, wie sie gestorben sind, lebendig werden die Leute davon auch nicht wieder‹, hat mein Mann oft gesagt.«

»Onkel Karl? Ich erinnere mich. Er ist einfach gestorben. Bei bester Gesundheit und völlig unerwartet. Es war sehr heiß. Als sie den Sarg vor uns hergetragen haben, habe ich mich gefragt, ob er nun endlich seinen Anzug ausgezogen hat. Dabei war sein Begräbnis der einzige Anlass, zu dem der Anzug gepasst hat.«

»Karl war mein zweiter Mann.«

»Du hattest noch einen? Du warst schon mal verheiratet?«

»Niemals verheiratet, aber es gab genau zwei Männer in meinem Leben. Als ob Benjamin dir das nicht schon längst erzählt hätte.«

»Vielleicht erinnere ich mich, ganz schwach.«

»Man macht sich eben gerne aus dem Staub, in dieser Familie. Oft Jahrzehnte bevor man selbst zu Staub wird. Mein erster Mann, der Bucher Franz ist nicht mehr zurückgekommen, als er erst mal weg war. Dafür kam Karl. ›Ich habe Ihren Mann gekannt, und er hatte recht: Sie sind die Schönste‹, hat er gesagt. ›Und wer sind Sie?‹, habe ich gefragt, doch die Antwort, Barbara, die hat mich gar nicht so interessiert. Wer lebt, hat recht, habe ich gespürt, kein schlechter Mann, habe ich gedacht. Und er ist geblieben.«

»Einfach geblieben?«

»Einfach oder nicht – das spielt keine Rolle.«

»Und du warst kein bisschen in Karl verliebt?«

»An Liebe habe ich nicht mal gedacht. Er war fünfzehn Jahre älter als ich, sechzehn Jahre älter als Franz, er hat dem

Typhus getrotzt, er hat Franz überlebt. Schon deshalb hatte er recht.«

»Reicht das denn aus?«

»Er hat nicht nur recht gehabt«, seufzt die Tante. »Er hat auch keine Fragen gestellt. Ich ihm auch nicht. So ein Pakt schafft Sicherheit. Wer braucht da noch Eheringe?«

Barbara würde sich gerne noch ein kaltes Würstchen am Imbiss besorgen, aber Tante Anna scheint plötzlich nicht nur einen festen Zeitplan zu haben, sondern auch eine genaue Vorstellung von dem, was hier heute noch passieren darf und soll. Im Laufschritt folgt Barbara Anna durch den verlassenen Bahnhof.

»Aber Franz musst du doch geliebt haben? Zumindest irgendwann mal?«, ruft sie ihr hinterher. »Ihr habt zusammen ein Kind großgezogen!«

Tante Annas Schultern hängen eindeutig tiefer als noch vor wenigen Stunden?, Minuten?, Sekunden?. Sie müsste umarmt werden, dringend, denkt Barbara, schluckt. Warum, verdammt noch mal, hat ihr niemand in dieser Familie beigebracht zu weinen?

»Deinen Sohn, den ich geliebt habe!«, ruft sie.

Aber Tante Anna dreht sich nicht mal um, während sie lautlos ihre Lippen bewegt. »Ich war überzeugt davon, dass alles richtig war, so wie es war«, sagt sie vermutlich, dann wird sie schon wieder laut: »Beruhig dich!«, faucht sie. »Da ist er schon!«

Und tatsächlich: Wenige Meter vor ihnen, auf demselben Gleis, auf dem sie eingefahren sind, steht ihr Zug. Er sieht nicht so aus, als wäre er gestrandet. Eine Lautsprecherstimme spricht vom Deutsche-Bahn-Team und von Unannehmlichkeiten. Aus allen Richtungen nähern sich einzelne Personen, Paare, Kleingruppen, zielstrebig, im Laufschritt, ohne Zeit zu verlieren.

Am leichtfüßigsten, als hätte es niemals Oberleitungsschäden oder hängende Schultern gegeben, schwingt sich die Tante in den Waggon, macht ohne Weiteres ihre beiden Sitzplätze aus, hat sich auch schon niedergelassen und puhlt pünktlich zum Anpfiff ein gerahmtes Porträt aus dem zerschlissenen Sitzpolster hervor: »Judith. Da ist sie ja wieder.«

»Judith? Bis heute hatte das Bild für mich weder einen Titel noch einen Maler.«

»In diesem speziellen Fall«, sagt die Tante, ihr Kichern klingt aggressiv, »sind Titel und Maler eins.«

»Ich habe das Bild Miriam geschenkt, zum Neunzehnten. Sie hat es nie zu schätzen gewusst. Vielleicht, weil ich ihr die Geschichte schuldig geblieben bin, die es zu diesem Bild gibt. So wie du mir die Geschichte schuldig geblieben bist. Und nicht nur die eine.«

Die Tante lächelt in sich hinein. »Schuldig bist?«, wiederholt sie geistesabwesend. »Bin«, korrigiert sie sich. Dann schweift ihr Blick wieder zum Fenster.

Diese Judith hingegen auf ihrem Selbstporträt sendet eindeutigere Signale: Ihr Blick ist direkt und vorwurfsvoll.

»Das Bild enthält alles«, sagt Tante Anna.

Und Barbara kann nicht anders als lachen, obwohl Weinen wohl die angebrachtere Reaktion wäre. Bis heute ist Barbara nicht klar, ob Tante Anna ihrer Familie das Bild unbedingt zukommen lassen oder – ganz im Gegenteil – vor ihr verstecken wollte: Schon nicht mehr Herrin ihrer Sinne, war es ihrer Tante gelungen, es unbemerkt ins Krankenhaus mitzunehmen. Die Krankenschwestern hatten es unter ihrer Matratze gefunden, als die Tote schon abgeholt worden war. Barbara seufzt. Soll diese Judith nur vorwurfsvoll schauen – was soll sie sich jetzt, mit siebzig, noch mit Vorwürfen quälen, die nicht mal ihr gelten?

Irgendwie wird sich das ICE-Fenster schon öffnen lassen. Sollen die traurigen Augen doch im unbestimmten Grün zwischen Rheindürkheim und Herrnsheim verschwinden. Vielleicht werden sie noch einmal die Gelegenheit haben, einer dicht bewimperten rheinhessischen Kuh ins Antlitz zu schauen, vielleicht werden sie am Fuß eines Weinbergs vermodern oder auf Umwegen in einem Mannheimer Antiquitätengeschäft landen.

»Glaub mir, Barbara. Niemand will diese Geschichte hören.« Tante Anna lächelt.

Barbara nickt. Tante Anna ist die Hexe, die gesunde, wilde, lustige Hexe. Barbara ist die Piratin, die nicht nur andere Schiffe angreift, sondern auch das zuletzt gekaperte verteidigt. Sie schaut ein letztes Mal in die großen Augen von Judith, dann zu Tante Anna, die nickt. Eine Handlungsanweisung, die keine Alternativen zulässt. Zu ihrer großen Erleichterung besitzt der ICE, zumindest an ihrem Sitzplatz, Fenstergriffe. Mit einer einzigen Bewegung öffnet sie das Fenster, atmet tief ein und entlässt das Bild in die Freiheit, wo es vom Aufwind erfasst in luftige Höhen wirbelt, um in hoher Geschwindigkeit Richtung Jenseits abzudrehen.

Anna lacht, und als Barbara einstimmen möchte, merkt sie, dass es kein erleichtertes Lachen ist, das da aus ihrer Tante herausbricht.

»So weit weg kann ein Erbe gar nicht fliegen, dass man ihm entkommt!«, dringt die Stimme ihrer Tante noch einmal an Barbaras Ohr.

1937: Anna
(Anna, 22)

An ihrem zweiundzwanzigsten Geburtstag saß Anna mit ihren Eltern und ihren drei Brüdern unterm Birnbaum und aß Apfelkuchen, den die Mutter selbst gebacken hatte. Man sprach von fröhlichen Kameradschaftsfeiern in der Kistenfabrik Kreidl, davon, dass der Berufsbürgermeister mit der Leitung der Dießener Sturmabteilung beauftragt worden war, man sprach vom Heiraten und vom Kinderkriegen, und fast prophetisch lächelnd sprach die Mutter davon, dass es schon spät für Anna sei, aber vielleicht ja noch nicht zu spät.

»Meine Empfehlung«, sprach der Bucher Franz, der plötzlich vor ihnen stand.

Er drückte Anna ein dunkelbraunes Kästchen in die Hand, das nach frischem Holz duftete. Der Vater begrüßte den Bucher Franz überschwänglich, und es gelang ihm, seiner Tochter spitzbübisch zuzulächeln. Die Mutter schnitt dem Bucher Franz ein besonders großes Stück Kuchen ab. Sie lief ins Haus, um eine Flasche Birnenschnaps und Gläser zu holen.

»Auf unser aller Wohl«, sagte sie schon beim Einschenken. Ihr feines Lächeln schien echt, verbarg aber nicht, wie sehr sie darauf drängte, das Geschäft abzuschließen.

Anna sagte: »Schön, dass du gekommen bist«, und: »Danke für das Kästchen.«

Der älteste Bruder – da war er noch lebendig wie ein Stier – nickte zustimmend.

Anna erhob das Glas, stieß zuerst mit dem Bucher an. Der mittlere Bruder – da war er noch der festen Überzeugung, dass alle Dinge, die das Leben mit sich bringt, in die Kategorien sinnvoll und sinnlos eingeteilt werden können – nickte zustimmend.

Anna schenkte dem Franz und sich noch ein Glas und noch ein Glas ein, sie öffnete das Kästchen und fand einen Ring; diesem und dem Franz schenkte sie ein warmes Lachen und noch eins und noch eins.

Der jüngste Bruder – da war er noch kein stummes Postpaket ohne Botschaft – nickte zustimmend.

Und wenig später, hinter der großen Säge, in einem nach Sägemehl und frischem Holz duftenden Schuppen, schenkte Anna dem Bucher Franz ihre Unschuld und fühlte sich kein bisschen schuldig dabei.

Die Osterieders, die Dellingers und auch andere atmeten auf: Ihre Söhne waren noch einmal davongekommen.

2013: Barbara

So müde ist Barbara, dass sie es kaum noch schafft, die Augen offen zu halten, als plötzlich Benjamin vor ihr steht.

»Setz dich doch!«, gelingt es ihr noch zu sagen, und sie deutet auf den Platz, auf dem gerade noch Tante Anna saß. »Nicht so förmlich!«

Benjamin setzt seinen Sonnenhut ab, legt ihn auf den freien Platz, geht vor Barbara in die Knie und greift nach ihren Händen.

Sie sind warm. Barbaras Hände sind kalt.

»Was hast du erwartet? Dass ich in Freudentränen ausbreche?«

Er ist alt. Fünfzig Jahre älter als vor fünfzig Jahren.

Sie ist alt. Fünfzig Jahre älter als vor fünfzig Jahren.

»Warum bist du hier?«

»Ich musste kommen.«

»Warum jetzt?«

»Weil ich vorher nicht konnte.«

»Schlechtes Timing«, sagt Barbara, und als er beginnt, ihr übers Haar zu streichen: »Ich habe dich zu lange vermisst.« Sie schließt die Augen, legt ihre kleine, schwitzige Hand in die größere, trockene von Winnie Two. Als er ihr die Friedenspfeife anbietet, lehnt sie lachend ab.

Er zückt eine Zigarette. »Schau doch«, sagt er.

Barbara weiß, was sie erwartet – doch nein oder ja! –, zum ersten Mal nach hundert, tausend, unendlich vielen Versuchen gelingt es ihm, ein Herz zu blasen. Er umklammert ihr linkes Handgelenk, gerade als sie sich endlich überwinden kann, sein Bett zu verlassen, und drückt so fest zu, dass es schmerzt.

»Komm her, Cousine!«, befiehlt er lachend, »verdammt bis in die Ewigkeit sind wir eh.«

Und schon lässt sie sich bereitwillig zurückfallen, hält ihm auch ihr rechtes Handgelenk hin, gibt ihm zu verstehen, dass der Schmerz nicht nachlassen darf, und öffnet erneut ihre Schenkel. Sein Blick verrät, dass er sie, wenn auch nur Sekunden, warten lassen wird, bevor sich seine Zunge ein weiteres Mal und wieder und wieder in ihr vergraben wird. Sie kann ein Wimmern nicht unterdrücken.

Sie öffnet die Augen, drückt ein letztes Mal seine große, warme, trockene Hand und legt sie vor sich auf dem Tisch ab.

»Alt geworden bist du«, sagt sie. »Und ein Sommerfrischler. Oder wozu brauchst du den Hut?«

»Er gibt mir Halt.«

»Wie wäre es, wenn du ihn nimmst und ein letztes Mal für immer von dannen ziehst?«

»Jetzt? Wir haben uns gerade erst wiedergefunden.«

»Das tut doch nichts zur Sache. Auch wenn ich keinen blassen Schimmer habe, woher Tante Anna plötzlich kam und was sie von mir wollte – einer ihrer Ratschläge scheint mir sinnvoll zu sein: mich schleunigst wieder dem lebenden Teil der Familie zu widmen. Schließlich werde ich heute siebzig.«

»Noch gehöre ich zu den Lebenden«, sagt Benjamin, nimmt seinen Hut und ist auch schon verschwunden. Genauso wie zuvor Tante Anna, ohne viel Aufhebens, ohne Radau.

»Das werden wir ja sehen«, murmelt Barbara, während sie das Display ihres Handys mustert. Achtzehn entgangene Anrufe, sieben SMS, fünf WhatsApp-Nachrichten. »WOOOOO bist du, Mutter? Melde dich endlich!«, leuchtet es ihr entgegen.

»Ist ja gut«, flüstert Barbara und wählt die Nummer ihrer Erstgeborenen.

2013: Abend vor dem Fest

Es ist ein schönes Bild, wie sie da einziehen, vom Gartentor, über den malerischen, unkrautgesäumten Steinweg, vorbei am Gartenzaun, der nur noch so wenig Zaun ist, dass er einen perfekten Blick auf den perfekt gepflegten Nachbargarten und das sauber strahlende Nachbarhaus bietet.

Paul, die schnurrende Kamera vorm Gesicht. Franziska, den rötesten aller Münder zum Siegerlächeln geformt, Leon und Laurin links und rechts auf der Hüfte. Angelika, eine leicht ramponierte Laubsägearbeit in den Händen: ein lebensgroßes, sich einander zuwendendes Schwanenpärchen, das durch eine moosgrüne 70 verbunden ist. Valentina und Natalie, im Bikini, mit umgeschlungenen Handtüchern, die Locken noch seenass. Werner und Ben, gemeinsam einen Kasten Bier tragend. Michael, der Zweitgeborene, Laura, seine Eos, Celine, ihrer beider Hebe, Mila, ihrer Iris – Hand in Hand in Hand in Hand. Jeder Maler, jeder Bildhauer, jeder Fotograf, der noch einigermaßen bei Trost ist, würde das Mittel der Verfremdung wählen, wenn er den Auftrag hätte, diese Mutter-Vater-Kindermädchen-Troika abzubilden: Derartige Schönheit und Perfektion in einem Kunstwerk kann nur als Parodie verstanden werden.

Wer weiß, wer sich noch alles versammelt hat, da draußen auf der Straße, um etwas mitzubekommen vom Geburtstag der Dame, deren Großfamilie weder den Fischern und Kunsthandwerkern bekannt ist noch dem Gemeinderat und die dennoch einen weiblichen Spross hervorgebracht hat, der keine Probleme hat, innerhalb einer Stunde ein Fischerstechen auf die Beine zu stellen und bei diesem sowohl den Hinterweiher Hans als auch den Bürgermeister vom Boot zu stoßen.

Ein schönes Bild, das allerdings so vollkommen wie unbeachtet bleibt in den frühen Nachmittagsstunden dieses 15. August. Denn als die Spitze des Zugs den Walnussbaum erreicht, unter dem Miriam sitzt, ein Handy vor sich, im Gesicht ein entrücktes Lächeln, den leicht wippenden Zweigen des Walnussbaums zugewandt, vielleicht auch dem Turm des Marienmünsters, der keinen Kilometer entfernt sein goldenes Kreuz souverän in den strahlend blauen Himmel bohrt, als hätten Kreuz wie Himmel keine andere Bestimmung, den Blick in den Baum, den Himmel, vielleicht auch Richtung Ewigkeit gerichtet, als hätte sie niemals im Leben auch nur eine Erwartung gehabt, ist da niemand, dem sich das Bild in seiner Gesamtheit böte.

»Liebe Oma«, spricht Paul in die Kamera, die er nun auf Tante Miriam gerichtet hat, »nachdem wir den Hahn getötet, den Löwen besiegt, nachdem wir, die wir zum ersten Mal an diesem Ort weilen, zum ersten Mal vom Dießener Feste-Sterben und vom Traditionen-Tod gehört haben, nachdem wir spontan ein Fischerstechen auf die Beine stellen mussten, nachdem Natalie alle Einheimischen, die wir zusammenbekommen konnten, ins Wasser geschickt hat, und das nur dir zu Ehren, nachdem die flüchtige und gleichzeitig engste Verwandtschaft wieder erfolgreich eingefangen wurde, nachdem uns deine Lieblingstochter gefühlte zehnmal auf den ›jahrhundertealten Zauber des Marienmünsters‹ hingewiesen hat, bevor uns ein Tourist aus Magdeburg darauf gebracht hat, dass dieses magische Münster zu deiner Zeit noch eine stinknormale Klosterkirche gewesen sein muss, nun eine letzte Gratulation von deiner Lieblingstochter, ohne die wir, und dafür sind wir ihr wirklich alle dankbar, niemals gemeinsam deinen Siebzigsten feiern würden, vor allem nicht an diesem Ort!«

»Mach das Ding aus, sofort!«, ruft Miriam.

»Was ist, Tante Miriam?«, fragt Paul erschrocken.

»Zieht euch was an! Werner, Michael, macht das Auto klar! In einer Stunde kommt Mutter in München am Hauptbahnhof an. Wir müssen sie abholen. Ihr müsst sie abholen! Der Rest, also ihr alle, bleibt hier!«

»Hurra!«, ruft Paul in die Kamera, die er ganz offensichtlich nicht abgeschaltet hat. Schon stimmen die anderen in den Jubel ein, es wird geklatscht.

»Alles Gute, Oma!«, ruft Natalie. »Endlich bist du wiederaufgetaucht. Ein echtes Happy End!«

»Ruhe jetzt! Ein für alle Mal!«, ruft Miriam, sie entreißt Paul die Kamera und schaltet sie aus. »Wir müssen uns beeilen! Paul und Franziska, der Tisch, die Tafel muss gedeckt werden! Natalie, die Lampions müssen aufgehängt werden! Ben, schau nach den Eiswürfeln in der Gefriertruhe! Falls sie noch nicht fest sind, stell die Temperatur höher! Angelika, wir müssen die Tortenböden belegen! Valentina, der ganze erste Kellerraum steht voller Antipasti, Brot, Campari und Wein. Lass dir von Ben helfen, wenn er mit den Eiswürfeln fertig ist! Celine, vielleicht hast du es ja wenigstens mit der französischen Küche. Drei verschiedene Quiches stehen in der Kammer bereit. Sie müssen nur noch in den Ofen geschoben werden. Laura, auch den Schinken und den kalten Braten findet ihr in der Kammer! Mila, pflück ein paar Blumen im Garten, wenn der Tisch fertig gedeckt ist, darfst du ihn schmücken! Und übrigens: Wir werden zwei Gäste mehr haben, heute Abend. Benjamin und Fadi, den Nachbarn und seinen Sohn.«

1938: Anna
(Anna, 23)

Der Kuchen, der an Annas dreiundzwanzigstem Geburtstag in ihrem Elternhaus gegessen wurde, war von Franz beim örtlichen Konditormeister bestellt worden. Nicht nur die Eltern und Brüder wollten Anna zum Geburtstag gratulieren, auch unzählige andere Parteifreunde fanden sich nach einer Versammlung ein, um Anna hochleben zu lassen, um gemeinsam zu trinken und zu politisieren und kurz vor Mitternacht zu erfahren, welch besonderes Geburtstagsgeschenk Franz sich für Anna ausgedacht hatte. Ein großes Haus mit vielen Zimmern und großem Garten. Mit der Renovierung, das hatte Franz schon geplant, würden sie sich noch Zeit lassen, jetzt müsse erst mal ein Krieg geführt werden. Ihre zukünftigen Geburtstage aber, und hoffentlich auch den ersten Geburtstag eines ersten Sohnes, so flüsterte Franz seiner Frau mit einer satten Ladung Bieratem ins Ohr, würde Anna im eigenen Haus feiern, im Nachbarhaus, nicht unterm Birn-, sondern unterm Nussbaum.

»Die Gunst der Stunde«, teilte er seinen Parteifreunden keineswegs flüsternd mit erhobenem Schnapsglas mit, »muss man zu nutzen wissen.« Sobald die Neusüßens abhauen, ihren Eltern und Schwiegereltern endlich nach Amerika folgen würden, könne der Umzug ins Nachbarhaus beginnen. Jaja, der Neusüß sei schon ein begnadeter Arzt, aber wer wolle denn wissen, ob er auch in Zukunft den Bauern ihre Wunden und ihre Pferde heilen und nicht damit anfangen würde, sie zu sabotieren. Und *die* Neusüß, da stimmten ihm Annas Brüder grölend zu, sei schon immer ein verdorbenes Weibsstück gewesen, da hälfen auch all ihre magische Malerei, ihre Ölfarben und ihr großes Talent nicht.

Michael zur Linken, Laura zur Rechten, Mila auf dem Schoß vor sich, sitzt Celine am Tisch unterm Walnussbaum, der dank Miriams hervorragendem Organisations- und Delegationstalent binnen kurzer Zeit und natürlich rechtzeitig zu Barbaras Ankunft nun doch noch zur festlich gedeckten Tafel geworden ist.

Das beneidenswert eindeutige und klare Blau des Himmels, das überbordende Hoffnungsgrün des Walnussbaums über sich, das gutmütige Glucksen des Weins, das geschwätzige Klackern des Tafelsilbers, die gefräßig entspannte Stille aller Anwesenden im Ohr, sitzt Celine im um den Nachbarn, seinen Sohn und um sie selbst erweiterten Kreis einer ihr weitestgehend unbekannten Familie, blickt auf deren kürzlich eingetroffenes Oberhaupt und wundert sich.

»Gott sei Dank, dass du nach all dieser Aufregung doch noch zu uns gefunden hast; und alles Gute zum Siebzigsten, hier, am Ort deiner Kindheit und Jugend« – so oder so ähnlich, mit Sicherheit um keine Nuance spektakulärer, hat Miriam zu Beginn des Festessens ihre Mutter begrüßt und beglückwünscht.

»Herzlichen Dank, liebe Miriam, herzlichen Dank, liebe Familie und geschätzte Freunde, dass ihr mich nach all den Jahren doch noch hierhergelockt habt für diesen Tag« – so oder so ähnlich, mit Sicherheit um keine Nuance spektakulärer, hat Barbara geantwortet, dann wurden die Gläser erhoben.

Als wollten sich Mutter und Tochter in ihrer Unaufgeregtheit gegenseitig parodieren, sitzen die beiden nun, nach all der Aufregung, nebeneinander und strahlen eine Ruhe aus, die selbst die ihrer Enkel, Nichten, Neffen und derer Partner übertrifft, die sich leise schmatzend, aber innerlich fiebernd und hyperventilierend und – wenn Celine sich nur etwa Laura und Franziska, Paul und Natalie ansieht – fast schon triumphierend der Gewissheit hingeben, bald mit ihrer spektakulären Würdigung der Jubilarin inklusive totem Hahn, *giggelnden Hens*, Fischerstechen und anderen Absurditäten reüssieren zu können.

Barbara sitzt, kaut, lächelt.

Miriam sitzt, kaut, lächelt.

Die wenigen Blicke, die sie nicht untereinander austauschen – auch hierin scheinen sich die beiden zu imitieren oder zumindest einig zu sein –, gelten nicht etwa ihrer Familie, sondern dem Nachbarn und seinem Sohn. Miriam hat Benjamin und Fadi der großen Runde zu Beginn des Festessens mit wenigen Worten höflich vorgestellt, und Barbara hat die beiden daraufhin mit ebenso wenigen Worten höflich begrüßt.

»Oma«, unterbricht Michael das Schweigen, während er sich Mila greift, um sie von Celines Schoß auf seinen zu hieven.

»Nennt mich nicht Oma, vor allem nicht du, Michael – du bist mein Sohn«, rügt ihn Barbara mit Blick auf Mila.

So sehr Michael zusammenzuckt, so sehr Celine sich innerhalb der letzten vierundzwanzig Stunden an das Pingpong der kleinen Boshaftigkeiten gewöhnen konnte, so wenig sie diese Barbara kennt, meint sie zu spüren: Es ist keine Boshaftigkeit, keine Rüge, nicht mal eine rhetorische Fingerübung. Es ist, gesprochen mit der Ruhe und der Überzeugungskraft einer endlich Angekommenen, ein Versöhnungs-, nein, ein Versöhnungs- und Friedensangebot – nicht nur an Michael.

»Ich hab's dir gesagt!«, raunt Laura nun Celine zu, während sie sich über deren Schoß beugt, um beruhigend Michaels rechte Hand zu tätscheln. »Ich habe sie erst zweimal gesehen, aber mir ist völlig klar: Sie ist die Vernünftigste in der Familie – und gleichzeitig die Coolste!«

»Liebe Großmutter«, ergreift Paul das Wort – und scheint sich das mit einem kurzen Blick zu Franziska noch mal genehmigen zu lassen –, bevor er Michael entschuldigend zunickt. »Natürlich wollen wir deinen Geburtstag nicht begehen ohne eine Geste der Anerkennung …«

»Geschenke …?«, unterbricht ihn Barbara, blickt dabei aber den Nachbarn an. »Es scheint mir *Äonen* oder zumindest Jahre her, dass ich heute Morgen alle Geschenke, die ich für euch ausgesucht hatte, einem Taxifahrer und seiner Familie überlassen habe. Seltsam, aber ein bisschen bereue ich es.«

Paul lacht, weil er nicht einordnen kann, ob Barbara gerade einen Witz gemacht hat, dann fährt er fort: »Aber Großmutter, du bist das Geburtstagskind!«

Nun ist es Franziska, die ihn unterbricht, indem sie ihm mit wenig subtil verdrehten Augen behutsam den Ellbogen in die Seite rammt. »Keine Gemeinplätze!« Oder: »Großmutter, Großmutter, warum machst du so verrückte Sachen?«, raunt sie ihm nun vielleicht zu, vermutet Celine, und auf einmal sieht sie glasklar: Franziska, Laura und sie hätten sehr gute Freundinnen werden können, wenn sie sich nur unter anderen Umständen getroffen hätten, zum Beispiel komplett ohne Männer und Kinder, zum Beispiel bei einem Job, bei dem sie alle drei auf das Geld angewiesen wären, zum Beispiel als Bewohner eines anderen Landes – notiert sie sich im Geist für ein späteres Gespräch mit Laura. Doch schon ist sie wieder ganz bei Barbara.

»Danke, Paul!«, sagt die, während sie aufsteht. »Danke, euch allen, aber das hat Zeit. Erst mal muss, nein, möchte ich euch etwas erzählen«, sagt sie, während sie sich schon wieder setzt, um ihrer Ältesten einen Blick zuzuwerfen.

Vielleicht liegt es am plötzlichen Wechsel des Tages- zum Abendlicht, dass Celine nun doch meint, in Barbaras Blick so etwas wie Sorge aufflackern zu sehen.

»Ich möchte euch etwas erzählen …«, sie nickt Benjamin zu.

Erstaunlich!, registriert Celine, es ist eins zu eins das Nicken, das Miriam am Nachmittag und frühmorgens für den da noch namenlosen Nachbarn in seinem Garten übrig hatte, als es im »Gespräch« mit der Familie um wichtige Dinge ging.

»… was ich bisher versäumt habe zu erzählen, vor allem meiner Tochter.«

»Halt!«, sagt der Nachbar plötzlich.

Und genau so plötzlich packt ihn sein Sohn am Oberarm: »Papa, langsam!«

»Genau«, sagt Mila.

Wenn Laura das Privileg hätte, das Geschehen wie ich als Unbeteiligte zu beobachten, denkt Celine, würde ihr vielleicht auffallen, dass die Urgroßmutter ihre Urenkelin zum ersten Mal seit deren Geburt neugierig mustert.

»Langsam, jetzt warten wir erst mal, bis die Walnüsse reif sind!«, sagt diese Urenkelin.

Celine muss grinsen, und gleichzeitig wird ihr bewusst, dass ein Großteil der versammelten Gesellschaft heute Nachmittag noch schallend gelacht hätte über die Äußerung dieses entzückenden Kindes. Jetzt fliegen alarmierte Blicke durch die Gegend, und ausgerechnet Werner, auch das registriert Celine, scheint schon etwas länger alarmiert zu sein, denn sein sonst so erfolgreicher Versuch, die Blicke und Aufmerksamkeit aller anwesenden Frauen einzufangen, um sein dadurch bis oben vollgepumptes Ego durch ein barmherziges Blickgeschenk an seine langjährige Gattin zu veredeln, funktioniert nicht mal mehr im Ansatz. Niemand, nicht mal seine Schwiegermutter, schenkt ihm Beachtung, was derart in ihm zu arbeiten scheint, dass er die Mücke gar nicht bemerkt.

»Vorsicht!«, flüstert Celine, mehr zu sich selbst, und da kommt es doch, ein lautes Klatschen, Werners Hand auf Werners Hals.

»Scheiße!«, ruft er viel zu laut.

Und mit amüsiertem Lächeln offenbart Barbara: »Meine Vorfahren, sagt man …«, sie korrigiert sich mit Blick auf den Nachbarn, »…unsere Vorfahren haben diesen Walnussbaum angeblich gepflanzt, um Mücken vom Grundstück abzuhalten. Aber offensichtlich hat es nicht funktioniert – wie so vieles in dieser Familie nicht funktioniert hat.«

»Barbara, bitte, lass mich erklären«, sagt der Nachbar.

Und Celine denkt: mutig! Sein Sohn scheint das völlig anders zu sehen.

Er schlägt die Hände vors Gesicht und raunt: »Papa, das war nicht abgemacht. Nimm verdammt noch mal ein bisschen Rücksicht. Das ist eine Feier. Wir haben Zeit. Sie wird in meinen Aufzeichnungen alles lesen können, und sie wird verstehen.«

»Alles?«, Barbaras Stimme ist schrill, zum ersten Mal seit ihrer Ankunft. Nun blickt sie doch etwas weniger amüsiert drein, nun scheint ihr Ton doch ein wenig bitter zu sein: »Das glaube ich kaum.«

Das Blickgewitter, das sich in den wenigen Sekunden von Barbaras, Benjamins und Fadis Schlagabtausch unterm Nussbaum aufgebaut hat, ist schon jetzt unerträglich.

Jetzt schweigen sie, die Selbstdarsteller, denkt Celine. Was sollen sie auch sagen? Eine Ahnung, die sie vor wenigen Minuten hier in dieser romantischen deutschen Idylle unterm Nussbaum beschlichen hat, verdichtet sich in ihrem Magen zu einem Klumpen.

»Mutter!«, sagt Miriam. Und ja, sie ist faszinierend, diese Dynamik im stillsten Unwetter, das Celine je erlebt hat, denn nun scheint Miriam, allein Miriam, die Ruhe selbst zu sein. »Lass Benjamin doch erzählen. Und von mir aus auch Fadi.«

Doch Fadi schüttelt den Kopf. Barbara schüttelt den Kopf. Auch Barbaras Söhne und ihr Schwiegersohn beginnen, ihr Unbehagen, zumindest durch Mimik und Gestik auszudrücken. Keinem von ihnen fällt es offenbar leicht, sich eingestehen zu müssen, nicht derjenige zu sein, der den anderen die Welt erklärt.

»Willst du mir etwa auch noch etwas erzählen, was ich nicht weiß?«, fragt Barbara aufrichtig erstaunt.

»Das ist ja noch nicht so oft vorgekommen«, antwortet Miriam ebenso aufrichtig. Dann nimmt sie die Hand ihrer Mutter. »Du und Benjamin, ihr seid nicht verwandt. Er ist nicht dein Cousin. Seine Mutter, seine echte Mutter, war im KZ, und danach hat sie sich umgebracht!«, sagt sie.

»Ach so«, sagt Barbara tonlos.

Für den Bruchteil einer Sekunde scheint sich der Klumpen in Celines Magen aufzulösen, dann verhärtet er sich zum Wackerstein, und Werner – ausgerechnet Werner! – bricht in schallendes Gelächter aus, das schon bald so außer Kontrolle gerät, dass sein Oberkörper zu zucken beginnt, bevor er sich verschluckt und einen Hustenanfall bekommt, den er unter der wort- und tatenlosen Anteilnahme aller Übrigen nach einer gefühlten Ewigkeit schließlich überwindet. Erst als sein Atem wieder gleichmäßiger zu werden scheint, wechselt seine Gesichtsfarbe von einer Sekunde auf die nächste zu Tiefrot, dann zu Kalkweiß. Er erhebt sich ruckartig.

»Tut mir leid!«, stottert er. »Entschuldigt! Das ist kein bisschen lustig, im Gegenteil, tut mir leid«, sagt er und verschwindet, ohne sich noch einmal umzusehen, im Haus.

»Eine komplett nachvollziehbare und natürliche Reaktion«, sagt Fadi.

Erschöpft, entkräftet, als hätte sie, Judith, sie allein, ein Jahrhundert des Judenhasses durchlebt, und doch voller Zuversicht und der Ahnung von Stärke, als wäre sie, Judith, sie allein, nur noch wenige Augenblicke davon entfernt, mit dem Schwert loszuziehen, um all diejenigen zu enthaupten, die, wie sich später herausstellen sollte – ob Freund, ob Nachbar, ob Bürgermeister, Soldat oder General, ausnahmslos alle –, ihr Heil darin gesucht hatten, kopf- und herzlos durch und für ein tausendjähriges Reichs zu marschieren, erschöpft und entkräftet lag Judith am Abend des 17. Aprils 1939 zum letzten Mal im Bett ihres Elternhauses.

»*Ein, Name, Ja, Ben, Mein, Nein, Nie, Bann, Amen*«, sang sie dem Neugeborenen in ihrem Arm vor, dem eine Woche zu spät, und doch genau zur richtigen Zeit an diesem Morgen In-diese-Welt-Gesetzten.

Jonas und sie hatten sich schon auf eine Geburt auf hoher See eingestellt. Anna, die schon seit Wochen gestärkte Laken und weiß blitzende Handtücher bereitgehalten und die letzten Tage dafür gesorgt hatte, dass das Feuer im Ofen Tag und Nacht brannte und immer genügend Wasser im brodelnden Kessel war, hatte – »*Ben, Ja, Min, Mein, Ben, Ja, Min, Ben, Ja, Mein. Musst schnell jetzt sein.*« – das Kind in Judiths Bauch in den Tagen vor der Geburt nahezu beschworen – vielleicht sogar erfolgreich behext?

Nun war er da, und nun, schon am nächsten Morgen, am 18. April, sollte er mit seinen Eltern den Zug nach Bremen nehmen, von wo aus er das Land seiner Eltern, seiner Groß- und Urgroßeltern, seiner Vor-Vor-Vorfahren für immer verlassen sollte, um schon bald von seinen Großeltern und Tanten am New Yorker Hafen empfangen zu werden.

Judith fühlte sich eins mit dem Wesen an ihrer Brust, das das Leben mit gierigen Schlucken in sich aufsog und Judiths Zweifel, ob Leben überhaupt möglich sei, dabei gleich mit verschlang.

So sehr sie sich danach sehnte – eins mit Anna konnte sie sich nicht fühlen. Seitdem die Freundin beschlossen hatte, dass Judith-Jud sie verraten hat, gab es kein Zurück mehr zum Einssein.

Doch Anna war hier, bei ihr.

Anna war hier, in Judiths altem, in Annas und Buchers neuem Haus. Und auch wenn das Geld, dass der Bucher den Neusüßens gezahlt hatte, bei Weitem nicht das Geld war, das für ein solches Haus hätte gezahlt werden sollen, war es das Geld für die Flucht nach Amerika und die ersten Schritte des Neuanfangs.

Auch wenn Judith das »Keiner wird euch hier vermissen!« genauso wenig vergessen konnte wie das »Wie konntest du nur?«, mit dem Anna Judith mehr als klargemacht hatte, dass sie sich über das Kind nicht freuen würde, nicht für und nicht mit Judith – Anna war nun hier, bei ihr. Sie war hier, bei Judiths Kind, und sie tat alles, damit es Judith und seit heute auch Benjamin gut ging. Sie ertrug Jonas, auch wenn sie kein Wort mit ihm sprach, und seit der Bucher das Haus und den Ort verlassen hatte, um Menschen wie Judith und Jonas den Krieg nicht nur zu erklären, hatte Anna ihn mit keinem Wort mehr erwähnt.

Judith lag in ihrem Bett. Anna packte Kisten in ihrem neuen Heim aus.

»Damit hätte sie noch einen Tag warten können«, hatte Jonas Judith zugeflüstert, als er nach ihr und Benjamin schaute und ihm ein »Du wirst schneller auf den Beinen sein, als ein neugeborenes Kälbchen« zuflüsterte. Dann verließ er das Schlafzimmer, um den einen Koffer zu packen, der sie drei begleiten sollte.

Judith küsste Benjamin auf die Stirn, sie küsste ihn auf die Nase, sie roch an seinem Nacken, mit Zeigefinger und Daumen ertastete sie das Neuland seiner Ohrläppchen. Mit der Zungenspitze leckte sie sachte an seinem Hals, und was sie schmeckte, war Erlösung. Sie wiegte ihn, sie sang, sie schnalzte, sie gurrte, und bei allem, was sie mit ihm heute und hier zum ersten Mal tat, ging in sie Gedanken zum zehnten, zum fünfzigsten, zum hundertsten Mal die Details der Flucht durch, die in wenigen Stunden beginnen würde. Morgens um sechs Uhr, sollten sie von Rainer Stadler abgeholt werden. Zum ersten Mal, seit er Dießen vor einem Jahr verlassen hatte, kehrte er – nun im Besitz eines Autos – von München zurück, um seine Freunde und deren Sohn abzuholen. Er hatte die die Fahrkarten nach Bremen, die Passierscheine und die Tickets für die Schiffspassage besorgt, die die Neusüßens am 19. April um neun Uhr morgens mit falschen Pässen und den Namen Albrecht, Maria und Anton Hebmayer antreten sollten.

18, 19, 24 – wie kabbalistische Glückszahlen hatte Judith sich die Daten in den letzten Wochen wieder und wieder vorgebetet.

Abfahrt München: 18. April, frühmorgens,

Ankunft Bremen: 18. April abends,

Abreise Bremen: 19. April morgens,

Ankunft New York: 24. April, nachmittags.

Nun, mit Benjamin im Arm, seinem Geschmack auf der Zungenspitze und im hintersten Winkel der Seele, mit der gemeinsamen Zukunft vor Augen, wurde sie immer euphorischer.

»Eine passendere Zeit«, flüsterte sie, »hätten wir für unsere Flucht nicht wählen können.«

Jonas hatte ihr »zur moralischen Erbauung im Wochenbett« den *Völkischen Beobachter* besorgt, in dem schon, vorab und exklusiv, die Liste der Geschenke zu Hitlers fünfzigstem Geburtstag abgedruckt war. Über die Kassette mit den *Ring*-Partituren konnte Judith sich besonders amüsieren, und während sie gurrte, schnurrte und schnalzte – alles für ihren Sohn –, stellte sie sich vor, wie sie ihm einst, vielleicht beim Frühstück auf einem Balkon der Upper East Side erzählen würde: »Ich habe förmlich jubiliert beim Lesen. Der 20. April 1939, Hitlers fünfzigster Geburtstag, sollte unser erster Tag auf hoher See sein. Mit unserem neuen Leben in New York sind wir nicht nur unserem Schicksal entkommen, sondern haben auch Wagners Heimatland ein für alle Mal den Rücken gekehrt.«

Judith gurrte, schnalzte und surrte, sie flüsterte und versprach, es klopfte.

»Sofort aufmachen!«, ertönten die Stimmen mehrerer Männer, Judith verstummte.

Sie drückte ihren Sohn an sich, auch er schien die Luft anzuhalten.

Als Anna die Treppe hochgerannt kam, erwachten Mutter und Sohn aus ihrer Starre. Benjamin fing an zu schreien. Judith schwor sich, nicht zu schreien, nicht zu weinen, nicht zu klagen.

Anna warf ihr eine Wollstrumpfhose, einen Wollrock, einen dicken Janker und sogar einen Mantel auf die Bettdecke – keines der Kleidungsstücke hatte Judith zuvor gesehen. Wie gut sie vorbereitet ist, dachte sie. Wozu all die Wollsachen, der Frühling hat doch längst angefangen? Doch schon nahm Anna ihr das Kissen aus dem Rücken und entriss ihr Benjamin.

»Zieh dich an, schnell«, flüsterte sie, als sie unten die Männer in den Flur treten hörten.

Judith sah Anna an, sie suchte in den Augen der Freundin nach einem Zeichen, einem Ja, einem Versprechen. Anna hielt Judiths Blick stand, und alles, was Judith zu erkennen glaubte, war Triumph.

»Nein«, flüsterte Judith, dann – zum ersten Mal seit drei Jahren – umarmte und küsste Anna sie, Judith spürte die Kälte ihrer Lippen, die Weichheit des Kopfkissens unter dem Kleid der Freundin, und schon kamen drei Männer ins Zimmer, einen vierten, Jonas, schubsten sie vor sich her.

»Zwei Koffer, nicht mehr, fünf Minuten, nicht mehr!«

Und als einer – Judith erkannte ihn genau –, als ein Freund von Annas Brüdern Anna mit seiner groben Rechten den Kopf tätschelte und Anna auf gröbste Weise dazu gratulierte, dass sie, Anna, doch nicht unfruchtbar war, da, ja, da verstummte Benjamin erneut, und Judith stand starr und verstand starr, dass ihr Kind verloren war.

Dass Benjamin gerettet war.

Das Blickgewitter hat sich gelegt. Alle Blicke ruhen auf Barbara. Doch sie hält die Augen geschlossen, als Benjamin zu sprechen beginnt.

»Onkel Karl – du erinnerst dich, Barbara –, der erste Mann, den ich für meinen Vater gehalten habe, war wortkarg, nahezu verschwiegen. Allerdings hatte er die Angewohnheit, alles und jeden mit seinen Bemerkungen zu versehen. Selten direkt, meist schriftlich. Die Einkaufslisten seiner Frau Anna, die ich über zwanzig Jahre für meine Mutter hielt, hat er genauso kommentiert wie die Bewertungen der Lehrerin unter meinen Matheprüfungen. Anstatt den Abschiedsbrief von Judith Neusüß, meiner richtigen Mutter, zu vernichten, hat Karl diesen Brief sogar kommentiert. Vielleicht hat er ja insgeheim darauf gehofft, doch noch die Anfänge eines zweiten tausendjährigen Reiches mitzuerleben, bei dessen Ausbruch er sofort wieder auf der richtigen Seite gestanden hätte.«

Wie ruhig er spricht, wie gewählt er sich ausdrückt, denkt Celine und blickt in die Runde. Barbara hält die Augen noch immer geschlossen, hat aber gerade den Kopf geschüttelt. Miriam hält noch immer Barbaras Hand, Mila auf Michaels Schoß versucht, einen Ahornpropeller auf ihre Nase zu kleben, alle anderen unterm Walnussbaum haben eine geduckte Haltung eingenommen und scheinen es nicht zu wagen, ihren Blick auch nur sekundenweise von Benjamin abzuwenden. Im Hauseingang, keine zehn Meter von der Restfamilie entfernt, taucht auch Werner wieder auf. Sein naturweißes Leinensakko hat er gegen ein bordeauxrotes eingetauscht. Mit den Armen in der Luft fuchtelnd macht er einige hastige Schritte Richtung Tafelrunde. Dann scheint er es sich schlagartig anders zu überlegen, macht kehrt und verschwindet wieder im Haus.

»Onkel Karl hat Alfred Dellinger und Franz Bucher, den zweiten Mann, von dem ich dachte, dass er mein Vater ist, in der Junkerschule in Bad Tölz kennengelernt.«

Bisher war er ruhig, fast heiter, der Nachbar. Nun entfährt ihm ein Glucksen. Ratlos? Oder eher aggressiv?

»Onkel Franz! Er war nicht mein Vater – er hat das Leben meines Vaters auf dem Gewissen.« Er will das Glucksen, davon ist Celine überzeugt, unterdrücken, doch es gelingt ihm nicht. »Tante Anna! Sie war nicht meine Mutter – sie hat meine Mutter, nachdem diese das KZ überlebt hat, in den Selbstmord getrieben.«

»Was ist Selbstmord?«, fragt Mila, die den Ahornpropeller nun auf der Stirn trägt und sich inzwischen von Michaels Schoß zurück auf Celines gerettet hat, flüsternd, doch gleichzeitig so laut, dass es jeder hören kann. »Was ist Katzett?«

Benjamin bedenkt das Mädchen mit einem abwesenden Lächeln.

»Später, mein Schatz!«, flüstert Michael mechanisch. »Ist es nicht höchste Zeit, schlafen zu gehen?«, schiebt er schnell hinterher und wirft Laura einen Hilfe suchenden Blick zu.

Bevor seine Frau ihm die Hilfe versagen und er sich an Celine wenden kann, ergreift Werner das Wort, der nun doch beschlossen hat, wieder zur Tafel zurückzukehren, und sich hinter Miriam stehend auf deren Stuhllehne stützt: »Schlafen? Diese Familie hat lange genug geschlafen!«, ruft er mit einer Schärfe, die selbst Benjamin zu erstaunen scheint.

»Dann lass sie ihr Erwachen bitte selber regeln«, sagt Miriam nach wie vor ruhig.

»Tut mir leid!«, sagt Benjamin zu Mila. »Deine Eltern werden dir sicherlich alles erklären, wenn du größer bist. Jetzt müssen sie es erst mal selbst verstehen. Keiner sollte auch nur einen Tag seines Lebens in einer Lüge leben müssen. Aber Kinder müssen geschützt werden und geschont, also alles zu seiner Zeit.« Und schließlich, mit liebevollem Blick auf Fadi: »Daran habe ich mich selbst leider nicht gehalten. Als ich endlich bereit für die Wahrheit war, dachte ich, jeder andere müsste es auch sein.«

Fadi hat die Hände vors Gesicht geschlagen, und so sehr Celine sich auch bemüht, sie kann nicht erkennen, ob diese Geste Vorwurf oder Verständnis ausdrücken soll.

Benjamin scheint diese Unterscheidung nicht wichtig zu sein: »Onkel Franz und Onkel Karl, Wachmann Bucher und Wachmann König, wurden gute Freunde im KZ. Als engster und wahrscheinlich einziger Vertrauter von Karl hat Franz viel von seiner Frau und noch mehr von seinem Sohn erzählt. Erst im März 1942, wenige Wochen bevor Franz Dachau mit Typhus und ohne große Aussicht auf Heilung verlassen hatte, wenige Monate bevor Karl hier bei Anna aufkreuzte, die noch immer auf Franz wartete, erfuhren die beiden, wessen Sohn ich in Wirklichkeit war. Sie feierten den Geburtstag eines Offiziers, hatten viel getrunken. Wenn Karl in seinen Anmerkungen zum Abschiedsbrief meiner Mutter die Wahrheit schreibt, dann hat Franz Bucher im Geldbeutel eines Offiziers das Foto von dessen Frau und kränklicher Tochter gesehen und sich damit gebrüstet, mit seiner Frau noch in der letzten Nacht vor seinem Eintritt in die Junkerschule einen stattlichen Jungen gezeugt zu haben. Daraufhin hat der Dellinger ganz nebenbei fallen gelassen, dass er selbst – und inzwischen wahrscheinlich schon das ganze Ammerseewestufer – wüsste, von wem dieses stattliche Kind stamme. Dass der Tierarzt und sein verdorbenes

Malerweib, kurz nachdem der Bucher das Dorf verlassen und kurz bevor die beiden selbst abgeholt worden waren, der Anna noch einen Besuch abgestattet hätten, bei dem der Tierarzt es ihr richtig besorgt habe, und dass der mehr oder weniger stattliche Junge ein Kind vom Tierarzt sei.«

»Jetzt mal langsam. Dass Sie uns alle in diese Geschichte einbeziehen – schön und gut –, aber zumindest was die hier anwesenden Generationen unserer Familie betrifft, sollten wir erst mal von einer gewissen Unschuldsvermutung ausgehen!«, meldet sich nun Laura zu Wort. »Was heißt, dass wir keine Ahnung hatten und haben. Und dass Sie uns die Geschichte so erzählen müssen, dass wir Ahnungslosen sie auch verstehen!«

Ahnungslos, denkt Celine, eine deutsche Familie!

»Genau das meine ich!«, pflichtet Fadi Laura bei, macht aber keine Anstalten, das Ruder an sich zu reißen.

»Also, wer hat es wem besorgt? Oder einfach nur: Wessen Kind ist der stattliche Junge? Wer sind Ihre Eltern?«

»Judith und Jonas Neusüß!« Benjamin nickt dankbar und sagt in Barbaras Richtung: »Der Tierarzt und seine Frau, die Malerin, die jahrelang Annas beste Freundin war. Tante Anna, deine Tante Anna.« Und in die Runde: »Jetzt muss ich ihn wohl doch zitieren, den Onkel Karl.«

Er greift ins Innere seines Jacketts und zieht einen zweifach gefalteten Stapel zerknitterter Briefbogen heraus, es folgen eine Lesebrille, konzentriertes Rascheln und Sortieren.

»›Die Gesinnung meiner Anna allzu gut kennend, weiß ich, dass sie weder Ehebruch begangen, noch sich mit dem Juden und/oder seiner Frau eingelassen haben kann. Es ist also davon auszugehen, dass das Kind tatsächlich vom jüdischen Tierarzt und seiner Frau stammt. Dafür spricht nicht nur der Brief von Frau Neusüß, sondern auch die

Tatsache, dass der Junge in jüngster Zeit Charaktereigenschaften entwickelt hat, die er keinesfalls von Franz oder Anna geerbt haben kann.‹ – Das Kind! Charaktereigenschaften!« Der Nachbar blickt vom Brief auf. »Zumindest habe ich einen Charakter.«

Er deutet auf den breiten grünen Strang der blütenlosen Kletterpflanze, die sich im ersten Stock den Weg durch das gekippte Fenster gebahnt hat.

»Dreiundzwanzig Jahre habe ich in diesem Haus gelebt, und von meinem siebten Lebensjahr an haben sie mich in dem Glauben gelassen, ich wäre der Sohn von Anna und Franz Bucher. Von einer Judith habe ich hin und wieder etwas gehört, von einem Jonas Neusüß nicht ein einziges Mal. Jonas Neusüß, mein Vater, der nach Auschwitz deportiert worden war, nachdem der Bucher, mein vermeintlicher Vater, erfahren hatte, dass er selbst kinderlos war.« Benjamin greift mechanisch zu Messer und Gabel, wiegt das Besteck sekundenlang über dem leeren Teller in den Händen, lässt es dann in den Brotkorb fallen. »Ich kann dir nicht verdenken, Barbara, dass du nicht wieder hierhergekommen bist. Das ist ein Scheißhaus hier, mit einer Scheißgeschichte. Aber weil ich das wusste, musste ich irgendwann zurückzukehren.«

Jetzt versagt seine Stimme doch, und Barbara, ihm gegenüber, die linke Hand noch immer in Miriams, schlägt die Augen auf, streckt die rechte über den Tisch und ergreift Benjamins linke. Sie schweigt, sie zittert – wie Benjamin auch.

Fadi ergreift die noch freie Hand seines Vaters. »Schhh«, macht er, »schhh« wiederholt er, als hätte er ein verschrecktes Kätzchen vor sich.

Doch dann fährt er, mit ruhiger Stimme, fort mit dem Schrecken: »Meine Großmutter war zwei Männern aus ihrem Heimatort ausgeliefert. Während in Dachau die siebentausend Angehörigen der Totenkopfverbände ausgebildet wurden, darunter auch Franz Bucher und Alfred Dellinger, die es gar nicht erwarten konnten, der Waffen-SS anzugehören, wurden Tausende von Häftlingen in andere Lager geschickt. Meine Großmutter war eine von nur etwa hundert, die während dieser Zeit in Dachau blieben, weil meine Großmutter eine besondere Fähigkeit hatte – wegen der allein sie das KZ überlebt hat. Ihre Peiniger hielten sich im entscheidenden Moment für empfindsame Menschen und entdeckten die Kunstliebhaber in sich. Sie spielten Schicksalsgott und entschieden, dass Judith Neusüß keine gewöhnliche Jüdin war, sondern eine ›nützliche‹. Und sie ließen sich von ihr porträtieren.«

Celine hört das schwere Atmen Michaels, und sie weiß, es wäre eindeutig die Aufgabe des Kindermädchens gewesen, bereits zu Beginn dieser Offenbarungen einen Gartenspaziergang mit Mila zu machen, ihr eine Gutenachtgeschichte zu erzählen, ihr den Schlafanzug zu holen, was auch immer: sie in Sicherheit zu bringen. Doch Celine hat beschlossen, sitzen zu bleiben. Dafür ist Laura, unmittelbar nachdem sich Benjamin bei Mila für seine Offenheit entschuldigt hat, ins Haus geeilt, um iPad und Ohrstöpsel zu holen. Und so hat Celine nun die Möglichkeit, über Milas Schulter, eine Folge *Peppa Wutz* zu sehen – synchronisiert mit authentischer deutscher Geschichte.

Es ist nicht nur Michael, der da so schwer atmet, realisiert sie jetzt erst, Lauras Atem geht noch lauter, und während Fadi, offensichtlich erschrocken über seinen eigenen Vorstoß, eine Redepause einlegt, meldet sich ihre »Chefin« nun zu Wort: »Tut mir leid, aber jetzt muss ich doch eingreifen.«

Dass sämtliche Souveränität, die Laura seit ihrer Ankunft im Umgang mit Michaels Familie an den Tag gelegt hat, nun aus ihrer Stimme gewichen ist, überrascht Celine nicht. Dass Laura nun Michaels Hand ergreift, und dieser ihr auch noch ermutigend zunickt, war nicht anders zu erwarten. Celine würde jetzt gerne aufstehen und den beiden eine Ohrfeige geben.

»Ich habe es vorhin schon mal angedeutet. Barbara wird heute siebzig Jahre alt. Das wollen wir feiern. Es ist ein unglaubliches Schicksal, das Sie und ihre Familie …«, Laura stockt, schluckt, entblödet sich nicht fortzufahren: »… erlebt haben, und selbst wenn sich nun herausstellt, dass es Barbaras Vorfahren waren, die mitverantwortlich sind für all das Leid … ist unser Kreis hier doch …«

»All das Leid«, registriert Celine. Es ist keine zwölf Stunden her, dass sie gemeinsam mit Laura eine »All das Elend«-Performance gegeben hat, in der es um Teilzeitpapis und Elternmagazine ging. Hier geht es um den Holocaust.

Es ist kein Unterschied in Michaels und Lauras Blicken zu erkennen: Sie sind gleichermaßen verängstigt.

Ein einziges Mal hat Celine mit ihnen über Identität gesprochen. Fast ein Jahr ist das nun her. Mila hatte kitafrei und war für eine knappe Woche bei Lauras Eltern, Michael hatte sich Urlaub genommen, Lauras Semesterferien waren ohnehin endlos, und in den acht Wochen seit Celines Arbeitsbeginn hatte sich mehr und mehr herauskristallisiert, dass Celine mit der Rolle des klassischen Kindermädchens unterfordert war. Diese sukzessive Erkenntnis gipfelte, nach einem ausgelassenen Tag mit jeder Menge Prosecco, Weißweinschorle und schließlich Gin Tonic im Bett. Zu dritt probierten Michael, Laura und das Kindermädchen dort eine Nacht lang alle möglichen Dinge aus, die die jeweiligen Rollen des Ehemanns oder der Ehefrau oder des Kindermädchens, des Arbeitgebers, der Arbeitgeberin oder der Arbeitnehmerin, des klassischen Freunds oder der klassischen

Freundin, des Herren oder der Herrin, des Sklaven oder der Sklavin variierten und pervertierten.

Nachdem dieser Dreier in Celines Augen in seiner Dreisamkeit durchaus mehr war, als Michael und Laura und Celine es noch wenige Stunden zuvor gewesen waren, glaubte sie in den frühen Morgenstunden, eine Information platzieren zu müssen, aber vor allem auch zu können. Sie teilte ihren beiden Arbeitgebern respektive ihrem Herren und ihrer Herrin mit, dass sie zwar – wie vor einigen Monaten in ihrem Bewerbungsschreiben als Kindermädchen behauptet – eine Berliner Musikerin und Freelancerin sei, die sich nach einem festen Einkommen sehnte, dass sie aber auch die Nachfahrin ungarischer Juden sei, die mit Ausnahme ihrer Mutter allesamt vor 1945 ausgelöscht worden waren. Ausgelöscht von wem, das glaubte sie um fünf Uhr morgens im Bett ihrer Arbeitgeber respektive Herren nicht aussprechen zu müssen.

»Umso großartiger …!«, hatte Michael nach sehr langem Schweigen gesagt: »Umso großartiger, dass wir hier zu dritt nun eine Einheit hinbekommen, die es zu anderen Zeiten nicht gegeben hat!«

Und Laura, die – das hatte Celine bereits in den ersten zwei Monaten ihres Arbeitsverhältnisses bei den Bergers erfasst – schon aus sportlichem Ehrgeiz ihrem Gatten gegenüber auf Dauerwiderspruch programmiert war, hatte dazu nur hektisch genickt.

Natürlich war das nicht die Reaktion, die sich Celine erwartet oder zumindest erhofft hatte, und während sie sich noch überlegte, was sie denn erwartet hatte, rief auch schon Lauras Mutter an, um mitzuteilen, dass ihre Enkelin Fieber hatte. Natürlich konnten die besorgten Eltern seit dem Anruf an nichts anderes mehr denken als an die schnellstmögliche Rettung der Tochter – und vor allem an die Rettung ihrer selbst.

Während sie Laura und Michael ein paar Kleidungsstücke in einen Koffer werfen sah, war ihr recht schnell klar geworden, dass sie die beiden mit ihrer Offenbarung überfordert hatte. Laura und Michael, ihr Herr und ihre Herrin, taten ihr tatsächlich leid. Und für ein Kindermädchen, das so offensichtlich für die Eltern engagiert worden war, galt es wohl als Pflicht, diese verletzlichen Eltern zu schützen.

Das war vor einem Jahr, und seitdem hat sich Celine nicht dazu hinreißen lassen, auch nur einen weiteren Satz zum Thema zu äußern.

Sie könnte nun also aufstehen und einfach gehen.

»Versteh mich nicht falsch, Barbara, ich will dir nichts vorwerfen, ich versuche, mich zu erklären. Du wolltest nicht mehr zurückkommen. Nicht mal, um das Haus zu verkaufen«, sagt Benjamin, und Barbara, die rechte Hand immer noch um seine linke, nickt. »Dreißigtausend D-Mark hat eure Mutter, hat eure Großmutter der Gemeinde gespendet, nur damit die sich um die Abwicklung des Verkaufs kümmert – unter der Voraussetzung, dass sie keinerlei Kontakt zu den Käufern haben muss.«

»Stimmt das?«, fragen Paul und Ben wie aus einem Mund.

Barbara, Fadi und Benjamin nicken synchron, und Benjamin fährt fort: »Spätestens als ich das Haus gekauft habe, musst du erfahren haben, dass ich wieder hier bin! Aber natürlich: Auch meine Zeitrechnung ist verschoben«, er lacht. »Verschroben! Ich habe Jahrzehnte gebraucht, um überhaupt handlungsfähig zu werden«, erzählt er dem Stamm des Nussbaums. »Und beim Versuch, mit meiner Geschichte zurechtzukommen, habe ich meinen Sohn maßlos überfordert. Er hat sogar ein Buch schreiben müssen, um mit dem klarzukommen, was ich ihm aufgeladen habe.«

»So kann man es auch sehen!«, sagt Fadi.

»Fadi und seine Frau haben ein Gestüt im Hinterland. Sie haben einen sehr gut gehenden, sehr modernen und sehr hässlichen Getränkemarkt hier im Ort. Und jetzt hat er auch noch dieses Buch geschrieben. Stellt euch vor!«, er wendet sich an Miriam, »ausgerechnet an dem Tag, an dem du angerufen hast, um dich nach einem Ferienhaus für die Geburtstagsfeier deiner Mutter zu erkundigen, offenbart mir mein Sohn, dass er ein Buch geschrieben hat.«

Und schon hat er es unter seinem Tisch hervorgezogen, das großformatige Buch, das er, so meint Celine sich zu erinnern, schon im Nachbargarten die ganze Zeit mit sich herumgetragen hat.

»Ein gutes Buch übrigens. Das ist zwar erst ein Vorabexemplar, aber es steht schon alles drin.«

Memoiren eines heute fast Vierzigjährigen, erfasst Celine den Untertitel, und endlich findet sie die Kraft, aufzustehen und die Feierlichkeiten zu verlassen. Die Feierlichkeiten und auch Mila, Laura und Michael, die ihr im letzten Jahr so etwas wie Familie waren.

»Danke«, sagt sie im Aufstehen leise, »danke«, wiederholt sie im Weggehen etwas lauter und ist überzeugt davon, dass sie, selbst wenn sie geschrien hätte, von niemandem außer Mila wahrgenommen worden wäre.

Auch Barbara sieht aus, als ob sie nun lieber aufstehen würde. Vielleicht überlegt sie sich, was passiert wäre, wenn sie sich nachmittags geweigert hätte, wieder mit Tante Anna in den Zug zu steigen, was passiert wäre, wenn sie der Tante Anna ihrer Erinnerung nicht erlaubt hätte, wieder zu verschwinden. Sie mustert Miriam, die Benjamin mustert, als gälte es, einen Menschen zu ergründen, den sie nicht kennt und der ihr doch vertraut ist.

Vielleicht fragt Barbara sich, warum Tante Anna sie heute Nachmittag nicht davon überzeugen konnte, dass es mit zunehmendem Alter leichter wird, mit einer Lüge zu leben statt irgendwann doch noch die zu lange verschwiegene Wahrheit zu verkünden.

Sie sieht Benjamin an, den sie geliebt hat.

Vielleicht denkt sie an seine Mutter. An diejenige, die sie gekannt und geliebt hat.

Vielleicht denkt sie an seine Mutter. An diejenige, die sie beide nicht gekannt haben, die er hätte lieben können.

»Alles steht nicht in deinem Buch«, sagt sie zu Fadi.

Sie sieht Miriam und deren Vater an, die sich hätten lieben können.

»Alles steht nicht in seinem Buch«, sagt sie zu Miriam und Benjamin.

Mein Dank gilt:
Allen Lesern (nicht nur dieses Buches) für ihre Bereitschaft, anzuerkennen, dass auch Literatur, die real existierende Orte und Personen beinhaltet, rein fiktional sein kann, also nicht der Wirklichkeit entspricht und dennoch einen hohen Wahrheitsgehalt haben kann.

Mein besonderer Dank gilt:
Alexander Weidel fürs Lektorat, Elke Ahrens-Ratz für Auskünfte zur Dießener Geschichte und einen kritischen Blick, Michaela Haibl für Literatur zu Bildwerken in Konzentrationslagern, Albert Knoll für Literaturhinweise und Auskünfte zu von Häftlingen des Konzentrationslagers Dachau angefertigten Spielzeug-Gegenständen, Katrin Huber für ihr Dasein, Dießener Geschichte und den Hinweis auf die im Roman zitierte *Unveröffentlichte Chronik von Dießen* (1939), Dona Schulz Krüger für ihr Buch *Ein guter vertragt's. Erlebnisse aus frühen Jahren* 1935–1956 und das aufschlussreiche Gespräch über ihre Kindheit und Jugend, Rabih Alameddine für seine *Überflüssige Frau*, Bruno Schulz für sein *Sanatorium* und *Die Zimtläden*, António Lobo Antunes für den *Reigen der Verdammten*, Kurt Schwitters für seine *Literarischen Werke*, Thomas Raff für die Dokumentation *Zwischen Idylle und Weltgeschichte* über *Thomas Theodor Heine und Diessen am Ammersee* und all die Information, Irritation und Inspiration, die von ihren Werken ausgeht, Diana Kienberger, Rosa Oliva, und Reinhard Röde für Lektüre im Frühstadium und weitreichende Kritik, Sebastian Goy und Didi Neidhart für Lektüre im Früh- und Spätstadium und schonungslose Kritik, meiner Familie für alles.

secession